秘密のキスの続きは熱くささやいて

藤谷 藍

Ai Fujitani

エタニティ文庫

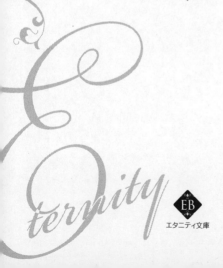

目次

秘密のキスの続きは熱くささやいて

1　ある日パーティは突然に

まだ、暑さが抜けきらない十月初めの正午過ぎ。

季節は秋だというのに、コンクリートに反射する照りつけのせいか、部屋の中はやたらと暑かった。

汗ばんだ額《ひたい》に猫毛気味の細い毛先がひっつきそうで、扇風機をつけようかなと、美《み》夕《ゆ》は手に持った段ボール箱をいったん下ろした。

黒っぽい茶色のセミロングの髪も、うなじにかかりベトついている。ポケットから髪留めを取り出した美夕はクルッと髪をまとめた。

小さな窓を開き、箱を抱え直したものの、それをどこに置くべきかと周りを見渡す。

ここは都内の三階建て商業ビルの二階にある、小さな部屋だ。

今日からここが美夕の我が家になる。そして当分は、この畳部屋で暮らすことになるだろう――そう思うと、美夕の口から思わず長い溜息が漏れた。

不可抗力とはいえ、一度は出て行ったこの部屋にまた舞い戻る羽目になるとは……

ただでさえ狭い部屋には、衣類ラックがぎっしり並べてあり、そこには男女の様々な衣類がハンガーにかかっている。が、これらは美夕の持ち物ではない。父が経営する小さな会社の備品である。

今年二十六歳になった美夕の仕事は、ジュエリーデザイナーだ。

なぜ駆け出しのデザイナーである美夕がこんなところにいるのか。それは、シェアメイトが見つかるまで、生活を節約モードに切り替えたためだ。

ジュエリーデザイナーという自分の夢へ向け、美夕は都内のデザイン専門学校を卒業し、さらに海外の専門学校でも学んだ。その後は、つてでイタリアに渡り、三年間工房で見習いとして働くことに。その途中でオリジナルジュエリーブランドを立ち上げたのだが、帰国後二年経って、やっと収入が安定してきた。なので今ここで、財布の紐を緩《ゆる》めるわけにはいかない。

美夕は改めて、多少の不自由は我慢する決心をした。

二年前の帰国後当初も、父の事務所の衣装部屋――つまりここに住まわせてもらった。バイトをしつつ節約に努め、ネット販売でオリジナルジュエリーを売り、一年かけてようやく固定客がつくようになった。そうしてブランドが軌道に乗りだすと、折よく父の会社に登録している劇団役者の一人とルームシェアすることになり、この事務所での寝袋生活を終えたのだ。

だが、それからまた一年後の今日、今度はシェアメイトがめでたく彼氏と同棲することとなった。

再び引っ越しを余儀なくされた美夕は、商売上宝石を扱うので知らない人とシェアをするわけにもいかず、次に住むところが見つかるまで当分、寝袋生活に逆戻りだ。

ふと思いついてスマホを取り出し、賃貸情報を再度チェックしてみる。しかし、美夕の慎《つつ》ましい予算に合う物件はやはり見つからなかった。

ジュエリーデザイナーである美夕は在宅勤務が基本だ。それに常日頃から貴金属や宝石を扱う仕事だから、下手なところに住むわけにはいかない。

けれども、自分の店を持つという長年の夢を叶えるために、今は余計な支出は控えたい。

(大事な時期だもの……ちょっと狭いくらいなら平気よ!)

何しろ、ここの部屋代はタダなのだ。

こんなありがたい環境に感謝すべきと思い直し、美夕は引っ越しの片付けを再開した。

すると、にわかにバッグの中からメッセージの受信音が聞こえてくる。

(あ、織《おり》ちゃんからだ)

荷物をまたいったん置いて、高校時代からの親友である西織夏妃《にしおりなつき》からのメッセージにさっと目を通した。

『引っ越し済んだ？　今回の試作ちょっといいわよ～、もう自信作！　出来たら連絡するわ！』

夏妃の興奮した様子が、躍っている文面から分かる。美夕は自然と笑い出しそうになった。

同じデザイナーでも、夏妃は服飾デザイナーだ。自分もそうだが、アイデアが固まりノッてくると、そればかりに夢中になり他のことはおざなりになってしまう。性格は美夕とまったく違うのだが、仕事に対する姿勢は非常に似通っていた。

そして夏妃も、オリジナルブランドを立ち上げている。二人はビジネスパートナーとして二つのブランドをタイアップさせていた。なにせその方がお互い刺激にもなるし、時々コラボして新作発表などを共同で行うと、ブランドマーケティングとしても高い効果が見込めるからだ。

『ほぼ終了よ。織ちゃんの新作ドレス、楽しみにしてるね』

返信を打ち終わると、今自分がいる部屋をぐるっと見渡す。ふうと溜息をついた後、段ボール箱を衣装部屋の片隅に運び込んでいると、「美夕ちゃ～ん」と野太い声で名を呼ばれた。

何事？　と思い振り向くと、見た目は美丈夫《びじょうふ》な男がこちらに駆け寄ってくる。そしていかにも芝居掛かった仕草で、縋《すが》るように泣きついてきた。

「美夕ちゃ～ん、ちょうどよかったわ！　今日あなた暇よね？　ちょっとお父さんの会社のバイトでパーティに出てちょうだい！」

そう、この野太い声でオネエ言葉をしゃべっているのは、美夕の父親である。

「は⁉　バイト？　って、まさか……？」

父親はバーを経営しながら、役者を派遣する会社も経営している。社業は依頼者が希望する役柄を演じる役者を派遣するビジネスだ。ストーカーに困った男性の恋人役から、客寄せさくらの役であったり、今回依頼があったようにパートナー同伴のパーティに出席するための相手役だったりする。

どんな役を演じて欲しいかを依頼者に細かく注文されるので、役者の卵たちにとっては演技の勉強をしながらお金が稼げるという、ありがたいものらしい。

だが演技が苦手な美夕は、父の言葉を聞いた途端、いやそれは絶対無理だからと心の中で全力で拒否した。

それに、だ。突然の窮地とはいえ、「もうパーティまで時間がない」と縋《すが》る父の嘘泣きは、ありえないほどわざとらしすぎる。かくして、愛情溢《あふ》れる親子の小さな攻防戦がここに始まった。

後ろでまとめたセミロングの髪が乱れるのも構わず、美夕は父親に食ってかかる。

「だ・か・ら、何で私がそのパーティに行かなきゃいけないのよ。他に適役な女性役者さん、いっぱいいるじゃない！」

演技なんてとんでもない。ましてやパーティなど……

（絶対いや、知らない人に囲まれて、愛想笑いの連続なんて……）

そんな疲れることを、何でこの引っ越しですでに疲れ気味の日にわざわざやらなくてはいけないのか。

「だって美夕ちゃん、クライアントに出された条件に合う娘《こ》が、急に病気になっちゃってね、手の空いてる適当な役者が見つからないのよ。美夕ちゃんなら条件にぴったりだし……ね、お父さんを助けると思って、引き受けてちょうだい」

父は哀れな声を出して頼み込んでくる。

「信用第一なのよ、この商売。お客様の信用は裏切れないわ。もちろん美夕ちゃんも分かってくれるわよね？　それにもう依頼料いただいちゃってるんですもの。向こうも、急な依頼で無理言って申し訳ないとおっしゃって」

（うっ、痛いところを……信用と言われると、強く出られないの知ってるくせに）

結婚指輪の嵌《は》まった骨ばった手で美夕の腕にしがみつき、こちらをウルウル目で見てくる全然可愛くない父親へ言い返す言葉に詰まった。

ジュエリーデザイナーとして、ようやく一人前の稼ぎを手に入れつつある美夕には、父の言葉は痛いほどよく分かる。

美夕のビジネスも信用第一だ。

一瞬怯《ひる》んだ美夕の隙を狙い、父の甘い言葉は続いた。

「ね、ほら、今日からここで自炊しなきゃならないんだし、パーティに出席すれば、ご飯代浮くわよ～」

（ううっ！　確かに、ご飯代は浮くかも。でも、正直めんどくさい……）

節約にせっせと努める美夕を、巧妙に説得してくる。そしてそれでもなかなか首を縦に振らないと分かると、父は泣き落としをやめ、今度は良心に訴えてきた。

「ねえ、美夕、あなたがわざわざデザインの勉強をしたいって言うから、その費用をやり繰りしてあげた父さんの頼みなのよ。まさか断ったりしないわよね」

（あっ、これは詰んだわ……）

デザイン専門学校に通わせてもらった学費は、まだ返しきれていない。結局美夕はしぶしぶ頷いた。

「分かった。でも、私、お芝居は勉強したことないから、上手く出来なくても知らないわよ」

負けず嫌いなところがある美夕の珍しく不安そうな言葉に、父はニッコリと安心させるように笑った。

「大丈夫よ。美夕は父さんと母さんの愛の結晶なんだから、自然に役に溶け込めるわ」

美夕の両親は若い頃、共に劇団役者だった。

父は突然の病《やまい》で亡くなった母にいまだ操《みさお》を立て、結婚指輪を片時も外さない。両親の夢であったこの会社を始めてからは、「この役は奥が深い」と言ってオネエ社長を演じていた。

(はあ〜、逆らえません、借金には……しょうがないな)

盛大に溜息をつき、潔《いさぎよ》く頭を切り替えた美夕は、父に依頼内容を聞いた。

「で、今回はどんな女性をご希望なの？　いつどこに行けばいいわけ？」

やっとやる気になった美夕に、父は喜んでいそいそと答える。

「今回は美夕ちゃん、役得よ。依頼人は、それはそれはかっこいい二十八歳の男性だから。それに彼ったら、プロの声優も真っ青のイケメンボイスの持ち主なのよ」

可愛くないウインクを娘にサービスする父だったが、ジト目で睨《にら》んだ美夕の気が変わらないうちにと思ったのか、慌てて言葉を続ける。

「希望は二十五から二十八歳の女性で、外国人の交じっているビジネスパーティでも物《もの》怖《お》じせずしゃべれること。英語がしゃべれればなおよし。もちろん、依頼人の恋人役よ。ホテルで開かれる正式なパーティだから、かかる衣装代も向こう持ち！　服装はセミフォーマル、ちょっと華やかなお出掛け用のドレスって感じかしら？　着物でもOKだけど、着崩れしたら自分で直さなきゃいけないから、美夕ちゃんはやめた方がいいわね」

着物なんてとんでもない。ブンブンと美夕は首を振る。

「パーティは、今日の夜六時半から九時まで。国内外から建築関係の業界人が集まるものだそうよ。始まる三十分前に、直接会って打ち合わせをしたいそうなの。依頼人は深《ふか》田《だ》さんをデータベースから指名したんだけど、最終候補には、前川《まえかわ》さんと西村《にしむら》さんも残っていたわ。どんな感じの人が希望か、これで大体分かるでしょ」

分かる分かる。父が名前を挙げた三人は、凛《りん》とした有能そうな女性で、それでいて親しみやすい雰囲気を持つタイプだ。指名された深田さんはハーフで英語が堪能。他の二人も物腰は柔らかだが、社交的ではきはきとしたしゃべり方をするので、業界のパーティでも臆することなく役をこなせるだろう。

(だけど、この恋愛音痴の私に恋人役って――無理がありすぎ……)

自慢じゃないが、これまでお付き合いで長続きしたためしがない。美夕は、自他共に認める筋金入りの恋愛音痴だった。なにせ、交際相手とはキスより先に進めないのだから。実はキスでさえも好きではなく、どんな相手でもそれ以上のことをしたいと思ったことがない。

そこまで考えてから、ふと過去のことが頭に浮かんだ。

(いやいや、あれは高校の時だし……)

十年も前のことなのに、なぜか今でも時々思い出してしまう懐かしい顔を無理やり意識の外へ押し出す。

生ぬるい感傷に浸《ひた》っている場合じゃない。今は目の前の問題だ。

「今更だけど、何で前川さんか西村さんに持っていかないの？　この話」

「二人とも、もう予定が入ってて、今日はダメなのよ。他の人たちでは依頼人の希望条件を満たせないわ。美夕ちゃんが一番理想に近いのよ。なにより可愛いし！」

確かに、自分は美しかった母のおかげで、化粧の仕方と髪形次第では可愛い系美人に化けられる。父に似た少しふっくらした唇や、顔が小さいことでやや大きめに見える耳は愛嬌で誤魔化すにしても……

猫毛気味のセミロングの髪にくっきりした目尻、ぱっちりした目元にちょんとした鼻。何となくロシアンブルー猫を連想させる美夕の容貌は、大人の女性なのに可愛らしい華やかさがあった。見かけはまあ、化粧で何とか出来ると前向きに考える。

ここでうだうだ考えても仕方ない。こうなったらすっぱり頭を切り替えてさっさと済まそう。

夜六時半開始のパーティ、さらにその三十分前に打ち合わせとなると……美夕は素早く計算し始めた。が、そこであることに思い当たる。自分はセミフォーマルのドレスなど持っていない。

「今すぐ買い物行かなきゃ、間に合わないじゃない！」

時間を逆算した美夕は悲鳴を上げた。

（もう一時近くなのに、間に合うの？　これ……）

すると、父はさっとスマホを取り出し、タクシーを呼ぶ。

「さあ、行くわよ」と外に出てタクシーに一緒に乗り込むと、一番近いデパートに二人で駆け込んだ。

デパートで親子は、これでもないアレでもないと、客の要望を叶え、なおかつ美夕に似合う〝綺麗で可愛い大人のドレス〟を探したが、これといったものが見つからず、次のデパートへ行く相談を始める。

刻々と迫る時間に、「あ～、もう適当なドレス買ってアクセサリーで誤魔化す？」と悩んでいると、美夕のスマホが軽《かろ》やかに鳴り出した。呼び出し名を見た直後、天の助け、とばかりに応答する。

「織ちゃん！　ちょうどよかった、ちょっと相談なんだけど……」

事情を話すと頼もしい友人は、問題ないと笑い飛ばした。

『ちょうどいいものがあるわ！　出来たてのドレス、今回の自信作よ。美夕に試着してもらおうと思って電話したんだから』

持つべきものはデザイナーの友達！

電話越しに「もう織ちゃんってば、ほんと天才っ！」とそのタイミングの良さを褒めちぎると、『ほほほ、当たり前よ』と高笑いが返ってきた。こうして美夕は夏妃に指示された靴だけをデパートで購入すると、父と一緒にタクシーで友人宅へと向かった。

その日の夕方遅く、支度を整えてすっかり見違えた美夕に、父は指定のホテルへ行くように指示した。

少し緊張気味にタクシーに乗り込むと、父は手を振り、投げキッスまで寄越して力づけてくれる。

「依頼者はホテルのロビーで待ってるわ。楽しんでらっしゃい、シンデレラ。十二時までに戻らなくてもいいからね」

(人の気も知らないで！——ほんと父さん、恨むからね、失敗しても知らないから)

呑気《のんき》にニコニコ笑い手を振って見送る父に、緊張を紛《まぎ》らわすことも兼ねて心の中で文句を言う。

そして、初めてのお使いのようにドキドキしつつ、美丈夫《びじょうふ》な男性から漏れたオネエ言葉に呆気にとられていた運転手にホテル名を告げた。

外の景色が次々と流れていく車窓に、天高くそびえるビル街が現れる。華やかなシティライトが煌《きら》めき、どこまでも続く高層ビル群を美しくライトアップしていた。

一流ホテルをタクシーの中から見上げた美夕は、握っていた手をゆっくり開くと、ホテルの入り口でタクシーを降りた。

さあロビーに、と緊張気味にヒールを鳴らし、ゆっくり歩いて中に入る。

パーティ会場のこのホテルは、名前だけは知っていたが初めて訪れる場所だ。

凝ったデザインの開放感ある入り口に、高い天井。高級そうな最新のインテリア。一泊の値段が美夕の家賃一ヶ月分は軽く飛んで行くだろうことは、一目で推測出来た。

(……これってもしかして、想像してたよりずっと大きなパーティなんじゃあ……)

その格式の高さに緊張が高まるが、いかにもこんなところは慣れているという顔をして、堂々とロビーに足を踏み入れた。

——が、ヒールの音も高く歩き出した途端、はたと足を止め、青くなる。

(しまった！　依頼人の名前聞くのを忘れてたわ！　えっと、確か父さんが、年齢は二十八歳でかっこいい男性と言っていたから、きっとものすごく男前よね)

役者を見慣れている父がかっこいいと言ったのだから、依頼人はかなりのイケメンだろう。

だが、ロビーには着飾った人たちが大勢いて、依頼人の風体に当てはまる二十代後半のイケメンを探し出すのは容易ではない。

(……これは、どこか目立たないところで、ちょっと様子を見た方が良さそうね……)

この人だかりをさり気なくチェック出来る場所に移動しよう。

美夕はそっとその場から離れると、ロビーの端まで歩いていき、そこから淡い照明に照らされたロビーをゆっくり見渡した。

すると、一人の背の高い男性が長い脚をゆったり動かしながら、まっすぐ美夕に近づいてくる。

その男性の自信溢《あふ》れる優雅な動きに自然と目線が引き寄せられ、そして顔を確かめた途端、心臓が一瞬止まりそうになった。

（えっ!? まさか……この人――）

思わず触れたくなる、さらっとして柔らかそうな濃い茶色の前髪。

長い睫毛《まつげ》に囲まれた漆黒の瞳に、涼しげな目元。その瞳はどこか甘さを湛《たた》え、高い鼻梁《びりょう》や男らしい口元には精悍《せいかん》さが溢《あふ》れている。

だけど決して、優男という感じはしない。自分をまっすぐ見つめるその双眸は理知的な光を宿し、意志の強さをうかがわせ、彼を落ち着いた大人の男性に見せている。

柔らかい光に照らされた端整なその容貌は、イケメンという単純な言葉では表せない存在感を放っていた。

上背があり鍛えられて無駄なくすらっとしているが、どこか芸術家を思わせるストイックな雰囲気も醸《かも》し出している。年齢を超越した独特の雰囲気のせいか、彼はずっと年上にも年下にも見える。

見れば見るほど、美夕は心の奥の魂を強く揺さぶられる。

大人の男性の色香を纏《まと》った彼は、目の前で止まり、こちらをじっと見つめてきた。こんな近くに来られると、背の高い彼の目線に合わせて自然とその顔を見上げる格好になる。いろんな感情が混じったようなその瞳から、どうして目を逸らせないのだろう。

「来生《きすぎ》先輩……」

美夕は、十六歳の春以来長い間夢で悩まされた、その懐かしい姿に向かって、小さく呟《つぶや》いた。

(変わってない……それどころか、もっとカッコよくなってる)

最後の記憶に残る高校時代より、さらに男としての自信に溢《あふ》れたその佇《たたず》まいに、十六歳の時と同じように——いや、あの時以上にときめきを覚える。

それは美夕にとって懐かしくもあり、また新鮮でもあり、まるで身体中の細胞が彼の存在に反応しているようだった。

美夕が立ち尽くしていると、その男性はニッコリ美夕に笑いかけてきた。

「やあ、君が雪柳《ゆきやなぎ》美夕さんだね。——子猫ちゃん。僕を覚えていてくれて、嬉しいよ」

あまりの驚きに、口をOの形にして固まっている美夕を上から下までじっくり眺め、その人は微笑んだ。

「君はあんまり変わってないね。高校の時以来だからさすがに記憶と違うかと思ったけど、あの時の印象そのままだよ」

ああ、懐かしい――この低く甘い独特の艶《つや》のある声。間違いなく、あの来生先輩だ。果たして褒められているのか、それとも貶《けな》されているのか……どちらにも取れる彼の言葉だったが、美夕はいまだに目の前の現実に頭がついていけず身体が固まったままだった。

見た目の反応が乏《とぼ》しい美夕に、その人は次第に眉を寄せて瞳を曇らせた。

「子猫ちゃん、僕を覚えていないのかい？　さっき名前を呼んでくれたと思ったんだけどな。来生だよ。君より二学年上だった、来生鷹斗《たかと》だ。久しぶりだね、今日はよろしく」

(今日はよろしくって――嘘っ！　そんなどうしよう⁉　まさか、先輩が依頼人なの？)

こちらの反応をジッと待つ瞳を受けて、ようやく頭が現実に引き戻される。

しまった！　今はバイト中だった。

(先輩は大事な依頼人よ。ちゃんと挨拶《あいさつ》しなきゃ)

「もちろん、覚えていますよ、来生先輩。本日は弊社のサービスをご利用いただき、ありがとうございます」

軽く頭を下げた美夕に、来生は笑いを漏らした。

「よかった、覚えていてくれたんだね。まあ、ちゃんとしゃべったのは卒業式の時だけだけど」

その屈託のない笑いは、まるで懐かしい同級生に再会したような温かさが感じられるもので、つい嬉しくなる。優しい態度で接してくれる彼が自分を覚えてくれていたことに、だんだん気分が高揚してきた。

「部活も違いましたし、接点はありませんでしたけど、先輩は一年生の間でも有名でしたから」

やっと反応し始めた美夕に、来生は目を細めて片手を差し出した。

「思い出してくれて光栄だよ。どんな風に有名だったのかが気になるけど、今は昔話をしている時間がないから、またゆっくり時間のある時に教えて。今日のことはどんな風に社長に聞いてる？」

美夕は差し出された片手を、ごく自然に握り返しつつ答える。

「すみません。時間がなくて詳しい内容は聞いてないんです。私が受けた内容は、今日の六時半から九時まで、建築関係の業界パーティに依頼人の恋人として同伴し、出来れば依頼人の挨拶《あいさつ》回りのフォローをして欲しい、ということです。何か間違っていますか？」

「うん、それで合ってる。代理の人が君でよかったよ」

来生は頷くと、そのまま美夕の手を自分の片腕にかけ、エスコートをしながらエレベーターの方へと歩き出した。

「君の会社の社長からね、指名した女性が来られなくなったから代理人を寄越すと言われた時は、正直なところ、大丈夫なのかと思ったよ。けど、君なら知らない人じゃないし、やりやすそうだ」

エレベーターのボタンを押して待つ間、来生は自分たちの後ろに年配の夫婦や着飾った人たちが待っていることに気付き、小さな声で言った。

「続きは部屋に行ってから話すよ」

彼の美声が耳元をくすぐるように聞こえてくる。

（ふわぁ、十年ぶりの懐かしい感覚……ドキドキしちゃう）

心地のいい声が頭の中で反響して、鼓動が速くなる。

そうなのだ。美夕は、来生のこの低くて甘い、艶《つや》のある声にすこぶる弱かった。

こんな声でささやかれたら抵抗出来ない……そんな理想の声の持ち主は、その美声に負けず劣らずいい男で、美夕の通っていた高校で来生の名前を知らぬ者はいなかった。

当時は学校の中はおろか、他校にまでファンクラブがあり、バレンタインの日に群がった女生徒の数に唖然としながら校門を通り過ぎたことを覚えている。

だが本人は、美夕の動揺になどまるで気付かぬ様子で、混んだエレベーターの中で恋人同士らしく腰に手を回し、自分の方へと引き寄せた。

エレベーターの浮遊感と共にチーンと音を立てて到着したその階は、パーティ会場のある大広間ではなく、客室のあるホテル上階だった。いつの間にか二人きりになっていたエレベーターから降りると、美夕の腰を抱いたまま来生は客室へと歩いていく。ふかふかな絨毯《じゅうたん》の上を歩いていると、来生の美声が静かな廊下に吸い込まれるように響いた。

「受付は六時半からだ。まだ少し時間があるから、部屋で打ち合わせをしよう。こっちだよ」

そうして、いかにも高価そうなドアをセキュリティキーで開け、美夕を中に案内した。スイートだと思われるそこは、落ち着いた雰囲気の部屋だった。入ってすぐにリビング、大きいソファーの向こうはダイニング。机の上に書類やノートパソコン、そして側に設計図らしきものが載っている。奥は広い寝室に続いていた。

来生はソファーに美夕を座らせ、自分もその隣に座る。ロマンチックな柔らかい照明に照らされたソファーに、隣同士座る二人の距離が、なんだかやたらと近い。お互いの体温が感じられるほどだ。

（近い、近いよ、先輩。あ、でも今は恋人役だったわ）

美夕は多少戸惑いながらも、割り切ることにした。

「あまり時間がないから、手短に話すよ。今日のパーティは聞いての通り、主に建築業界の会社や建築デザイナーの集まりだ。今、世界的に動いているプロジェクト案件が何件かあってね、僕も建築デザイナーとして参加している」

（先輩、建築デザイナーだったんだ……すごいなぁ）

感心したような美夕の態度に、説明を続ける来生の目が和《やわ》らいだ。

「こういう集まりは大切な情報収集の場だから、業界の人たちがたくさん集まるんだ。今日は社交がメインのパーティなんだけど、パートナーがいた方が社会的信用が増すんだよ。馬鹿らしいと思うかもしれないが、そういう保守的な風潮はいまだ残っているんだ」

なるほど、と美夕は彼の言葉に相槌《あいづち》を打つ。

「で、ここで君の出番となる。僕のパートナーとして僕が挨拶《あいさつ》回りをしている間、相手に友好的に振る舞って欲しい。同伴者の印象も僕への評価になるからね。ゆくゆくは僕の会社の評判にも繋《つな》がる」

来生は美夕が了解したと頷いたのを確認すると、先を続けた。

「プレッシャーをかけたいわけではないが、大事なことだということは分かって欲しいんだ。ついでに僕の恋人として仲良くしているところを見せつけてくれれば大いに助かる。家族で出席している人たちの中には、年頃の娘さんもいる。僕は非常にデリケートな状況には陥《おちい》りたくなくてね」

来生の表現は抽象的だったが、何となく事情が見えてきた。

昔から異性に関心を持たれることが常だった彼は、十年経った今も似たような状況なのだろう。

つまりは美夕は、来生に迫ってくる女性たちからの盾役も兼ねているのだ。

（なるほどね。だから、プロの俳優を雇ったのか。この役を普通の女性に頼んだら、きっとその女性は勘違いするわ〜）

彼の期待に応《こた》えるべく、美夕は大きく頷いた。

「分かりました。ご期待に沿えるよう、精一杯努力させていただきます」

美夕の真剣な言葉に、来生は嬉しそうに礼を述べる。

「ありがとう、呑み込みが早くて助かるよ。じゃあ、僕は君を『美夕』と呼ぶことにするよ。君も『先輩』ではなく『鷹斗』と呼んで欲しい。依頼中は恋人らしく振る舞うから、君もそれに合わせてくれ」

（そうよね、恋人らしくといえば……）

来生の言葉に少し考えてから、美夕は口を開く。

「それでは、挨拶《あいさつ》回りの時は先輩を『鷹斗さん』とお呼びします。会場で二人だけの時は、周囲に聞かれる可能性を考えて『鷹斗』と呼び捨てにさせていただきます。それでよろしいですか？」

「なら、もう呼び捨てにして欲しい。どこに関係者がいるか分からないし、なり切るなら今から慣らした方が良いだろう？　他の人の前では『鷹斗』でも『鷹斗さん』でも構わないよ。その堅苦しい話し方も変えて、砕けた感じで接してくれると嬉しいな。それから――」

そこまで言うと、来生――鷹斗は、膝に手を置いて真剣な顔をした。

「先に忠告しておくが、会場で一番手強いのは僕の親族なんだ。根掘り葉掘り聞いてくるから、下手な嘘はつけない。だから君のことをいろいろ教えて欲しい。いいかい？」

親族も出席していると聞いて、それは確かに手強そうだと思った。

「もちろんどうぞ」

「美夕は俳優で生計を立てているの？」

鷹斗の質問に正直に答えた。

「いいえ、私の本業はジュエリーデザイナーです。あ、違った。えっと、本業はジュエリーデザイナー、今日はバイトで派遣されたの。……こんな感じですか？」

父の会社の信用問題にもなるので演技の経験がないことは伏せつつ、言われた通り普通の話し方を心掛ける。

するとと、鷹斗はホッとしたように頷いた。

「そうそう、良いね。――そうか、僕と同じでデザイナーなんだ。素敵な仕事だね。それに本業があるなら美夕をジュエリーデザイナーだと紹介出来るから、尚更都合が良いよ。出会いは高校が一緒だったから、その時に恋人だったことにしておけば、再会してすぐにこのパーティに同伴させても不自然じゃないよね」

鷹斗は美夕の顔を見つめ、反対の色がないのを確かめると話を続ける。

「二ヶ月前まで、僕は仕事で海外だったしね。あ、これ僕の名刺だよ。僕の会社は都内にあるけど、プロジェクトの場所と期間によっては海外に出ることも多い。何だっけ、なんか諺《ことわざ》みたいなのがあったよね。こういう再会愛みたいな状況」

「あ！　もしかして、『焼《や》け木杭《ぼっくい》に火が付く』？」

美夕が答えると、鷹斗は嬉しそうに笑い返した。

「そうそう！　美夕と僕は学年で二年違うけど在学は一年重なってるから、この期間に付き合っていたことにしよう。僕が卒業して仕方なく別れたけど、お互い嫌いで別れたわけではなくて、将来夢を叶えたら再会しようと約束していた、こんな感じでどう？」

美夕が頷くと、鷹斗は次の質問へ進む。

「美夕は、僕が卒業した後はどうしていたの？」

「実は、あの、二年の時に母が亡くなって都内の公立高校に転校したんです――じゃなかった、転校したの。それから大学に進学したんだけど、途中でどうしてもジュエリーデザイナーの仕事がしたくなって……退学したわ」

依頼人相手のタメ口は、思ったより難しい。少しスローなテンポで話をしないと、うっかりドジってしまいそうだ。

「その後は……日本とロンドンで専門学校を一年ずつ、あとイタリアで三年ほど……宝石店の販売員をしながら、工房で見習いとして働いたの。二年前に、日本に帰ってきたのよ」

美夕の説明に、満面の笑みで鷹斗は口を開いた。

「よし、それなら、今まで会わなかったのも不思議じゃないな。君も日本にいなかったんだし。僕は大学を卒業してから父の会社に二年勤めて――あ、僕の父の会社、『来生コンストラクション』っていう建設会社なんだけど、僕は二十四の時に独立して今の会社を立ち上げたんだ。今から四年ほど前だね。それで、ちょうど三年前から海外のプロジェクトに関わるようになった。だから、すれ違いというわけだ」

鷹斗は堂々とした態度で説明する。確かに彼は高校の時からこんな感じで大人びていた。

（あっ、でもすれ違いって……）

「でも……それなら、私たち……どうやって再会したの？」

「そうだな……夢を叶えた僕が君を探して迎えに行った。君も僕を待っていた、でどうかな？　これなら今、僕らは再会したばかりのお互いに夢中な恋人同士だ。どう？　何か付け足すことある？」

「わあ、ドラマチックな設定ね。よし、分かった。あ、一つ足りない情報があったわ。えっと……私は自分のブランドを本格的に立ち上げて、三年近くになるの」

鷹斗の提案が思ったよりずっとロマンチックで、その設定にぐっと惹かれた。

(なるほど、運命の再会を果たした、お互いに夢中な恋人……ね)

溜息が出るような切なくて甘い恋……、鷹斗が相手ならなりきれる気がする。

——あっ、そういえば、恋人、といえば……

「あの、恋人役だっていうから、それらしく見えるかと思って持ってきたのだけど」

パーティ用のハンドバッグから小さな箱を取り出し、鷹斗に見せた。

「このアクセサリーの中で好みのものがあれば、つけてみて欲しいんだけど……」

鷹斗との再会にあんまり驚いてしまって危うく忘れるところだった。

それは今日のパーティで恋人と思われやすいよう用意した、美夕がデザインしたペアのネックレスやリング、そして男性用ジュエリーだ。演技にいまいち自信のなかった美夕が、その演出効果に期待していたことは内緒である。小さな箱にはシンプルな金と銀のネックレスや指輪、凝ったカフリンクス、色鮮やかなネクタイピンなどが詰まっている。

箱の中身を見た鷹斗は感嘆の声を上げた。

「すごいな、これ全部美夕のデザインかい？　今日のそのドレスとネックレスもすごく似合ってると思ったけど……本当にデザイナーなんだね」

鷹斗は中を覗《のぞ》き込み、真剣に吟味し始めた。

「美夕の今つけているネックレスは色合わせがいいから、そのままでいいと思うよ。ペアのものをつけるより、僕はこっちの男物がいいかな」

いくつかジュエリーを取り出しては、指先で触れている。

「セミフォーマルでタイはしないから、これとこれでもいけるかな。ネックレスなんてしたことないけど、恋人がジュエリーデザイナーだったらつけてもおかしくないよね」

そう言って、鷹斗は鷹の羽を模したホワイトゴールドとブラックオニキス、サファイアで作られたネックレスを手に取り、お揃いのカフリンクスに指輪も選んだ。指輪を嵌《は》めて、その凝った一点もののデザインにやたら感心している。

「これ、いいな。ちょっと待ってて、シャツを替えてくる」

奥のベッドルームに消えた彼は、しばらくしてシンプルだが上質の無地のシャツに着替えて戻ってきた。リビングの壁にかかった大きな鏡の前で、ネックレスがよく見えるように前ボタンを外している。

カチッとカフリンクスをつけ、上品なジャケットを羽織ると、初めからコーディネートされていたかのようにアクセサリーが映えた。まるで映画スターだ。

(わあ、デザインした時のイメージにピッタリ)

素直な称賛を湛《たた》えた表情をする美夕に、鷹斗は鏡越しに優しく笑いかけてくる。

「これ全部気に入ったよ。僕に誂《あつら》えたような鷹のデザインだし。美夕さえよかったら、買い取ってもいいかい?」

「ええ!? ありがとう、でもそんな気を使わなくていいわよ……セミフォーマルのホテルのパーティだって聞いたから、恋人らしく見えるかなと思って持ってきただけだから。えっと、ほら、一つでも身につけてもらったら、宣伝になるかもだし。だから買い取る必要はないのよ」

(でも確かに先輩、お似合いだ。お金に余裕があったらプレゼントしてもいいくらい……)

そんなことを考える美夕を、鷹斗は笑ったまま引き寄せた。

「僕が買い取りたいんだよ。ほら、素直に、『鷹斗、お買い上げありがとう』って言いな」

鷹斗のあえて軽い調子にした言葉に、思わず微笑が零《こぼ》れる。

「鷹斗、ありがとう。でもこれって、結構高いわよ? 素材のオニキスはともかく、18Kホワイトゴールドとサファイヤを使ってるし……」

鷹斗が選んだのは、一見シンプルだが、素材の色を上手く活かしたデザインで、美夕の手持ちの中でも最上級の値段のものばかりだ。

「はは、心配してくれるんだ。大丈夫、このスイート三泊分の値段ぐらいまでだったら現金で払える。足りなければ銀行から引き出すさ」

（ええ？　このスイートって、すっごく高いよね？　その三倍って……）

呆気に取られた美夕の腰を抱いたまま、鷹斗は耳元でささやいた。

「ちょっとだけ、美夕が慣れるように触るよ。自然にリラックスして、僕たち、恋人同士なんだから」

独特の艶《つや》のある声にささやかれて、身体に甘い痺《しび》れがぞくっと走る。それに気を取られた隙に、鷹斗は魅惑的な香水が仄《ほの》かに香る胸元に、美夕をそうっと抱き込んだ。

（ああ……この懐かしい感じ、やっぱり妄想じゃなかったんだ）

思わず顔を鷹斗の広い胸元に、甘えるように擦り寄せてしまう。

十年前にも、こんなことがあった――それまで話したこともなかった鷹斗とのやりとりを、美夕は彼の腕の中で思い出した。

◆◇◆

十年前の春。

三年生の卒業を見送った後、一年生と二年生の学級委員は全員残って、講堂の後片付けをするのが慣例だ。

なのに、狭い倉庫に入って椅子を積み重ねていた美夕は、いつの間にか一人になっていた。

（ちょっと、何で誰もいないのよ！）

相棒であるはずのもう一人の学級委員の姿が見えず、あんの野郎、またサボりか、と半分諦めた時、遅ればせながら誰もいないことに気付いたのだ。作業に熱中していて、うっかり周りが見えなくなっていた。他のクラスの委員たちは揃いも揃って、誰かが最後までやるだろう、と一人、また一人帰っていったのだろう。

（えっ、そんなのってあり？　これじゃあ私、帰れないじゃん）

倉庫の外に山と積まれた椅子を見て、美夕はげんなりした。いっそ帰ろうかとも思ったが、元来物事を途中で放り出すことが出来ない性格だ。美夕は深々と溜息をつき、黙々と椅子を倉庫に運んではきちんと積んでいく。適当に積むと椅子が倉庫に入りきらなくなることを、行事のたびに後片付けに駆り出されていた美夕はよく知っていた。

（はあ～、ついてないなあ、今日は早く帰れるから買い物に行こうと思ってたのに……）

椅子を積んで、さあ次の椅子を取りに行こうと振り返り、出口に向かうべく歩き出す。

すると、ちょうど誰かがドアから入ってきた。

背の高い男子生徒の顔を認めた途端、美夕は目を丸くした。

その男子生徒は、校内の超有名人だったからだ。

彼の優れた容姿と成績はもちろん、テニス部の元キャプテンという肩書き、そして落ち着いた態度は遠くからでも目立つものだった。女子生徒の間では〝王子〟と呼ばれている人だ。

フルネームは来生鷹斗。二学年上のその人は、今日、卒業したばかりのはずだった。

彼は誰もいないと思って入ってきたらしく、目を丸くして彼を見ている美夕に気が付くと、慌てて「ごめん」と出て行こうとした。が、ここで会ったのも何かの縁、逃がすものかと美夕は声を掛けた。

「あ、あの、手伝ってくれるんじゃないんですか？」

声を掛けられた鷹斗は、「え？」と言って周りを見渡した。で、一目で状況が呑み込めたらしい。面白そうにくっくっと笑いながら言った。

「君、もしかして、要領悪い？」

開く。

（わあ、すごくかっこいい声。噂は本当だったのね）

その甘く低い独特の艶《つや》のある声を初めて間近で聞いて、美夕はさらに目を大きく見開く。

だがその直後、彼の言葉の意味を理解し、反射的にちょっと怒った声で言い返していた。

「ほっといて下さい。からかいに来ただけなら、邪魔なので帰って下さい」

「そんなに怒らないでよ、子猫ちゃん。ほら、ちゃんと手伝ってあげるから」

……今、この人は、自分を何と呼んだ？

（こ、子猫ちゃんって）

そんな風に呼ばれたのも初めてだけど、こんな風に男子生徒にからかわれるのも久しぶりだ。それに、何で子猫ちゃんなのよと内心首を傾げる。

すると、何がおかしいのか、鷹斗は倉庫の外の椅子を取りに行った美夕の後を笑いながら追いかけ、椅子運びを手伝い始めた。

ちっとも悪びれた様子も見せず、椅子を要領よく積み上げていく姿に美夕は呆れながらも、ちゃんと手伝ってくれているので一応お礼を述べる。

「ありがとうございます。みんな逃げちゃって困ってたんです」

「そりゃそうだろ、こんな面倒くさいこと。よく君は逃げなかったね？」

鷹斗の言葉に、美夕は溜息をついた。

「逃げるタイミング逃しちゃって、気が付いたら一人だったんです」

「ははは、そりゃ、運が悪かったね」

美夕の表情がよっぽど面白かったのか、鷹斗は目尻に溜まった笑い涙を拭《ぬぐ》いながら椅子を取りに出て行く。すると、突然ピタッと止まり、壁の照明のスイッチを切ってゆっくりドアを閉め始めた。

（えっ、何してるの、この人？）

美夕は話しかけようとしたところで、鷹斗の必死な様子に気付いた。彼は振り返ると口に指を当てて、「しっ、黙って」と合図をしてくる。

（何なの？　どうしたの？）

暗くなった倉庫に、一瞬不安を覚えるが、鷹斗の必死な表情を見て何か理由があるのだろうと、黙ってその場で待つ。ドアを閉め終わった鷹斗は、抜き足差し足で近づいてきて美夕の腕を取ると、椅子の間の狭い空間に一緒に入り込んだ。

すると、外から大勢の女の子が呼びかける声が聞こえてきた。

「来生くーん、どこ～」

「センパーイ、ボタンくださーい」

「帰っちゃったのかな～」

（あ～、なるほど、彼女たちから逃げてきたわけね）

事情が呑み込めると、狭い椅子の隙間に二人して隠れてやり過ごそうとしているこの状況が、だんだんおかしく思えてくる。

（ふふ、年上だけど、何だか可愛い。噂で聞くほど、遊んでるようには見えないけど……でも、場慣れしてるというか、この態度は高校生には見えないなあ。なのにとっても話しやすい……）

美夕は父がバーを経営している関係で、いろんなタイプの若い役者や大学生ぐらいの年齢のバイトを見慣れていた。その美夕から見ても、彼の態度は同級生や他の上級生とは比べ物にならないほど落ち着いている。腕の中の美夕がリラックスしたのに気付いたのか、鷹斗は耳元で小さくささやいた。

「みんながいなくなるまで、じっとしてて」

声優並みのイケメンボイスを耳元でささやかれ、美夕の身体にぞくっと甘い痺《しび》れが走った。

（何この声、すごく好きかも）

身体に回される力強い手や、鍛えられてがっしりした硬い胸にスッポリ包み込まれると、なんだか安心する。思わず顔を彼の胸に擦り寄せ微笑んだ美夕に、鷹斗は優しくささやいた。

「子猫ちゃん、こっちを向いて」

なあに？　というように、美夕は素直に顔を上げた。お互いの細かい表情は、小さな明かり取りの窓一つではうっすらとしか見えない。そんな薄暗さの中、美夕はいつの間にか鷹斗に口づけられていた。

（えっ、何、私……キスされてる⁉）

美夕は突然のことに、心からびっくりした。

少し開いた唇に鷹斗は優しく吸い付き、舌の先で甘えるように美夕のふっくらした唇をそっと舐める。

そんな鷹斗からの突然のキスにどう反応したらいいのか、美夕は本当に分からない。頭の中ではクエスチョンマークがワルツを踊り始めていた。

（ど、どうしよう？　どうすればいいの？　そもそもどうしてこんなことに⁉）

名前しか知らない男子生徒に、今キスをされている。

こんな状況であれば、相手の身体を押し返すなり引っぱたくなり、イヤーと叫んで逃げ出してもおかしくない。そう思うのに――

信じられないことに自分は嫌がっていない。嫌悪感どころか抵抗感さえ湧いてこない。

そう感じるからこそ、余計に頭の中が混乱してしまう。

（私ってばっ、どうしてこんな気持ちになるの――？）

チュッと音を立てて唇を啄《ついば》まれるたびに、心が陶然として、同時に切ない想いに囚われる。

鷹斗はまったく知らない人なのに、重ねられるキスがまるで「僕を知って欲しい。君も心を開いて」と語りかけてきているようだった。

息継ぎのために彼の唇が束の間離れると、その甘い切なさに突き動かされ、再び重なった唇に美夕も応《こた》えていた。二人で唇を吸い合っては甘噛みをした後、優しく唇を舐め合う。そんな風に自然とキスが深まる。

「来生く～んいないの～？」

「来生センパーイ……？」

女の子たちの声が次第に遠ざかっていく。けれど、二人ともお互いの熱い息遣い以外は、もう何も耳に入ってこない。

「んっ、っ、んっ……」

甘いキスを長々と交わしていると、彼をよく知っているような気さえしてきた。そしていつしか、その安心感や懐かしさに心が温かく包まれる。

鷹斗の男らしい大きな手は美夕の頭の後ろを支え、美夕の細い手は彼の背中に回る。壁にもたれて安定感を得た美夕は、我知らず鷹斗を自分の方に引き寄せた。鷹斗もその身体を支えるように、美夕の背中から腰に向かって手を下げていく。

そうしてお互いの身体をぴったり合わせた二人は、何度も何度も角度を変え、さらに心が温かくなるようなキスを交わした。

美夕はもう今がどういう状況なのかささえも忘れ去っていた。それどころかもっと……という抑えがたい要求に心が囚われそうになる。けれども、鷹斗が不意に動いて身体をぐっと押し付けてくると、ようやく頭の片隅で理性の警鐘が鳴り出した。それと共に、コツコツ、パタパタ、と複数のハイヒールと靴の足音が外から聞こえてくる。

近づいてくるその音にやっと我に返った二人は、ハッとお互いを見つめながら離れた。その拍子に美夕は脚を思い切り椅子にぶつけてしまい、慌てて屈み込む。

「いっ、痛……」

（イッター、どうしよ、動けない……）

鷹斗は素早くドアを開けると、「大丈夫かい？」と美夕の側にひざまずいた。

同時に、講堂に数人の教師が入ってきた。

「おう、来生じゃないか。お前こんなところで、何してるんだ？」

「村田《むらた》先生。ちょうどよかった、椅子を片付けてた下級生を手伝ってたんだけど、椅子に脚をぶつけたみたいで。今、保健室開いてる？」

堂々と答える鷹斗に、生徒が怪我をした、と聞いた教師たちが急いで向かってくる。

頬を染めて涙目でうずくまっている美夕を見て、大丈夫か？　と声を掛けてきた。すると、騒ぎを聞きつけた何人かの女生徒が講堂を覗《のぞ》き込み、鷹斗を見て声を上げた。

「先輩！　こんなところにいたんですか！」

「——先生方、すみません、ちょっと急いでるんで、あとお願いします。失礼します」

しまった、という顔をした鷹斗は、教師たちに礼をし、ドアから急いで出て行った。

彼を追いかけていく女生徒たちに教師たちも苦笑いで、「あいつも大変だな」と同情するように呟《つぶや》いていた。

結局、足の先をぶつけた美夕はしばらく痛くて歩けず、保健室まで教師に付き添ってもらった。そして家に帰る途中も帰ってからも、鷹斗と交わしたキスが忘れられなくなっていた。ふとした拍子に思い出すたびに顔が火照《ほて》ってくる。

交際経験のなかった美夕にとって、それはまさに衝撃の初キスで。

——同じ高校の先輩とはいえ、恋人でもない人と初めて会話を交わしてから、十分も経たないうちにキスって——

美夕は自分のしたことが信じられなかった。

確かに彼独特の雰囲気や容姿には惹かれるものがあり、かっこいいと見惚れたことはあった。それにしゃべってみて案外可愛い、とも思ったけど……

十六歳だった美夕は、初キスは好きな人とロマンチックなシチュエーションでと夢見ていたのだ。キスとは相手をよく知って好きになってからするもので、付き合ってもいない人となんて考えられない。そんなコト気持ち悪くて論外、だったはず――。なのに、一体どうして……あの状況で嫌がるどころか、鷹斗のキスに反応した自分がまったく理解出来ない。

だけど、こうして思い出しても、やはりあのキスはお互いを信頼して会話を交わしているような心が温まるものだった。

（私、全然嫌じゃなかった、よね……？）

何しろ、二人の気持ちが溶け合ったように気持ち良くて、途中で止めたいとも思わなかったのだ。

もしあそこで教師が来なければ、自分たちはどうなっていただろう。

その先なんて想像出来ないけれど、なんだか胸のドキドキがずっと止まらない。

そして、それが二人の最後となったのだ。それからしばらくして、美夕の母が入院することになり、美夕は高校を転校した。

その後気付いたのだが、二人の分かち合った時間を証明するように、美夕の制服のポケットにはなぜかブレザーのそれと思われる小さなボタンが残されていた。

◆◇◆

その日から、美夕は鷹斗とのキスを夢でよく見るようになった。

その夢は、美夕がジュエリーデザインを勉強している間もずっと続いた。初めて恋人と呼べる人が出来て、その人とキスを交わしてからも続いた。

しかも最悪なことに、恋人とのキスに美夕はそれなりの反応しかせず、鷹斗と交わしたような情熱を煽《あお》ってくるキスは誰とも再現出来なかったのだ。

もちろんだが、美夕も相手を好きになってお付き合いを始める。けれども、好意を抱く相手に対しあまりにも反応の薄い自分に、いつしか、あの時感じた感覚は夢見て作り上げたものに違いない、きっと現実ではなかったのだと思うようになっていた。さらに、もしかして自分は不感症なのかも……とも。

(十六の時に初めて交わしたキスの方が、大人になって恋人と交わすキスより感じた、なんてありえないよね……?)

好きな人とキスするのは、嫌じゃない。嫌じゃないけど……あんまり好きでもない。軽いキスならともかく、大人のキスなんてヌルッとして、まったく気持ち良さを感じない。

（……こんなんで私、まともな恋愛出来るの……？）

恋人とのキスに軽い嫌悪感を覚えて、落ち込んでしまうこともしばしばあり、結局破局を迎える。

そんな恋愛と言えるかも疑わしい交際の繰り返しで、美夕はすっかり自分を恋愛音痴だと思うようになった。周りも、長続きしない美夕をそう認識している。それにここ数年は、お付き合いすることさえ遠ざかってしまっていた。

だがここに来て、初キス相手であり、高校の先輩である鷹斗の恋人役を務める、なんてことになったわけだが……

演技のためとはいえ、鷹斗にホテルでそっと抱き込まれる美夕の鼓動は、自身でもびっくりするほど高鳴っていた。長らく感じなかった予感めいたときめきが、胸を掻き乱す。

（……やっぱり、この感じ──あの時と、まったく同じ……）

今、鷹斗に優しく抱き込まれただけで、心が心地よさに包み込まれる……

美夕は今度こそ、はっきり悟った。その昔、一度だけ鷹斗とキスをした時に抱いた安心感や懐かしさは、妄想ではなかったのだと。

鷹斗の匂いや、背中に回った男らしい大きな手に、硬く頼もしい胸。それらすべてが美夕の感覚を呼び覚まし、幸福感がさざ波のように胸の奥まで浸透していく。

（ああ、なんて懐かしい――）

美夕は顔を鷹斗の胸に擦り寄せ、無意識に甘えていた。

鷹斗も美夕の柔らかく艶《つや》のある髪を優しく撫でながら、物足りなさを感じたのかゆっくり言葉を紡ぎ出す。

「長い間、会えなくて本当に寂しかったよ。もっと早くに会いに行けなくてごめんね。だけどこれからは違う。会社は軌道に乗ったし、一緒に過ごす時間を増やそう。今日はパーティに出席してくれてありがとう」

聴き心地最高の美声が、心のこもったセレナーデのように甘く語りかけてくる。美夕の意識はたちまち目の前の鷹斗に惹き込まれた。それと同時に、依頼のことを思い出す。

そうだ、懐かしさでぼやっとしている場合じゃない。恋人役なのだから、彼が提案してくれた通りにちゃんと答えなくては。

「……私も、鷹斗に会えなくて寂しかった、今日は一緒に過ごせて本当に嬉しい」

鷹斗の低く甘い声で告げられる言葉に、自然に答えている自分がいる。

（出来るじゃない、私。お芝居はもう始まってる。私は鷹斗の恋人、この人に長い間会えなくて寂しかった）

美夕も力を込めて鷹斗の大きな身体を抱き返した。再び頬を擦り寄せ甘える美夕の仕草に、鷹斗は髪を撫でていた手を下ろし、その頬の感触を確かめるように長い指で優しく辿《たど》る。最後に顎《あご》の下をくすぐるように撫でると、優しく持ち上げて、チュッと素早くキスをした。

（えっ……きゃー、慣れすぎでしょ、この人！）

流れるような自然な動作で唇にキスをされてしまい、ドキンと心臓が跳ねた。速まる鼓動と共に頬がみるみるピンク色に染まる。

それでも、ここで狼狽《うろた》えるわけにはいかない。恥ずかしさを押し込めつつ精一杯平気な顔をし、優しく腕を取ってドアへエスコートする鷹斗を見上げた。

（でも私、演技とはいえ、やっぱり嫌じゃない。むしろ……）

口に出来ない想いは心に秘め、鷹斗に合わせて歩いていく。――のだが、美夕の態度は傍目《はため》にはいかにも恥ずかしい、けど、〝恋人の突然の愛情表現に頑張って応《こた》えています〟感がいっぱいで、実に初々《ういうい》しかった。見ている鷹斗の顔に思わず微笑みが浮かんでくるほどに。

鷹斗の上機嫌な様子に、上手く出来たみたいと美夕はホッとした。そしてそのままエレベーターのボタンを押す彼の横で大人しくその腕に身体を預けた。

二人は自然とじゃれ合いながら、腕を組んで会場の受付へ向かっていく。

「美夕の髪って、手触りいいな」

「鷹斗、そんなにしたら、ほつれちゃう」

いかにも恋人らしく彼に微笑みかけ歩いていると、かすかに流れてくる優雅な音楽と楽しそうな人々の談笑が会場の外まで聞こえてきた。開いた扉からは、大きなパーティ会場が見える。きらびやかに着飾った人々ですでに埋めつくされているそこは、一人だと物怖《ものお》じしてしまいそうなほど広い。

けれども、隣には頼もしい鷹斗がいる。そして今夜の美夕は、鷹斗が夢中になっている運命の恋人なのだ。美夕は、大丈夫よ、上手く演《や》ってみせると心の中で自分を励ました。

そうして、シャンデリアのまばゆい明かりの下でシャンパングラスがキラキラ光る会場に、二人は開場時刻より遅れて入った。だが、その豪華さに気をとられる暇もなく、扉をくぐった途端にさっそく声が掛かる。

「来生さん。お久しぶりです。どうです、その後は……？」

さあのっけから、お仕事だ。美夕はさっと気を引き締めた。

「あちらでお父様にお会いしましたよ」と続ける男性は、すぐに美夕にも会釈《えしゃく》をした。

「ところで、こちらの美しい女性は、来生さんのお連れの方ですか？」

「ええ。僕の婚約者の雪柳美夕さんです。美夕、こちらプラント配管や管工事業を主に手がけている、セタヤ総合設備株式会社社長の永江《ながえ》さんだよ」

最初に挨拶《あいさつ》に訪れた男性に、美夕は流れるような調子で紹介された。

「初めまして、雪柳と申します。お会い出来て光栄です」

丁寧にお辞儀をして挨拶《あいさつ》を述べた後、一瞬の間があいて鷹斗の言葉が頭に入る。あれ？　てっきり〝交際相手〟だと紹介されると思っていたのに!?

（先輩、話が違うっ！　〝恋人〟じゃなかった？　〝婚約者〟って……どうなってるのっ？）

美夕は動揺するものの、にこやかに笑った顔の表情はもちろん崩さない。その首筋がほんのり染まり、むしろ初々《ういうい》しさと愛嬌が増す。

「いやあ、こちらこそお会い出来て光栄です。初めまして、永江です。今日は来生さんが、お一人でないので驚きましたが――」

穏やかな様子のまま、当たり障りのない会話を続ける男性二人の隣で、あくまでニコニコ顔をキープ。けれども――！

いかにも興味深そうに相槌《あいづち》を打つ、一見穏やかな態度の美夕の脳内は……はっきり言ってパニックだった。

いや、もしかして自分は緊張のあまり鷹斗の言葉を聞き間違えたのかも……？

咄嗟《とっさ》にそう思った美夕の耳には、「それで、ご結婚の予定などはいつ頃ですか？」と問いかける声が聞こえてくる。すると鷹斗は、嬉しそうに「そうですねぇ」などと答えているではないか。

美夕は、聞き違いじゃなかった！　と胸中で叫んだ。

（え、えぇぇっ⁉　どうして婚約者⁉）

「今時分は結婚式の形式も……」とやけにリアルな会話をのんびりと続ける鷹斗に、一体いつの間に自分たちの関係は、婚約までひとっ飛びに進展したのっ？　と大声で質問したい。

「美夕も僕も、今まで仕事が忙しくて、まとまった時間を取るのが難しくて……」

――などと、どんどん話が進展し、それどころか鷹斗は愛おしそうに手まで握ってくる。さらに、だ。

「式は早い方がいいよね、美夕？」

と返事を求められては、呆けた顔を晒《さら》すどころではない。

しかもパニック気味の美夕を余所《よそ》に、こちらに向かって人がどんどん集まってくる。

「来生さん、こちらでしたか」

「これはこれは、ご無沙汰しております」

途切れなく挨拶《あいさつ》に訪れる人々に、とてもじゃないが、鷹斗にその真意を問いただす暇などなかった。鷹斗の横で、美夕は必死に、だがニコニコと上品に笑い続ける。

（また来た！　どうしてこう、次から次へと人が寄ってくるの？　先輩はこっちから挨《あい》拶《さつ》に行くようなことを言ってたのに……）

しかも、どの人も美夕にも目を向け、挨拶《あいさつ》を兼ねた質問をしてくる。

それに笑って答える鷹斗も、例に漏れず「僕の婚約者の……」と同じセリフを繰り返していた。

こうなるともう美夕は、最初に感じた動揺など微塵《みじん》も見せず、愛想よく笑って挨拶《あいさつ》を交わすしかない。何度も繰り返していると、しまいには、鷹斗の婚約者と書かれた名札を付け歩いている気分になる。

そしてついに開き直り、ニッコリ余裕の笑顔で挨拶《あいさつ》を返すだけでなく、世間話にちゃんと参加出来るまでになっていた。

それにだ、鷹斗の知り合いだらけらしいこのパーティ会場で、迂闊《うかつ》なことは言えなかった。

依頼人である鷹斗の顔に、泥を塗るような真似は絶対出来ない。

臨機応変に応じるのも仕事のうちと考え、〝ええ、そうですとも私が鷹斗さんの婚約者です、幸せいっぱいです〟というニコニコ顔を徹底して維持することにした。

こうして婚約者問題は無事に美夕の意識外に追いやられ、現実的な問題に心が向かう。

……この広い会場で、いまだ入り口付近で足止めとは。今夜は会場のどこまで進めるのか……？

なにせもう三十分以上この状態で、二人はここから動けていない。美夕の今夜の仕事である挨拶《あいさつ》回りはまだ始まったばかりだが、嫌でも悟らずにいられない。この先はさらに長いのだ……と。ついつい溜息をつきたくなる。それにいい加減、お腹も空いてきた……

少し疲れた美夕は、給仕のボーイに渡されたシャンパンを片手に、知らず知らず鷹斗に寄り掛かっていた。すると鷹斗は相手との話を適当に切り上げ、美夕の手を取って立食用テーブルの方へ足を向けた。

「美夕、疲れただろう、お腹減った？　何が食べたい？　ここの料理はどれも美味《おい》しいよ。取ってあげるから、どれが欲しいか言って？」

優しい鷹斗の言葉に喜んだ美夕は、目ぼしい料理をリクエストする。けれども、鷹斗が彼の取り皿にあまり料理を載せていないのを見て、不思議に思い聞いてみた。

「鷹斗、お腹空いてないの？」

「ああ、僕は早めに夕食を済ませているんだ。こういうパーティって、大抵忙しくて食べる暇ないからね。美夕はゆっくり食べてていいよ。今日は急だったから食べて来なかったんだろう？　僕が壁になるから、好きなだけ食べて」

そうだった。しばらくこういうパーティから遠ざかっていたせいで、綺麗さっぱり頭から抜け落ちていた。今更ながら社交常識が頭に蘇《よみがえ》ってくる。

（……先輩に恥をかかせないようにさっさと済まそう）

　手早く食事を終えようと、もぐもぐと一生懸命に食べている間も、鷹斗は黙ってニコニコ壁になってくれている。美夕は素直にお礼を述べた。

「ありがとう、鷹斗、今日は忙しくて食事する暇がなかったの。もうお腹もいっぱいになったし、大丈夫よ」

「心配ないよ。恋人同士で語らっているようにしか見えないはずだから。さあ、おいで。もうひと踏ん張りだ」

　鷹斗は美夕の腰を抱いて、堂々と社交の場に戻っていく。お腹がいっぱいになった美夕は、先ほどあれほど頭を悩ませた婚約者発言のことなどすっかり忘れ去り、リラックスして挨拶《あいさつ》に訪れる人々に接することが出来た。

　隣の頼もしい存在のお手伝いをするべく、紹介されるたびに寄り添ってにこやかに会話を交わす。

　こうして、世間話をしながら広い会場を少しずつ進んだ二人は、やっと会場の中心近くにまでたどり着いた。すると前方の一箇所に、若い男女らが賑《にぎ》やかに談笑しながら集まっている。鷹斗の姿を認めたその女性たちが、チラチラとこちらを見ていた。

　どうやら若手の集まりらしいその集団を、鷹斗は無視してそのまま奥の方へ足を運ぼうとしたのだが……

「来生さん！　お久しぶりです……」

高い声が追いかけてきて、二人は着飾った男女に捕まってしまった。

呼び止められた鷹斗が小さく溜息をついたのを、隣にいた美夕は見逃さなかった。

（先輩、どうしたのかな……？）

心なし乗り気でない鷹斗の様子に、美夕はもしかして要注意の集団なのかもしれないと、再度気を引き締める。

「久しぶりだね。元気そうで何より」

鷹斗がそう返すと、中でも取り巻きのような人たちを連れた三人の女性が、媚《こび》を売るように近寄ってくる。

「来生さん、今日は遅れていらしたのね。会場前でお見かけしなかったから心配したわ」

一人が前に出れば、負けるものかとあとの二人も言葉を重ねてくる。

「そうそう、ちょうどこの後、若い人たちで飲みに行こうって話が出てるんですけど、来生さんもいかがですか？」

「ぜひ、行きましょうよ。いいバーを見つけたんです、ここから歩いていけるんですよ」

「もちろん、来生さんもいらっしゃるわよね。私もご一緒したいわ」

三人の女性が争うようにそれぞれ熱心な言葉で誘いをかけてきた。

その中でも最初に鷹斗に声を掛けてきた一人は、自分のドレス姿を見せつけるように自信満々で一歩一歩気取った歩き方で近づいてくる。

「帰りはうちの車で送らせますわ、今夜こそ付き合ってくださるわよね？　せっかくのパーティですもの」

この女性は他の二人より背がいくばくか高く、セミフォーマルにしては大胆なほど身体の線を見せつけるドレスを着ている。毛先までふうわりクルンと髪を巻いたその姿は、確かに女性らしさに溢《あふ》れていた。ハイヒールが似合う美人だ。

だが鷹斗は、次々とかけられる誘いの言葉を、にっこり笑いながらも丁寧に断った。

「誘ってくれてありがとう。だけど、これからちょっと仕事が入っているので、またの機会に」

誘ってきた三人のうち二人は残念といった様子だが、ハイヒール美人は仕方ないというより、口惜《くちお》しいといった表情をした。それが、鷹斗が美夕の腰を抱いている事実に気付くと、驚きの表情に変わる。

今まで鷹斗の顔ばかり見つめていたことと、角度の問題で、手が見えていなかったらしい。他の二人や後ろの集団も、鷹斗が美夕を守るようにその腰を引き寄せるのを見て、一斉に驚いた顔をしている。

（え？　どうして……こんなに驚いているの？）

最初に気付いた自信ありげな美人が、鷹斗に問いかけてきた。

「来生さん、そちらの女性はお仕事関係の方ですわよね？　初めて見る方だわ。よかったら、私たちが代わりに案内してさしあげましょうか？」

「そうですよ、来生さん、これからお仕事なのでしょう」

「パーティのエスコートなんてなさっていたら、いろいろと不都合もおありでしょう」

ずいと前に出た背の高い女性は、さあこちらへとばかりに美夕へ手を伸ばしてくる。

「私たちが、その方のお相手をしますわ。ねえ、きっと若い世代の女性同士の方が、その方もよろしいんじゃありません？」

明らかに親切を装《よそお》って、美夕を鷹斗から引き離そうという魂胆が見え見えなアプローチである。

（何で知り合いでもないあなたたちの方が、先輩より〝よろしい〟のよ。決めつけないでちょうだい）

少々勝気なところがある美夕は、わざと逞《たくま》しい腕に寄りかかるような仕草をし、嬉しそうに口を開いた。

「鷹斗、この方たちはもしかして親しいお知り合いなの？　それならあなたのお友達にご挨拶《あいさつ》するいい機会だから、ぜひとも紹介して欲しいわ」

今夜の使命である盾役は、しっかりこなさねば。

集団に向き直ると、美夕は臆することなく挨拶《あいさつ》をする。

「いつも来生がお世話になっております。来生の婚約者で雪柳と申します。皆さんにお会い出来て光栄ですわ」

そう言ってニッコリ笑う美夕に、鷹斗は一瞬呆気にとられた。だが、すぐに上機嫌で優しく美夕の肩を抱き寄せ、低く艶《つや》のある声で見せつけるように甘くささやき返す。

「ああ、ごめんね。美夕のことで頭がいっぱいで、すっかり忘れていたよ。ええと、一人一人は時間がないからまとめてでいいよね。皆さん、こちら僕の婚約者の雪柳美夕さん。式の日取りが決まったら招待状を出しますので、その時はよろしく」

声を掛けてきた女性たちは、その素っ気ない十把一絡《じっぱひとから》げの扱いにもだが、鷹斗の口から飛び出た〝婚約者〟発言に驚いている。

「式の日取り？」

「婚約者？」

「うそ～、来生王子が結婚？」

後ろで固まっていた集団もざわめき、大きな声で会話している。

「業界一のイケメン王子が～！」

「でも、初めてよ、王子が仕事関係以外の女性連れてるの」

「じゃあ、中田《なかた》さんたちも、諦めるしかないんじゃ……」

小声でささやかれる内容を耳にした美夕は、内心で予想通りだと感心していた。

（うわー、やっぱり王子って呼ばれてるんだ。高校の時と変わらないなぁ。それなら尚更、先輩に迷惑がかからないように、もっと上手く立ち回らないと）

背の高い美人が一瞬悔しそうに唇を噛んだのを見逃さなかった美夕は、にこやかに笑いながらも、さてどうすべきかと目の前の女性陣をさり気なく観察した。

そこで女性の一人がつけているネックレスに気が付き、いかにも感じ入ったという様子で声を掛ける。

「まあ、あなたのネックレス、最近流行《はや》りのGemma・G・Fiorellaのものですよね。私もファンなんですよ。今年のコレクション、とってもよかったですよね」

美夕の言葉に目を見張った女性は、自身のネックレスに触れつつ、美夕の首元に目を留めた。

「あ、ありがとう。あの、あなたのネックレスも色合いがドレスにぴったりで、素敵だわ……」

「そう言っていただけると嬉しいですわ。ありがとうございます。今日は業界のパーティだって聞いていたから、楽しみにしていたんですよ」

嬉しそうに美夕は女性たちに一歩近づく。

「来生の仕事関係で親しい方たちにお会い出来て、本当に嬉しいです」

あくまでにこやかに笑い、さり気なく〝仕事関係〟を強調して差し出した美夕の手を、その女性は咄嗟《とっさ》に握った。よかった、このパーティに出席しているだけあって、マナーはきっちりしている人たちだ。その手を柔らかく握り返した美夕は、早速その腕のブレスレットも素敵だとコメントする。少しはにかんだ女性は、美夕のブレスレットに気付くと小さな驚きの声を上げた。

「あの、もしかして、それってオリジナルシリーズの……？」

「ええ、そうなんです、私もこのシリーズはとっても好きで……」

そう言って美夕は、よく見ようと覗《のぞ》き込んでくる女性のためにブレスレットを腕から外した。

「見せてもらっていいかしら？」

「もちろんどうぞ。ほら、ここなんてとっても凝っていて、どの角度からでも……」

ブレスレットに惹かれたように聞いてくる女性の手にそれを載せる。ライトを受けてキラキラと光るダイヤとルビーをあしらったチャームを見て、女性は「まあ、ほんとだわ」とその職人技の素晴らしさに感嘆の声を上げた。

（よかった。興味を持ってもらえたみたい）

トリックアートのようなその造りに、周りの女性も興味津々《きょうみしんしん》でチャームを見ている。

すると後ろに控えていた女性の一人がまさかと言わんばかりの表情で、美夕に聞いてきた。

「あの、もしかして、そのドレス、〝西織姫《にしおりひめ》〟の最新作ですか？　カタログで見たことないんですけど……」

（わあ、織ちゃんのドレスを知っている人がいた！　借りてきて正解だった。ちょうど良いから宣伝しておこうかしら）

いかにも嬉しいといった様子で、美夕ははにかんだ。

「〝西織姫《にしおりひめ》〟のブランドをご存知なのね。感激ですわ。これは来年の春コレクションの試作なんですよ。今日のドレスは緋色ですけど、色違いの萌黄《もえぎ》、桃色、藍色が出る予定だそうです」

夏妃に借りてきたドレスは、美夕の白い肌に合う緋色だ。友達のブランドもしっかり宣伝出来て、美夕は大満足だった。

「えっ、未発表の来年の新作なんですか？　すごい！」

「試作ですから、もしよかったら、感想を聞かせていただけると嬉しいですわ。皆さんのような流行に敏感な方たちの意見って、とても大事だと聞いていますの。例えばこの縁取り、どう思われますか？　違う色を重ねた方がいいのかしら？」

美夕の言葉に、その場にいる若者たちは、女性を中心にこんな感じはどうだろう、こんな感じもいいかも、と打ち解けていった。「今日の王子は、いつにも増してかっこいい」とか「あのネックレスや指輪、センスがいい。どこのブランドだ?」と、ささやく声もチラホラ聞こえる。

　美夕の様子を黙って見守っていた鷹斗は、しばらくすると手元の腕時計を見てすまなそうに告げた。

「美夕、楽しんでいるところ悪いんだけど、そろそろ行かないと約束に間に合わないよ」

　それを聞いた美夕は残念そうな顔で答える。

「まあ、もうそんな時間なのね。皆さん、今日は楽しかったです。それではまた、お会いしましょうね。今後とも来生をよろしくお願いします」

　ブレスレットを返してもらい丁寧に頭を下げると、鷹斗と二人でにこやかにその場を去った。

　鷹斗が美夕の腰に手を回して連れ出しても、今度は羨《うらや》ましいという視線だけで、皆手を振って送り出してくれる。

　鷹斗はおかしくてしょうがないという風に口の端を上げ、声を潜《ひそ》めて美夕に聞いた。

「美夕、一体どんな魔法を使ったんだい。絶対嫌な思いをさせると思って、あのグループは避けるつもりだったのに」

「人は誰しも自分のセンスを褒められたら嬉しいものよ。ましてや、好意を持って近づいてくる人を邪険に出来る大人は少ないわ」

「ははは、すごいな」

鷹斗は目を細めて美夕を見つめ、その場でいきなり抱きしめた。髪にそっとキスを落とし、耳元でささやく。

「美夕、君には驚かされてばかりだ。ああ、好きだよ」

(きゃー、これはほんと恥ずかしい……!)

鷹斗の言葉といきなりの愛情表現に照れて、美夕の頬がバラ色に染まった。

「た、鷹斗ったら、こんな大勢の前で恥ずかしいわ」

「ほら、そんな恥ずかしがらないで。さっきは本当にありがとう」

抱きしめながら低い声で礼を言う鷹斗に、仕事の出来を手放しで褒められた美夕の胸は弾《はず》んだ。

そうか、運命の恋人ならこれくらいは当たり前なのかも……と思い直し、抱きしめられたままの状況を受け入れる。鷹斗はたくさん美夕に触れてくるが、その触れ方には愛情と優しさが溢《あふ》れていて、いやらしさはまったく感じられない。

慣れないせいで照れてしまうものの、決して不愉快でも嫌でもなかった。

それだけでなく、パーティのエスコート役らしく飲み物のお代わりなどにも気を使ってくれるそのスマートさに、つい美夕も煩《わずら》わしいバイトであることを忘れそうになる。

（あ、そうだった、まだ仕事終わってない）

「鷹斗、さっき言ってた約束って？」

逃げ出す口実かもと思ったが、本当なら時間も気になる。

「ああ、約束にはまだ間に合うから大丈夫」

そう言って、美夕の頬に落ちたほつれ髪を優しく耳の後ろにかけ直してくれる。

そのまま指で髪を名残惜《なごりお》しそうに撫でてくるので、せっかくまとまった髪がまたほつれてきた。

「もう鷹斗ったら、ピンが外れちゃうじゃない」

本当はそんなこと全然気にならないのだが、こんなに愛おしそうに髪を弄《いじ》られているとなんだか本当に愛されている恋人のような気がしてきた。軽くとがめながらも素で照れてしまう。しかも、鷹斗の瞳の熱にあてられて胸がドキドキしっぱなしだ。

もっとも、美夕のクレームが照れであるのは傍目《はため》にも明らかで、鷹斗は楽しそうに「ああ、ごめんよ」と言うものの、今度は両手で顔を引き寄せてちゅっと髪にキスを落とした。

「っ――……！」

自然に振る舞おうとしても、みるみる首筋までピンク色に染まっていく。美夕のその様子は乙女の恥じらいそのものだ。周りは恋人同士のやりとりを、微笑ましいと目を細め見守っている。

そんな状況でも堂々とした鷹斗は、ウエイターから受け取ったおつまみのカナッペを、

「うん、美味《おい》しい」と一口味見した。

「ほら、口を開けて」

え？　と思ったが、わずかに目を見開いたのみで驚きを抑えた美夕は、おずおずと口を開いた。こんなにも自然に誘導されると、恋人《たかと》との甘々なやりとりにだんだん感覚が麻痺《まひ》しそうになる。

（うっ、演技なのに、嘘みたいにものすっごく、恥ずかしいんですけど）

ただのフィンガーフードに、ここまで甘い破壊力があるなんて……誰が想像出来ただろう。

鷹斗の手で食べさせてもらいながらも、本音はその場に蹲《うずくま》ってしまいたい。

それとも、こんな気持ちにさせられるのは相手が鷹斗だからなのだろうか。

「じゃあ次は、美夕の番ね」

当たり前のようにさらっと言われて、カナッペをごくんと呑み込んだ。

やっぱり私からもしなきゃダメ？　と目で鷹斗にお伺いを立てると、しっかり頷かれてしまった。

（知らなかった！　先輩の恋人って、結構大変なんだ……）

おまけに、ほのめかすようにぶどうを一粒手渡され、美夕の頭に「はい、あ～ん」の構図がポンと浮かぶ。いやさすがにそれは恥ずかしすぎる。

「鷹斗っ……こんなの、恥ずかしいわ」

「そうだぞ」

恥じらいを含んだ美夕の言葉に、突然後ろから知らない男性が賛同してきた。からかうような調子で言葉を重ねられる。

「恋人が出来たからって、浮かれすぎじゃないかね、鷹斗」

ナイスミドルの素敵な声に美夕はハッとした。

そうだった。大勢の人がいるパーティ会場のど真ん中で、うっかり二人だけの世界を繰り広げてしまっていた。人々の談笑と共に美夕は一気に現実に戻ってくる。

うわぁ、これは穴があったら入りたい！　そんな気持ちで美夕がゆっくり周りを見渡すと、声を掛けてきたらしいナイスミドルな男性と目が合う。

「さあ、お父さんに、この綺麗なお嬢さんを紹介してくれたまえ」

（え、ええ!?　先輩の、お父さん……!?）

心臓がドキンと大きな音を立てた。

素敵な声に見合う紳士的な身だしなみと案外若い見かけから、二十代後半の子供がいる歳には見えない。

いきなり依頼人の父親登場という予想もしなかったハプニングに、さすがの美夕も心の準備が間に合わず、その姿を凝視してしまった。

笑顔の男性は、優しそうな女性と一緒に鷹斗と美夕の側に近寄ってくる。二人は期待溢《あふ》れる目で、こちらをニコニコと見ていた。

「父さん、母さん、久しぶり。紹介するよ。僕の恋人の雪柳美夕さん。近々正式に婚約する予定だから、そのつもりで接してくれよ。美夕、こっちは僕の父の来生信也《しんや》と、母の百合《ゆり》。あと一人、弟の拓海《たくみ》がどっかにいるはずなんだけど……相変わらずじっとしていないな」

(え!? ちょっと待って、親族って家族のことだったの? いや確かに親族だけど、普通その呼び方って、遠い親戚とかじゃないの……?)

いきなりの家族紹介に美夕の頭はまたパニックだ。だが、こんなところで今までの努力を無駄にするわけにはいかない、と身体に力を入れる。気力を振り絞り、これまでの紹介の嵐の中で身に付けた、〝私は鷹斗さんの婚約者スマイル〟を浮かべる。

「初めまして、雪柳美夕と申します。どうぞよろしくお願いします」

「まあ、綺麗な方ね……。鷹斗、あなたにはもったいないぐらい。美夕さん、どうぞ鷹斗をよろしくね」

　鷹斗の母が嬉しそうにニッコリ笑いかけてきた。

「美夕さん、これからも息子をよろしくお願いします」

　鷹斗の父も丁寧に頭を下げてきた。慌てた美夕は「こちらこそ、ご挨拶《あいさつ》が遅れまして」ともう一度お辞儀する。

　――何だろう、この現実感が溢《あふ》れまくった挨拶《あいさつ》は。心の中で遠い目をする美夕とは対照的に、来生家は終始のんびりしていた。

「鷹斗。お前が今日、婚約者を連れていると何人もの客に言われたぞ。ご子息にそんな女性がいると何で教えてくれなかったんだ、ともな。しかし、えらい美人の嫁さんだなぁ」

　鷹斗の父は感心したようにこちらを見ている。……馬子《まご》にも衣装とはよく言ったものだ。どうやら今日はお化粧のノリもとびきり良いらしい。

「お前が前もって、心に決めた人がいるから今日連れて来ると教えてくれてなかったら、フォロー出来なかったぞ。お前は秘密主義にもほどがある、勘弁してくれよ」

　父親の言葉に、鷹斗は悪びれる様子もなく平然としている。

「毎回毎回、娘や親戚をあの手この手で紹介しようとしたり、仕事を盾に親の力で近づいてこようとする人たちに、何でわざわざ美夕のことを教えてやらなきゃならないんですか」

そして宝物を守るように、優しく美夕の腰を抱く手に力を込めてくる。

「美夕は大事な人なんです。この場ではっきり結婚する意思表示をすれば、もう煩《わずら》わされることもないと思ったまでですよ。今日はあらゆる人が集まる一年で一番大きなパーティですからね」

待て待て。

盾役とは言われたが、そんな話は聞いていない！

美夕は呆気にとられるが、鷹斗に手をそっと握られて意識がそっちに引っ張られた。恋人繋《つな》ぎの手を口元に持っていった鷹斗は、そのまま愛おしそうに美夕の手に口づける。いかにも愛情溢《あふ》れるその仕草に、美夕は大いに照れてしまって、わわわと一気に頬がピンクに染まった。

だが、鷹斗の暴走はこんなものでは止まらなかった。美夕のもう一つの手に己《おのれ》の手を伸ばすと、意味ありげにこちらに笑いかけてくる。美夕の手をそっと掴《つか》むと、その手に握られたぶどうを自分の口元に持っていくではないか。えっ、と思ったものの、恋人役だったと頭に浮かび、おずおずとぶどうを差し出す。すると、鷹斗は満足そうに直接パクッと食する。

（うっわー、これは半端なく照れる！　しかもご両親の前で堂々と。……どれだけ場慣れしてるの、この人。もう嫌～、私の心臓持ちそうにありません！）

恥ずかしさでみるみる茹《ゆ》でたタコのように真っ赤になっていく美夕を見て、来生の両親はなぜか感激している。

「まあ、美夕さんって、本当に可愛いのね！　鷹斗、でかしたわ。うちは男所帯だから、女の子がいると嬉しいのよ。いつでも遊びに来てね。これで念願の〝娘と一緒にショッピング〟が出来るわ！」

鷹斗の母の反応に、美夕は思わず一歩下がりそうになる足を、全力で引き止めた。

（いや、あの、あなた方の息子さん、公衆の面前で、思いっ切りいちゃついてるんですけど……来生家ではありなの？　これ……）

鷹斗は堂々としていて、美夕の手を握ったまま離さず、二人の馴《な》れ初《そ》めや再会などを打ち合わせ通りドラマチックに語っている。美夕のデザインしたアクセサリーを誇るように身につけた鷹斗の話に、来生家の会話が見事に弾《はず》む。

おまけに、美夕が事の成り行きに呆然としている間に、会話の流れで「今度来生の実家を訪れる時はぜひ一緒に買い物を」と約束させられ、「じゃあ近いうちにね」と念を押されて、「まだ挨拶《あいさつ》回りが残ってるから」と名残惜《なごりお》しそうに立ち去っていった。

（えっ、あのっ、近いうちって、えええっ⁉）

ニッコリ笑って「はい、ぜひ二人でお伺いしますわ」と返事をしたものの、頭の中は意外な展開に対処しきれていない。

鷹斗に「僕たちも客に挨拶《あいさつ》しなきゃならないから」と連れ出されて、美夕はようやく我に返った。そうだ、仕事はまだ終わっていない。またも次々と現れる人たちに鷹斗と共ににこやかに対応しながら、美夕は再び気合を入れた。

そのうちに、海外の客とのやりとりが増え、会話が英語メインになってくる。気持ちを新たにした美夕は、身なりのいい年配の外国人夫婦に挨拶《あいさつ》することになった。ターナー夫妻と紹介された背の高いアメリカ人夫婦は、大きな身ぶりで友好的な握手を求めてきた。

『TAKAに、こんな美人の婚約者がいたなんてな！　道理で愛想は良いが、うちの美人秘書の誘いにも乗らないはずだ』

『あなた、だから余計なお世話だと言ったでしょう。TAKAはどう見たってしっかりしてるんだから、きっとちゃんといい人がいると言ったじゃないですか』

夫妻の言葉に鷹斗はおかしそうに笑うと、美夕をさらに側に引き寄せた。

『ははは、そんなことを陰で噂してたんですか？　参ったなあ』

美夕の身体から片時も手を離さず、いかにも夢中といった鷹斗の様子に夫妻は納得するように頷く。

『お嬢さん——美夕さんでしたよね？　発音合ってるかな？　TAKAはちゃんと優しいですか？　うちの会社の秘書たちの間では、つれないと評判なんだが』

『あの、もちろんです。いつもすごく優しいですし、頼もしいです。私たちもお二人のように末長く仲良く出来るように、頑張りますね』

美夕はこうなったら、と覚悟を決めて後のことは考えず、とりあえず役に徹する。

(今更ジタバタしてもしょうがないし、しっかり先輩のフォローをしなきゃ)

『あなた、普通は会社の人たちと婚約者とでは、扱いが違って当たり前ですよ。もちろん、あなたには優しいわよね、美夕さん』

『そうか、そうだな、まあ仲良さそうで何より。ああ、そうだ！　三ヶ月後に、例のカタリナ島のリゾートが完成するんだよ。オープン前のレセプションに二人とも招待しよう。TAKA、そこで今度のニューヨークのビルの打ち合わせをしようじゃないか』

(嘘っ！　今度は三ヶ月後、しかも外国って……)

気絶しそうな美夕を置いて、話はどんどん進められる。

『まあ、あなた、それはいいアイデアね。TAKA、招待客の中には有名なウェディングデザイナーもいるのよ。リゾートを広告カタログのロケ地にという話があってね。美夕さんもきっと喜ぶわ。ねえ、美夕さん』

『は、はい、もちろんですわ。でも、そんな、急にお邪魔じゃありません？』

そんなお手数をおかけするわけには……と遠慮がちな、だが実は必死な、美夕の抵抗をものともせず、ターナー夫人は答える。

『まあ、慎《つつし》み深い大和撫子《やまとなでしこ》なのね、美夕さんって。遠慮することないのよ。若い人たちに来てもらえると場が盛り上がって、かえって雰囲気が良くなることが多いの』

（いえいえ、必死なだけです。先輩〜、どうするの？　これ……）

鷹斗をじっと見つめる美夕は、頼りになる婚約者に判断を任せているように見えるだろうが、実際は懸命に焦る心の内を訴えている。

『そうだよ、TAKA、どうせ打ち合わせで近々来る予定だったんだから、ちょうどいい。今流行《はや》りの婚前旅行をして、帰りにニューヨークに寄って現場を視察すれば一石二鳥だろ。私もレセプションには顔を出すから、打ち合わせの手間が省《はぶ》ける』

（あ、ダメだ。これは詰んだかも……）

だが夫妻の最後の一言でカーン、と美夕の頭に試合終了の鐘が鳴り響く。鷹斗の顧客の打ち合わせが絡むなら断るわけにはいかない。

美夕がそっと隣を窺《うかが》うと、鷹斗はいい笑顔ではっきりと返答した。

『ああ、それは好都合ですね。では、二人で喜んでお伺いします。詳しい日程を後で送っていただけますか？　スケジュールの調整がありますので』

（あ、やっぱり……？　はぁ〜）

心の中で美夕は諦めの境地にいた。

信じられないことに、美夕が演じる鷹斗の婚約者は、三ヶ月後に、どこかの国の何とか島にご招待～、となってしまった。

これは一体、どうすればいいのやら……。そうは思うものの、手に持ったシャンパンを何度かお代わりしたせいか、頭がなんだかぼうっとしてしまう。

そのうち鷹斗に「お疲れ様、美夕よく頑張ったね」と声を掛けられてハッとした。

（そうだ、とりあえず、今夜の仕事は終わったのよね）

酔った身体に一気に脱力感が襲ってきて、思わず鷹斗にもたれ掛かってしまった。

「おっと、美夕、大丈夫かい？　ほら、僕にもっと寄りかかっていいよ。さあ帰ろう」

それでも会場を出るまではと気力で笑顔を振りまき、退出の挨拶《あいさつ》を済ませたのだが……。

会場を出た途端、よろっとつまずきそうになった勢いで、エレベーターに乗り込む。「もう、二人だけだよ」と鷹斗の低い声が聞こえ、心の底からホッとした。同時に、しっかり腰を支えてくれる頼もしい腕に美夕は遠慮なく寄りかかった。

「美夕、大丈夫かい？　今夜は疲れただろう、ほんとお疲れ様」

（はれ、ここは、ドコ？）

美夕はぼんやりした頭で目の前に広がる夜景をボーと見つめる。身体と頭のどちらも……。

「鷹斗～、なんだかふわふわ、する」

「ああ、ターナー夫妻に勧められて、シャンパンをお代わりしたのが効いたんだな。美夕は酒にあまり強くないんだね。覚えておくよ」

酔った頭でも、低く甘い独特の艶《つや》のある声の持ち主は分かる、恋人の鷹斗だ。

けど、何か……、肝心なことを、忘れているような気が……

思考力のない頭はすぐに考えることを放棄した。

「……うん、そう、私あんまり強くない。三杯が限度」

心の中で答えたつもりが、声に出ていたようで、鷹斗が「そうか」と頷いた。美夕を抱いていた腕をそっと抜くと、そこはふかふかしたベッドの上だった。

彼は屈んで靴を脱がせてくれている。

「美夕、風呂はどうする？　用意しようか？」

身体から鷹斗の温もりが消えてしまって、なんだか寂しい。

――うん、汗をかいたし、お風呂には入りたいなぁ。でも、今はちょっと眠りたい。

「分かったよ。じゃあ風呂は明日の朝に回そう。そうだな、そのままじゃあ、寝られないよね。何か着替えを持ってくるよ」

――ドレスは大事だから、脱いでハンガーに掛けなきゃ。そうだこのアクセサリーも、取らないと。

「大丈夫だよ、僕に任せて」

――ありがとう、鷹斗……私、ちょっとは役に立てた？

「もちろんだよ、美夕のおかげでいくつか話が進んだよ」

――よかった……。

「美夕、心配しないで、休んでいいよ」

――うん、ちょっとだけ、目を瞑《つぶ》りたい……。

「おやすみ、僕の子猫ちゃん」

髪に感じる温かく柔らかい感触。耳元で鷹斗の低く甘い声にささやかれると、胸に安心感がどっと押し寄せてきて、美夕はそれ以上眠気に逆らわず素直に目を瞑《つぶ》った。

2　婚約者？　いえいえ、ただの居候《いそうろう》です

（う……ん、なんだか空気が乾いてる……）

指先で枕元を探ると、シーツも手触りがサラサラだ。

（寝袋って、こんなに気持ち良かったっけ……？）

それにも増して心地よいのは、背中からかぶさってくる温もり……包み込むようなその体温に、安心して心を委《ゆだ》ねる。

(ん〜あったかい……先輩の匂いって、大好き)

安らぎを感じるこの感触は肌が覚えている。自分に触れているのは、鷹斗の逞《たくま》しい身体だと疑問さえ持たなかった。

(もう少し、もう少しだけ、この夢を見させて……今はまだ起きたくない)

いつも忘れた頃に突然見る夢の続きなんて、これが初めてで。こんなリアルな夢で嬉しいと知らずに漏らした微笑みに、耳の側であの忘れられない声がささやく。

「起きたのかい? 子猫ちゃん」

(まだ——もう少しだけ、ここにいさせて)

肩にあった温もりがゆっくり動いて、目を覚ますことに乗り気でない美夕の肌をなぞっていく。

(ふふふ、先輩、こそばゆい)

「こら、起きてるんだろう。今、肩が震えたよ」

(えっ、誰が、なんて言った?)

「美夕、狸寝入《たぬきねい》りしてると、くすぐるよ」

あまりにもリアルな声の響きと、大きな手が脇腹をさすってくる感覚に、さすがの美夕も意識が覚醒してきた。

「先輩？」

「やっと起きたね。お寝坊さん」

あり得ない、と思いながらも、首を回してその声の持ち主を確認しようとする。身体を動かすとひどくくらっとするため、かすかに頭を回した。するとその先には、本物の鷹斗がいる。

優しく呼びかけてくるこの人と一緒に、ベッドにいるなんて……

（はれ？　私、もしかして、まだ寝てる？）

寝起きの顔でボーっとしたままの美夕に、鷹斗は上機嫌で笑いかけてきた。

「こら、ちゃんと起きてる？　おはよう、美夕」

目を細めて鷹斗の顔を確かめた美夕に、屈んでチュッと唇にキスを落としてくる。

（っ……いきなり……なんだから、先輩ったら……）

あまりにも自然なその動作に、まだ夢心地の美夕は頬を染めて挨拶《あいさつ》を交わした。

「お、はよう……先輩」

なんか頭がクラクラしてる。

ぽわんとした美夕の顔を鷹斗はじっと見つめてくる。

「美夕、『鷹斗』だろ？」

そうか、まだ仕事中だったのか。それならちゃんと呼ばなくては。

「おはよう、鷹斗」

美夕がそう言うと、鷹斗は美夕の脇の下に手を入れて、えい、っと自分の身体の上に軽々と乗せた。

(えーと……私、重い……よね?)

体格の良い鷹斗の上にぽすんと乗り上げた美夕は、その硬い胸に両手をついて不思議そうに尋ねる。

「鷹斗……何、してるの?」

「ん? 朝の挨拶《あいさつ》」

鷹斗は美夕の頭の後ろに大きな手を回しつつ顔を引き寄せた。近づいてくる顔に思わず目を瞑《つぶ》ると、鷹斗は口づけを仕掛けてくる。

(あれ……? なんか)

昨日から素早く盗まれっぱなしの啄《ついば》むようなキスではなくて、甘く誘うようなキスにかすかに疑問を覚えるものの……一体、何に疑問を持ったのか、それさえも定かではない。

お酒を飲んだ次の日の朝。悪酔いはしないけれど寝起きの悪さでは誰にも負けないと、シェアメイトにも太鼓判を押されたことがある美夕の頭は、まだ半分夢心地だ。

そうだ。確か自分は、鷹斗の恋人……の役を頼まれたんだった。だから彼からのキスには、ちゃんと応《こた》えなくては。何より、甘いキスに胸がドキドキしていて、演技など関係なく自然と身体が動く。

優しく重なってくるその柔らかな唇に応《こた》えて、甘い吐息を交換するようにチュッと吸っては甘噛みし合う。まるであの懐かしい、二人で初めて交わしたキスのように――

舌先で唇をなぞってはくすぐってくる鷹斗に、美夕も同じく舌先で甘く舐め返す。そんな仕草がさらに鷹斗を煽《あお》ってしまうのだが、美夕の心の中には、気持ちいいこのキスを続けて欲しいと強請《ねだ》る気持ちがあった。

心臓がドクンドクンと高鳴っていき、のぼせたように血が上《のぼ》ってくる。

美夕の舌にクチュと熱い自《みずか》らの舌を合わせ、その濡れた感触を楽しんでいた鷹斗は、やがて徐々に唇の間に柔らかな舌を滑り込ませた。

「ん……ふ……んんっ」

ほどなく、お互いの身体の上下をくるっと入れ替えられた。

少しずつ体重を掛けながら美夕の身体を優しくベッドに押し付けると、鷹斗は味わうように口の中を探ってくる。くすぐったいような気持ちいいようなその感覚に、美夕も舌を絡める。

甘い味がする……と溢《あふ》れる唾液を飲み込んだら、舌先を捕らえられた。優しく吸い上げられて、なんの疑問も持たずお返しにと、同じことを彼にも返す。

二人は、甘く熱い口づけに夢中になり始めていた。

絡めては甘い唾液を啜《すす》り上げ、また角度を変えて舌を絡め合う。溢《あふ》れた唾液が唇から、ツーと流れ落ちていく。

（もっと……）

いつの間にか手と手、脚と脚を絡め合って。彼の手がシャツの裾をめくって直接美夕の肌に触れてくると、美夕も彼のシャツの裾から手を入れる。……が、その時、鷹斗が唇を離し、荒い息で告げた。

「美夕、ダメだ。今こんな風に触れたら、君の意思に関係なく奪ってしまう」

ボーっとしつつも荒い息を整える美夕も、ぼんやり頷いた。

このまま流されてしまうのはダメだという鷹斗の言葉に素直に従ったのだ。

「さあ、風呂の用意をしてくるよ。昨夜約束したからね」

鷹斗はベッドから起き上がると、風呂と聞いて反射的に服を脱ごうとした美夕の手をやんわり止めた。

「美夕、まだ脱いじゃダメだよ。風呂が用意出来てからだ、分かるね。じゃないと風邪をひくよ」

半分寝ているような意識と半分以上閉じた目で、大人しく鷹斗の言葉に頷いた。

だけど、ふと見覚えのない男物のシャツのボタンに視線を下ろし、朧《おぼろ》げにも違和感を覚える。

（……あれ？　これって、彼シャツ状態……よね？）

美夕の頭が、やっとこの状況の異常さに追いついてきた。

……何でこんな普通に、鷹斗と一緒にベッドで寝て、彼のシャツを着て、お風呂の支度をのんびり待っているのだろう……？

なんだかとてもいい夢を見た気がしたが、などと考えていると、昨日のパーティでの出来事がだんだん思い出されてくる。ああそうだ、自分は疲れてベッドに横になった。そこからの記憶がないけど、きっと鷹斗が着替えさせてくれたのだろう。——そういえばさっきは、すごいことをしたような……？

じわじわと脳裏に蘇《よみがえ》る、先ほど二人で交わした深いキス——

美夕は思わず叫んだ。

「ええっ、何やってんの、私⁉」

美夕の突然の叫び声に、バンッと扉が開いて鷹斗が部屋に戻ってきた。

「美夕？　どうした？　大丈夫か？」

「あっ……何でもない。気にしないで」

心配そうなその顔に、慌てて美夕は身振り手振りで大丈夫だと伝える。

「湯はまだ溜まってないけど、着替えを用意しておいたよ、シャワーは浴びるの？」

鷹斗の言葉に慌てて頷いた。

「う、うん、ちょっと髪を洗いたい」

「じゃあその後、飯にしよう」

「ありがとう……」

美夕は頷いて服一式を持ってバスルームに入った。クリーニング済みと思われる昨日のドレスとブラ、それに新しい素敵なワンピースと下着類を見て溜息をつく。依頼人である鷹斗に、こんなに気を使ってもらうなんて……。酔っていた自分は、一体どれだけ醜態を晒《さら》してしまったのだろう。お風呂を出たら早速謝らなければ。

パーティ後半からの、ふわふわした独特の酩酊感《めいていかん》は覚えていた。

お酒にそれほど強くない美夕は、ワインを二、三杯も飲めば、もう限界なのだ。幸いにも二日酔いにはならないが、困ったことに記憶が朧《おぼろ》げになる。

だから滅多に、知らない人と許容量を超えて飲むことはないのだが……昨日は動揺を誤魔化すため、どんどんシャンパンのグラスを空けてしまった。

鷹斗も同じペースでグラスを空けていたし、きっと、今朝はまだ恋人役が抜けていないのかもしれない。自分も昨日の続きの感覚で、さっきはキスを交わしていた。

シャワーのハンドルを捻《ひね》ってぼんやりした頭に熱いシャワーを浴びせると、身体、髪と洗い流す。

シャワーを終えて風呂に浸《つ》かり、ああ〜やってしまったと顔をぶくぶくお湯につけた。反省モードのまま身支度を整えバスルームから出ると、鷹斗の声がリビングの方から聞こえる。

彼は誰かと電話で話し中のようだ。

「ええ、心配ありませんよ。大丈夫、お嬢さんは責任を持ってお預かりします。ええ……はは、やっと晴れて念願が叶うのですから大切にします。お任せ下さい」

リビングに入ってきた美夕を見て、どうしたの？　と目で尋ねる鷹斗に、美夕は風呂を終えたと服を持ち上げて伝えた。

「ちょっと待って下さいね」

鷹斗は電話の相手に断りを入れ、美夕に優しく告げる。

「もうすぐ朝食が届くから」

頷いた美夕に笑いかけると、鷹斗はまた電話に戻っていった。

「お待たせしました。はい、では、そのように……」

やがて電話を終えると、気遣うように美夕を見上げてくる。

「美夕、大丈夫？」

美夕は鷹斗の心配そうな顔に、少々引《ひ》き攣《つ》った顔で謝った。

「あの、ごめんなさい……。私、あんまりお酒に強くないの。酔っ払うと記憶が怪しくなるし、訳の分からないことを口走るらしいんだけど。なかなか起きなかったのならゴメンね」

（どうしよう、きっと呆れたよね）

迷惑を掛けたとしゅんとした美夕に、鷹斗は大丈夫だよと笑って頷く。

「確かに、美夕は酒に強くないようだね。でも、何も迷惑は掛けてないから心配ないよ」

「本当？　よかった。あの、先にバスルームを使わせてもらってありがとう」

「うん、今度は僕が使うから、ちょっと待ってて」

鷹斗がバスルームに消えると、美夕の視界に乱れたベッドが映る。すると交わしたキスが突如頭に浮かんできて、一気に顔が熱くなった。

（きゃー、私ったら、もうほんと、何ナチュラルに先輩と——じゃなかった、鷹斗とキスしてるわけ？）

確かに、鷹斗からは恋人の振りをして欲しいと頼まれはしたが……。もしかして、この依頼はまだまだ続くのだろうか？

（あ、でも、そういえば……）

昨夜のパーティでは、鷹斗の実家訪問だけでなく仕事関係の招待も受けた。それも社交辞令だから、と流せる雰囲気ではなかったような気がする。

――鷹斗の恋人として、いや婚約者だと紹介されたのだったっけ。

ともかく、二人で一緒にと招待されたことを思い出し、う～んと考え込んでしまう。仕事が絡むなら、当分続くと覚悟した方がいいのかもしれない。

だけどまあ、彼とは自然に仲良く出来ているし、キスだって全然……とそこまで考えて再び顔が真っ赤になった。いくら彼と交わすキスが、自分でも驚くほど抵抗感なく、気持ちいいからって――

（確かに、今まで付き合った人たちとは、比べ物にならないんだけど……）

恋愛音痴だったはずの自分の信じられない反応に、恥ずかしさと驚きの両方が胸に湧き上がってくる。いたたまれない気持ちのままベッドを素早く直し、リビングに避難すると、廊下に続くドアをノックする音が聞こえた。恐る恐る、返事をしてみる。

「ルームサービスです、朝食をお持ちしました」

ドアを開けて中に招き入れると、にっこり笑って挨拶《あいさつ》され、手早くダイニングテーブルの上に美味《おい》しそうな朝食が並べられていく。

最後にサインをしてボーイが出て行くと同時に、鷹斗がリビングに入ってきた。

「あっ、もう来たんだ。思ったより早かったね。美夕お腹空いただろ？　さあ、食べよう」

すれ違いざまに美夕の腰を抱き寄せ、少し猫毛気味の柔らかい髪に素早くキスを落とすと、向かいの椅子に座って美夕が席に着くのを待っている。

鷹斗の自然な動きとあまりの早業に美夕は反応する暇もなく、えっ、今キスされた？と瞬《まばた》きしてしまった。

「美夕、座って、飯にしよう」

「あっ……ああ、ごめんなさい。えっと、いただきます」

とりあえずは、ご飯を食べてから状況を整理しよう。

たくさん並べられた朝食をもぐもぐと、案外お腹が空いていたらしい自分の食欲の赴《おもむ》くままに美味《おい》しくいただいた。単純だけどお腹に食べ物が入ると、気分も落ち着いてくる。

「美夕、食べ終わったら送っていくから、忘れ物のないように」

（あ、やっぱりあの時の方便だったんだ。ならわざわざ今後の恋人役が必要か、聞かなくていいかな）

鷹斗の言葉に一人納得する。

「そうだ、昨日のドレス、変わったデザインだけど美夕にすごく似合ってた。〝西織姫〟ってブランド名かい？」

「そうなの、私のジュエリーブランド〝スノウテイル〟とタイアップしている服飾ブランドでね、デザイナーの織ちゃん、こと西織さんはずっと昔からの友達。和のテイストを柔らかい感じでドレスに組み込むのが特徴かな」

昨日のドレスも西陣織とシフォンの生地を混合したドレスだった。緋色をメインとしたドレスは、美夕のデザインしたシトリンとガーネットのネックレス、腕輪、ピアスとマッチさせてあり、昨夜のパーティでもとても目立っていた。

「そうか、本当に似合ってた。今度またこういうドレスを着る機会があるかもしれないから、このブランドのドレスを揃えよう」

揃える？　やはりまだ、恋人役は続くのだろうか？

「それって、実家のお呼ばれのこと？」

鷹斗は苦笑しながら、美夕の頭にポンポンと手を置く。

「僕の実家に行くのにあんなに着飾る必要はないよ。普通のワンピースとかで良いんじゃないか？　さあ、そろそろチェックアウトしよう。僕もいったん会社に戻らないといけないからね」

(ということは、実家にはやっぱり行くのね……私、行ってもいいのかな？)

成り行き上、行くしかなさそうだが、なんだか当初の予定と随分違ってきたような気が……

いやもう、ここまで来たら、乗り掛かった船だ。何とかなると無理やり自分に言い聞かせ、美夕はお腹いっぱいご馳走様と手を合わせたのち、身支度を整えた。そして買ってもらったワンピースの入っていた袋に荷物を詰めていく。

「そういえば、この服と下着ありがとう。本当に助かったわ。いくらだった？」

「いいよ、そんなの、必要経費だ。ホテルに手配してもらったしね」

その言葉に少しホッとした。価格のタグこそ付いていなかったが、素材の手触りの良さから高級品であることは窺《うかが》えた。だから、ちょっとお値段を知るのが怖かったのだ。

今月は、事務所に寝泊まりするから家賃分が浮くとはいえ、節約第一の美夕にとって、このワンピースは贅沢《ぜいたく》な品物だった。

ホテルのチェックアウトを済ませると、メインエントランス前に回してもらった車に乗り込む。

車の後ろには設計図や書類が置いてあることから、この車は鷹斗が仕事に使うものだということが分かる。そのまま二人でおしゃべりをしつつ都内を走っていたが、そのうち車は緩《ゆる》やかな坂を上《のぼ》り出した。住宅の多い、高台にある街へと向かっているようだ。

秋の紅葉に染まる街路樹が美しい道に沿って、車は走る。やがて、こぢんまりした個性的なお店が並ぶ通りに入ると、一際《ひときわ》目立つユニークで上品な感じのするビルが見えてきた。

（へえー、お洒落《しゃれ》な街。今度見に来たいな……あっ、あのビル素敵……）

美夕が窓の外の景色に見入っていると、小洒落《こじゃれ》たカフェや紳士服ブティックの入っている二階建てのビルの前で車はゆっくり速度を落とした。角を曲がり、ビルの横にある駐車場に止まる。

「着いたよ。さあ荷物を持って、忘れ物ない？」

鷹斗に促《うなが》され、周りを見渡した美夕は、そのお洒落《しゃれ》なビルの後ろに個人宅があることに気が付いた。

（わあ、可愛いお家。庭も広くて、眺めも日当たりも良さそう）

坂の上にあるその土地には、低層ビルとその家だけしかない。隣接している住宅の屋根の高さが坂より低いので、さぞかし眺めが良さそうだ。

住宅地であるこの辺りにはマンションは建っているものの、高層ではなく、せいぜい五階までの高さだ。

美夕たちのいる場所がこの辺りでは一番の高台になっていて、緑が多く日当たりもすこぶる良い。

美夕はこの場所に訪れるのは初めてで、どうしてこんなところに来たのか頭の中ではクエスチョンマークが回っていた。

（はて、ここはどこだろう？　あっ、もしかして！）

「このビルは鷹斗の会社が入ってるビルなの？」

「そうだよ、ビルの二階がオフィスなんだ。裏が自宅になっている。美夕も気に入ってくれると嬉しいな。僕が設計したんだよ」

「すごい！　それはぜひ、見てみたい。あっ、でも自宅ってことは、ここ鷹斗の実家？」

「違う違う、僕の自宅。さあ、ついてきて」

てっきり父の事務所に送ってくれるものだと思っていた。けれど可愛い家が鷹斗の設計だと聞くと、興味がますます湧いてくる。荷物を持ってついておいでと言われ、車上荒らし対策？　と思いながら、素直に紙袋とバッグを持って鷹斗の後ろをついていった。

駐車場から階段を上がり、門を開けて中に入る。

すると、外からは屋根と外壁しか見えなかった可愛いお家が、広い庭と共に現れた。

綺麗な青い三角屋根のファサード、外装は白と上品なグレーをメインにしていて、それにレンガと木を組み合わせている。二階建てのお洒落《しゃれ》な家は、外から見ても明るくて居心地が良さそうだ。庭に面した大きな窓、ひさしと少し突き出たテラスには、ゆったり出来るサンルーム用の椅子などが置いてある。

何となくレトロな洋館の雰囲気を備えたその家は、二階にバルコニーがあって、直接部屋の中が見えない絶妙な角度に設計されていた。

「うわあ、可愛いお家、いい感じ！」

さわさわと風に揺れる木の葉の音に、秋の匂いを胸いっぱい吸い込んで、弾《はず》む気持ちで低い灌木《かんぼく》の小道を辿《たど》る。玄関ポーチには、頑丈そうで凝った模様の扉があり、いっそう期待感が高まった。

「玄関周りは木を植えたけど、庭は垣根以外まだ全然手を付けてないんだよ。はい、鍵。この鍵と、この鍵で開けるんだ」

（えっ、鍵？　私に開けさせてくれるんだ）

「ありがとう」と、渡された鍵でちょっと緊張気味にガチャッと玄関扉を開けた。

新しい家独特の木の匂いと共に、目に入ったのは広い玄関に吹き抜けのホールだった。優雅に組まれた梁《はり》の上の天窓からは、明るい日差しが漏れている。

「やっぱり素敵！　お邪魔しまーす」

玄関で見つけた鍵入れに鍵を置き、靴を脱ぎ家に入ろうとする。と、鷹斗が美夕の手をクイッと引っ張った。片手を繋《つな》いだまま玄関横の大きな作り付けの棚のドアを開け、ズラッと奥まで棚が続く小さな倉庫のようなそこを指差して言う。

「ここが靴とか傘を入れる物置だから、美夕も靴はここにしまって」

「えっ？　あっ、はーい」

ちょっとお邪魔するだけなのに？　と不思議に思いながらも、素直に靴をしまい、鷹斗に手を取られたまま室内を案内される。

ここが一階の応接室、こっちが客室、と嬉しそうに案内する鷹斗につられて、美夕も初めてお邪魔する他人の家とは思えず、なんだか親しみが湧いてくる。家は真新しく、家具もまだ少ない。だけど、なんて素敵な家なんだろう。住み心地の良さそうなその造りは、見ているだけで心が和《なご》む。格子窓からたっぷり漏れる自然光に、木の香りも新しい優しい木目。そして部屋の奥に積まれた段ボール箱の山を見て、美夕は思わず問いかけた。

「鷹斗、この家ってもしかして建てたばっかりなの？　段ボール箱とか見えるんだけど」

「そうだよ、完成したばっかりなんだ。だけど大丈夫、一ヶ月ここに住んでみて、気になるところは改良済みだから」

鷹斗は美夕の手を恋人繋《つな》ぎしてゆっくり笑い、案内を続ける。

廊下のガラス戸を開いて奥まで入っていくと、そこは大きなキッチンとダイニングとリビングが一続きになった、広い空間だった。

「ふわー……これはすごいわ。鷹斗、素敵。とっても素敵ね。いいなあ、こんなキッチン」

広くて明るいキッチンは最新式のアイランド型で、とても使いやすそうだ。

「気に入った？　後で一緒に買い物に行こう。今日の夕食は何が食べたい？」

「ん？　ちょっと待って、今日の夕食？　なぜに夕食？」

「どうせなら、一緒に飯を作ろうよ。キッチンのオーブンの使い方とか教えてあげられるし」

「えっ、それはありがとう。……あれ、でも何でオーブン？」

「美夕はオーブン使わないの？　僕は料理で結構使うんだけど」

「いや、もちろん使うけど。そうじゃなくて、その、オーブンも将来買うかもしれないし、もちろん使い方を教わりたいけど」

美夕はしゃべっているうちに、だんだん、何をおかしく思ったのかが分からなくなってきた。

「オーブンはもうあるんだから、買わなくてもいいじゃないか。何を言ってるんだ？」

「いやでも、この家は鷹斗のお家じゃない？」

「そうだよ。そして美夕の家でもある、二人の家だよ」

「えっ、ええ!?　なぜに二人の家……？」

美夕は驚きのあまり、素っ頓狂《すっとんきょう》な声を上げてしまった。美夕の反応に鷹斗はおかしそうに笑う。

「お父さんに聞いてないのかい？　美夕は今住むところがないから、よろしくって。今日から美夕は僕と一緒にここに住むんだよ」

「えええっ!?」

（そんな馬鹿な！　聞いてない、そんな話！）

ふと脳裏に、鷹斗が今朝電話していた姿が浮かぶ。あの電話の相手は、もしかして父だったのか！　動揺する美夕を見て、本当に知らなかったらしいと鷹斗は悟ったようだ。

「美夕は、この家に住むのが嫌なの？」

「いえ！　そんな、まさか！　こんな素敵な家、そりゃあ、住めるものなら住んでみたいけど」

美夕の答えを聞いて、鷹斗は嬉しそうに、にっこり笑った。

「ありがとう、設計者としては褒めてもらえてとても嬉しいよ。じゃあ、寝室に案内するね。こっち」

（えっ、本当に一緒に住むの？　この家に？）

鷹斗は廊下に戻り、広い階段を上《のぼ》っていく。そして、いまだに「えっ、いや確かに、住んでみたいけど……」と、考え込む美夕を振り返った。

「美夕、事務所の片隅で寝袋にくるまって寝る方が、この家に住むよりいいの？」

（そうだった！　今は寝袋生活に逆戻りなんだった……）

だけどいくら何でも、あまりにも急な話で。頭がついていかない。

「えっと、待って。鷹斗は私とルームシェアするのは、ＯＫなの？」

「もちろんだよ、美夕はどう？　僕と一緒に住むのは嫌？」

「えっ、私？」

──う〜ん、あんまりにも急でびっくりはしたけど、嫌ではない。決してない。

だから、かぶりを振って否定する。

「今、住むところを懸命に探してるんだよね？　それも治安が良くて、仕事に集中出来る環境のところを」

──そうそう、適当な物件がなくて困ってる。

美夕は素直に、うんと頷く。

「この家は、二人で住んでも自由なスペースが、たっぷりあるよ」

──確かに。それどころか、これだけ大きければ一家族が余裕で暮らせるだろう。

（あ、でも……）

「家賃は？　いくらなの？」とすっかり忘れていた重要事項を聞いてみる。

「そうだな……まずは、一ヶ月試しに一緒に暮らしてみて、美夕が気に入ったら相談しよう。それまではいらないよ。僕の家だしね」

「──そうなんだ、それなら悪くないのかも……？」

心の傾斜の角度は一気にガタンと傾いている。そんな時、美夕のスマホから、ピロンとメッセージの受信音が聞こえてきた。見れば父からだ。

『美夕ちゃ〜ん、どう、いい物件でしょ？　きっと気に入ると思って、話はつけておいてあげたからね。優しい父より』

（──父さん！　なぜに、もうちょっと早く言ってくれなかったの……！）

まさかと思うが、依頼者の鷹斗が建築関係の仕事をしていると知って、いい物件を知らないかと頼み込んだのではないだろうか。

「鷹斗、もしかして、うちの父さんが無理を言ったんじゃあ……」

心配顔になった美夕の頭を、鷹斗は安心させるように温かい手で撫でた。

「違うよ、そんな心配はしなくていい」

鷹斗は笑いながら、大丈夫だと頷いてくれる。分かった？　と瞳を覗《のぞ》き込んでくる鷹斗に、ちょっとホッとした。そして、安堵の息をついたところに、たたみ掛けるように

「美夕、一緒に住むよね？」と少し強い声で問われ、咄嗟《とっさ》に答えた。

「──不束者《ふつつかもの》ですが、お世話になります」

深々とお辞儀をして挨拶《あいさつ》をする美夕を見て、鷹斗は階段の途中で大笑いだ。

そして新しい住処《すみか》が無事決まった美夕は、くくと笑い続ける鷹斗に「そんなに……変だった？」と決まりが悪そうに言いながらついていった。

吹き抜けの広い階段を上がると、左を指して鷹斗は案内を続ける。

「階下から見えたロフトが僕の書斎、こっちに家族用のお風呂と洗面所とトイレがある」

美夕は好奇心でドアの一つを開け、脱衣所と洗面所を兼ねた広い空間からバスルーム

を覗《のぞ》き込んだ。そこは曇りガラスの窓からの光に照らされた明るいバスルームで、大きな湯船と窓を見ると、いいなー、お風呂に入りたい、と思ってしまう。

（あ、でも、今朝お風呂入ったよね？）

ついでに思い出された記憶にドキンとしながら次のドアを開けると、便器に座る茶色いもふもふと目が合った。……思わずドアをパタンと無言で閉める。

「美夕？　どうした？」

今のは……幻？　と目を擦《こす》りながら、美夕は閉じたドアを見つめる。

「今、何か、見てはいけないものを見てしまったような……」

「ん？　何を見たんだい？」

「なんか、茶色い大きな猫がトイレに……」

美夕が説明しようとすると、中からジャーと水を流す音が聞こえる。そして何とトイレのドアについていた小さなドアから、さっき見た猫がのそりと出てきて、鷹斗の側にちょこんと座った。

普通よりかなり大きめのその猫は、何とも愛嬌のある顔をしていて毛並みも良い。ふさふさの尻尾をゆっくり揺らし、大人しく鷹斗の横で紹介されるのを待っている。

（えっ、今……猫がトイレから出てきた？　それも水まで流して……）

目の前で繰り広げられた非日常な光景が信じられず、目をぱちぱちと瞬《また》かせ猫を見つめる美夕に、鷹斗が優しく笑う。

「ああ、ミイに会ってびっくりしたんだ。美夕、紹介するよ、我が家のペットのミイ。ミイ、こっちは僕の婚約者の美夕だよ。仲良くして欲しいな」

ミイは鷹斗を見上げ、しょうがないなぁ、よろしくというように大きな身体を美夕の脚に擦り寄せると、するりと階段を下りていく。

「……びっくりだよ。ミイが初対面の人間に懐いたの、初めて見た。いつも人見知りするんだけど、きっと美夕を気に入ったんだね」

普段と違う飼い猫の行動に驚く鷹斗の横で、美夕はそれよりもっと驚いていた。いまだに猫がトイレを使ったという事実に頭がついていかず、ミイに婚約者だと紹介されたことに突っ込むのさえ忘れている。

「あの、鷹斗、私……猫を飼ったことないんだけど、猫って、普通は人用のトイレを使うものなの？」

「いやいや、僕もミイ以外の猫が使っているのは見たことないよ。普通は猫専用の砂やクリスタルトイレを使うはずなんだけど。ミイはとても賢い猫なんだ」

「……なるほど」

ミイの愛嬌溢《あふ》れる顔と知性ある目を思い出し、まあ鷹斗の猫だしいいか、とこの際深く考えないことにした。

気を取り直して廊下を進むと、二つの同じ大きさの部屋を通り過ぎる。そして奥に大きな扉が見えてきた。「ここが僕たちの部屋だよ」と嬉しそうに案内された美夕は、部屋に入ってその大きさにびっくりした。

（すっごーい！　これ、どれだけ大きいの？）

好奇心に負けて、どんどん奥に進んでみる。入ってすぐ脇にある小部屋はウォークインクローゼットで、奥のバスルームへと繋《つな》がっているのが見える。左手の小部屋には、小さな机と座り心地の良さそうな椅子がある。棚もたくさんあり、窓から自然と光が入る、温室のような作業部屋だ。

（いいな～、この部屋……好きだなぁ）

隠れ部屋のようなその小さな空間は美夕にはとても魅力的で、創作意欲をそそられる。その前を通り過ぎると、大きな明るい窓に囲まれた寝室があった。

柔らかな背もたれの付いたキングサイズのベッド。そのサイドテーブルの上には凝ったランプ。二面ある大きな窓は、上部がアーチ形のはめ殺し窓で、どちらもバルコニーに続いている。鷹斗がレースのカーテンを開けて掃き出し窓をスライドさせると、直接バルコニーに出ることが出来た。天気のいい今日は窓いっぱいに青空が広がり、とっても気持ちいい。

振り向くと、壁の向こうはバスルームになっていた。

（なんだか、今日は驚きの連続だわ、ちょっと一休み……）

荷物を足元に置いて、大きなベッドにぽすんと横になった。が、そこでようやく気付く。

「鷹斗、僕たちの部屋って、ここに一緒に寝るってこと……!? 一体どうして？ 部屋は他にもいっぱいあるよね？」

鷹斗は不思議そうに美夕に問い返す。

「他の部屋は空いてるけど、家具もベッドもないよ。美夕は床に寝袋を敷いて寝たいの？ ここに、こんなに大きくて寝心地のいいベッドがあるのに？」

……そういえばどの部屋も、家具がなくて空っぽだった。

怯《ひる》んだ美夕に鷹斗は追い討ちをかける。

「それに昨夜は一緒のベッドで寝たのに、わざわざ今日から別々に寝るっておかしくない？ 婚約者なら当然一緒だろ」

それなら布団を買ってなどと考えていた美夕も、確かに昨日一緒に寝ているんだから、今更別々というのも……という気がしてきた。まあ酔っ払っていたというのもあるが、ぐっすり安心して寝られたのも驚きだったし。安眠が約束されている以上、美夕は反対する材料が見つからない。それどころか、抵抗感さえない。

一緒に寝心地の良さそうな大きなベッドで寝起きをしようという鷹斗の提案に、驚きはしても嫌悪感は湧かないし、布団代だって馬鹿にならない。それに横になってみて分かったのだが、これは高級なベッドらしく寝心地最高だ。寝袋とは雲泥の差……

その上、こんな風に本当の恋人らしく扱われていると、胸中の鼓動が蝶の羽ばたきみたいに忙《せわ》しなくなってきて……

（でもでも、やっぱり常識で考えると、本当の婚約者じゃないんだし……）

それでも美夕の理性は、一緒に寝るなんて普通じゃないとささやきかけてくる。そうよねと心の中で頷いて「いや、でも、ほら、婚約者って、それは昨日のパーティの……」と口を開いたものの、続く言葉を言い淀《よど》む。そこへ鷹斗がすかさず言い聞かせてきた。

「僕は美夕さえ良ければ、一緒がいいんだけど。婚約者だと公《おおやけ》にしたんだしね。それに、この部屋を他人に見せることは絶対にないけど、客を迎えた時とかのことを考えると、やっぱり一緒がいいよ」

「あっ、そうよね……なら別々は、まずいわよね……」

そうだった。建築デザイナーである鷹斗の会社のビルが隣にあるのだから、この家はモデルハウスのようなものなのかもしれない。だとしたら、他の部屋を使用すると、迷惑をかけてしまう。それに鷹斗の言う通り、万が一昨夜のパーティで紹介された顧客や取引先の人が訪ねてきた場合に、婚約者なら一緒でなければおかしい。

ひとえに鷹斗の厚意で、こんな新築の一軒家に一ヶ月もタダで住まわせてもらうのだから、ここは彼の都合に合わせなければ。……同じタダでも、父の事務所とは雲泥の差で、おまけに同居人の鷹斗は一緒にいて楽しく尊敬出来る人なのだし。

「それによかったら、入ってすぐの作業部屋を、美夕のジュエリーデザインのスタジオとして使っていいよ。僕は書斎を使ってるから」

「えっ、ほんとに？　うわあ、ありがとうっ、鷹斗！　じゃあ遠慮なく部屋を使わせてもらうわ。お父さんに言って、荷物を送ってもらわなきゃ」

（あの空間は、作業部屋としては理想的！）

先ほど一目惚れした小さな部屋の魅力に、美夕は目を輝かせて即決する。ジュエリーデザイナーの仕事の性質上、自宅勤務である美夕にとっては抗いがたい垂涎《すいぜん》ものの提案だったのだ。

「荷物なら、もうすぐ届くはずだよ。あと三十分でお届けに上がりますってメールが来てた」

鷹斗がそう言った途端、ピンポーンとインターホンが鳴った。ベッドルームの壁に付いているパネルボタンを押して応答した鷹斗は、美夕を見て、「今来たって」と告げたのだった。

二人で荷物を運び込んだ後、鷹斗はオフィスに用事があると言って出掛けていった。

この可愛らしい家に二人で住むという事実に、初めは戸惑った美夕だったが、今は私物の整理もそっちのけで、いそいそと新しいスタジオの整理に取り掛かっていた。

天井も一風変わったデザインのこの小部屋は、美夕の創作意欲を大いに刺激する。

狭いが居心地がよく、その手狭さがまさに子供の頃憧《あこが》れた秘密の屋根裏部屋そのもので、美夕の遊び心をくすぐる。大きな窓の前にはクッションが敷かれた小さなベンチが設《もう》けてあり、それに座った美夕は満足そうに溜息をついた。

昨日のこの時間は、前のマンションから出て行く引っ越しの最中だった。

あの衣装部屋の隅にまた住み込みか〜、と憂鬱《ゆううつ》な気分だったのに、次の日の今日は幸せな気持ちで真新しいスタジオにて荷物の紐を解いている。

突然帰る家がなくなった美夕に、心優しい父は、実家に戻ってはどうかと誘ってくれたのだが、勝気な美夕は家を出て独立したのに、今更戻るなんて考えられなかった。ビジネスもやっと落ち着いてきたし、念願の自分の店が持てるまで多少の不自由は我慢する覚悟はあった。

そんな美夕に、鷹斗のこの提案はとても嬉しいものだった。彼に会えたこのタイミングの良さに感謝しながらも、こんな魅力的な家に住める興奮が収まってくると、美夕は自分の気持ちを持て余し始めた。

鷹斗と、これからどんな風に接していけばいいのだろう。

窓から見える天高い空を眺めていると、ふと高校生だった時のことを思い出す。

学生の時からモテまくっていた鷹斗は、その落ち着いた言動のせいでかなり遊んでいるんじゃないかと噂されていた。

それでも、多くの女生徒が惹かれ、美夕のクラスでも女子の半分以上は彼のファンだったし、かく言う美夕も鷹斗の容姿はものすごく好みだったのだ。

さらっとした髪も好きだったし、爽《さわ》やかな男らしい容姿に高い身長、スポーツで鍛えられた長い手足もかっこいいなと思った。バリバリ体育会系のテニス部キャプテンなのに、その動作はどこか優雅で、王子と呼ばれるのも納得だった。

けれども、それは身近なアイドルを愛《め》でるような感情で、当時一年生で美術部だった美夕は、遠くで見てかっこいいなと思う程度だったのだ。少なくともあの卒業式の日までは。

責任感の強さを買われてクラス委員を押し付けられた美夕だったが、騒がしい場所は苦手だ。ほどほどに社交的ではあるものの、本当は親しい人たちとだけの付き合いを好む。グループのワイワイした雰囲気を楽しめても、一対一の会話がいいと思ってしまうので、いつもたくさんの人に囲まれている鷹斗は雲の上の人だった。

それが偶然とはいえ、こんな形でその鷹斗の恋人の振りをすることになり、心のどこかで喜んでいる自分がいた。いきなり婚約者と紹介されて最初は驚いたけど、鷹斗の隣は心地よく、彼の優しい態度と恋人扱いにだんだん慣れつつある。

……憧《あこが》れていた先輩と、いつの間にか名前で呼び合い、恋人同士みたいにじゃれ合ってる……

嘘のようなこの現状に、美夕の心は揺れる。

（昨日の今日で一緒に住んで同じベッドで寝る、ってよく考えたら、とんでもないよね……。絶対ありえないよね。餌《えさ》に釣られた感が、今更だけどひしひしと……）

でも私、鷹斗なら嫌じゃないんだよなぁと、そんな風に思える自分は、どこかおかしいのだろうか。

大体、鷹斗も婚約者だから一緒のベッドって、一体どこまで本気なんだろうと思ってしまう。あんな余裕たっぷりな態度だし、彼にまつわるいろんな噂では、誰も特別扱いしないと聞いた。特定の子と付き合ったという話もなかった。

けれども、美夕に対する鷹斗の態度は最初から甘く優しく、まるっきり恋人扱いだ。

（……あっ、でも昨日、そういえば恋人扱いするって言われた。でもあれって、依頼の話だったよね？　あ～、ちょっと分からなくなってきた）

落ち着いた態度の鷹斗を見ていると、ジタバタしているのは自分だけのような気がする。

何かと噂のあった鷹斗にとっては、大したことではないのかもしれない。考えれば考えるほど、鷹斗の思惑を測るなんて、恋愛音痴の美夕には難易度が高すぎる。

とりあえず、自分は嫌ではない。それだけは確かだ。

そしてそれさえ確かであれば、流れに身を任せてもいい。

とんでもない賭けをしていると思う一方で、なぜかこれでいいと思える。

そう、美夕の心は、この流れで正しいと感じ取っていた。だから、思いきって前に進んでみよう。これまで、美夕が鷹斗と過ごした時間は昨日と今日、それも半日ずつと、かなり短いけれど。

それでもその間に、仕事の取引相手、家族、業界の人たちと鷹斗の大事な人や身近な人を次々紹介されて、一晩とはいえ寝食を共にした。短いが思いっ切り濃密な時間を一緒に過ごし、彼に警戒心どころか、信頼を寄せている。

……そんな物思いにふけっていると、ドアの隙間から大型の猫が部屋に入ってきた。すぐ側にのったり寝そべるミイの柔らかそうな毛並みを、つい撫でてみたくなる。ミイは、ふわぁと欠伸《あくび》をすると、そのまま心地よさそうに丸まった。

目を瞑《つぶ》るその身体に恐る恐る手を伸ばし、美夕がそっと柔らかい毛に触れると、ミイは、何だ？　という風に片目を眠そうに開ける。が、すぐまた瞑《つぶ》った。……触ってもいい、とミイの許可を得た気がして、ゆっくり温かい毛並みを撫でてみる。もふもふ感触を楽しみながらミイを撫でていると、ざわめいていた心が少しずつ落ち着いてきた。

しばらくしてミイがピクッと耳を立てると、その後すぐに階下から鷹斗の呼ぶ声がする。

「美夕ー、お昼にしよう。下りておいで」

いつの間にか、鷹斗がオフィスから戻ってきていたようだ。

優しく美夕の名を呼ぶ、低くて甘いその声は、美夕をいつでも幸せな気持ちにしてくれる。

「はーい、今行くー」

呼び掛けに答えてベンチから立ち上がった美夕の後を、ミイがトコトコついてくる。声に導《みちび》かれるまま二人（？）揃って階下に下りていった。

キッチンに入ってきた美夕とミイを見て、鷹斗は微笑んだ。そして、美夕に「飲み物を取って」と頼んでくる。美夕が冷蔵庫を開けている間に、鷹斗はミイと一緒にキッチンの後ろにある小部屋に向かった。

「ミイ、飯はここに置いておくよ。水も入れ替えといたから。お留守番、ご苦労さん」

好奇心に駆られ美夕が覗《のぞ》いてみると、そこは洗濯場で、ミイのための全自動の水やり機と餌《えさ》やり機が置いてあった。鷹斗が、猫缶から取り出したお肉の入ったボウルをコトンと置くと、ミイはそこに顔を突っ込んで熱心に食べ始める。奥にある裏庭に通じるドアに猫ドアが付いているところを見ると、ミイはそこから出入りをしているらしかった。

「鷹斗、ジュース飲んでいい？」

「冷蔵庫のものは何でも自由にしていいよ。ご飯を食べたら買い物に行こう」

キッチンのカウンターに置いてあるサンドイッチを食べながら、何を買うかを話し合う。

鷹斗はここに一ヶ月しか住んでいないこともあり、新築の家に合わせてこれから食器などを買い揃えるつもりらしい。棚には最低限の食器しかないことも判明した。

「その代わり、包丁や調理鍋、オーブン皿とかの調理器具は実家に余っているものを持ってきたから、買わなくていいよ」

他にも、来客用のティーカップやコーヒーセットなど、やたらと上等な品は実家からもらってきたらしい。普段使いにするにはちょっと勇気のいる高級そうな絵柄の皿を、素敵なデザインだなーと眺めつつ、美夕はその上に載ったサンドイッチを遠慮なく食べる。湯飲みに入ったジュースを飲みながら、コップも揃えなくちゃ、と買い物リストに加えることにした。食器代などは彼が支払うという提案に、ありがたく頷く。

「ただし、美夕が気に入ったものを買うからね。僕はあまりこだわりがないし、どうせなら好きな食器で食べたいだろう？」

「そうね。でも二人だけなんだし、とりあえず普段使いの食器だけ揃えない？　そのうち、どこか出掛けた先で好きな食器が見つかるかもしれないし」

「分かった。この辺りにも雑貨屋があるから、少しずつ揃えていこう」

鷹斗が、自分に気を使ってくれていることが嬉しくなる……けれど、あんまり負担は掛けたくない。

美夕は、スーパーで手に入る安くて可愛いご飯茶碗で構わない、と鷹斗に告げた。

今日は日曜日とあって、鷹斗も顧客と会う予定はないようで、当面の食料を確保するためにスーパーに二人で出掛けることにした。二人とも自宅勤務メインなので、朝昼晩三食を家で食べることが多い。となると結構な量の買い物になるため、車で出掛けた。

近所のスーパーは住宅街にあるだけあって、割と大きな店だった。場所も大通りから一本裏と分かりやすいので、美夕でも一人で簡単に行けそうだ。二分もかからず着いたスーパーの中を、鷹斗と二人で見て回る。

そして食料品売り場で野菜をカゴに入れ、お肉、お魚売り場にかかった時にちょっとした出来事が起こった。

特売品売り場に鷹斗の好きなお茶があったらしく、彼は見てくると言って向こうへ行った。美夕はしばらく魚売り場を見回った後、今日は太刀魚《たちうお》の塩焼きにしよう、と

〝今が旬〟と書かれたパックの魚に手を伸ばした。すると知らない男性の手が同じパックに重なる。慌てて、すみません、と謝った。

その男性は「どうぞ、お先に」と爽《さわ》やかな笑顔で譲ってくれたので、お礼を述べながら魚を買い物カゴに入れると、その人はにこやかに話しかけてきた。

「今日は太刀魚《たちうお》ですか。塩焼きとか美味《おい》しいですよね」

「そうですね、今が旬ですしね」

知らない人に話しかけられたものの、世間話だと気軽に答える。

そして、軽く会釈《えしゃく》をして歩き出そうとすると、相手は美夕の歩幅に合わせてついて来た。

「秋は美味《おい》しいものが多いですよね。……あの、あまりお見かけしたことないですけど、近所に住んでおられるんですか？」

ここに来てやっと、これはナンパ目的かということに気付いた。

「申し訳ないんですけど、連れが待っているので失礼します」

美夕ははっきりとそう言って立ち去ろうとした。

「えっ、でもお一人で買い物されてましたよね。よかったらこの後お茶でも？」

「いえ、あの、婚約者がいますので、失礼します」

男性は美夕の指を見て何も嵌《は》めていないことを確かめると、苦笑いをした。

「そんな嘘をつかなくてもいいですよ。せっかくの機会ですから、近くのカフェでどうですか？」

どう断ろうかと考えていたところに、鷹斗の低い声が割って入った。

「彼女は僕の婚約者です。どうかしましたか？」

声のした方に振り返った男性は、鷹斗の整った容姿を見て感心したように「彼氏、超かっこいいね。残念だな、じゃあ」と言い、美夕にウインクをして離れていった。

悪い人ではないのだな、と思いながらその後ろ姿を見ていると、不気味な声が後ろから聞こえてくる。

振り返ると鷹斗が低い声をさらに低くして唸《うな》っていた。

「三分も離れていないぞ！　まったく、街中とはいえこんな住宅街でナンパするなんて、どうなってるんだ！」

機嫌があまりよろしくなさそうな鷹斗に、どう接して良いか分からず、恐る恐る声を掛けてみる。

「あの、鷹斗……」

「美夕も、あんまり他の男に愛想よくしたらダメだ！」

ぶっきらぼうに注意をしてくる鷹斗にびっくりしたものの、次第になんだかおかしくなってくる。美夕は笑いながら頷いた。

「分かった、今度から気を付ける。夕食は太刀魚《たちうお》でいい？　塩焼きにしようと思うのだけど。それとも他のものにする？」

「……太刀魚《たちうお》でいい。さあ行こう」

美夕に笑われた鷹斗は、少し拗《す》ねたように言った。

（うわ、可愛い！　鷹斗が拗《す》ねてる……）

お肉も選んで次は飲み物売り場に来ると、鷹斗はジュースとミルクを真剣に選び出した。ちょっとお菓子を買ってくる、と言って美夕は和菓子売り場に行く。

そこでおやつにするお煎餅《せんべい》をじっくり選んでいると、今度は、眼鏡をかけた男性に声を掛けられた。

「こっちのお煎餅《せんべい》の方が、美味《おい》しいですよ」

どちらにしようかなと二つの袋を持って悩んでいた美夕は戸惑いながらも、親切なアドバイスを参考にする。

「そうなんですか、じゃあこっちにしようかな」

「お煎餅《せんべい》がお好きなんですか？」

「ええ、結構好きですね」

「じゃあ、こっちのもオススメですよ。醤油《しょうゆ》の香りが香ばしいんです」

「お茶が進みそうですね。買ってみようかな」

そこへ、ミルクを片手に持った鷹斗が美夕に声を掛けてきた。

「美夕、選び終わったかい？」

「はーい、今行くわ」

そして眼鏡の男性に向かって軽く会釈《えしゃく》をして、鷹斗の方へと歩いていく。

残念そうな男性の顔を見た鷹斗はまたまた機嫌が悪くなった。低い美声で誰かを呪い殺しかねない呪詛《じゅそ》を唱えるように呟《つぶや》く。

「どうなってるんだ、ここは！　これじゃあ、美夕をおちおち買い物にも行かせられないじゃないか！」

……鷹斗のこの態度は何というか、きっと心配してくれているのだろう。けど、これぐらいなら何とか自分で対応出来る範囲だ。

「あの、鷹斗、気にしないで。ほら、きっと偶然なんじゃない？　割とよくあることだし」

（あっ、しまった、ついよくあることなんて言っちゃった。どうしよう……）

美夕がうっかり漏らした一言で、鷹斗の目が完全に据わった。真剣な顔をして、美夕に言い聞かせてくる。

「美夕、おやつをあげると言われても、知らない男について行ってはいけないよ。いいかい、世の中いい人ばかりじゃないんだからね。分かるよね。美夕は嫁入り前の大事な身体なんだから、うんと気を付けなくちゃ。今度声を掛けられたら、婚約してるってちゃんと断るんだよ」

鷹斗の言葉にまたおかしくなってつい笑ってしまう。

（なんか、思いっ切り年下扱いされてる……）

「ちゃんと言ったわ。だけど指輪を嵌《は》めてないから、嘘だってすぐバレちゃった」

美夕の言葉で鷹斗はいかにも、しまったという顔をした。

「そうか！　うっかりしてた。僕としたことが……。さっきから鬱陶《うっとう》しい虫が寄ってくるのは指輪を嵌《は》めていないせいなんだな。美夕、指輪だ。指輪を至急デザインして作ってくれ！」

いかにも一大事だという勢いに、ちょっと押され気味になる。

「えっと……それは私に虫除けの指輪をしろってこと？」

「ち・が・う！　いや、違わないけど、そうじゃなくて……僕は美夕に『自分がもらうなら、こんな婚約指輪が欲しい』と思える指輪をデザインして欲しいんだ。費用は僕が出す」

「私の好みで指輪をデザインして作れってこと？」

「そう、デザイナーの美夕はこだわりがあるだろ？　その辺は僕じゃ分からないから、下手なものを買えないし……出来る？」

「もちろん出来るけど、私の好みとなると材料が手持ちに全然ないわ。宝石も手に入れなきゃだし」

「ダイヤならツテで買ってある。それ以外の材料が必要なら注文してくれ。いいかい、美夕、出来るだけ目立つデザインの指輪にするんだよ。虫が寄ってこないように。それと、普段使い出来てずっとつけておけるような……そうだ、どんな服にも合うような、金と銀を交ぜたデザインがいいな」

（……それって、思いっ切り鷹斗の注文《こだわり》だよね……？）

かなり抽象的な彼の注文だったが、これもデザイナーとしてのチャレンジと受け止めることにした。

こうして、二人で楽しく日用品から食料品まで買い込んで、お財布をドキドキしながら出した美夕を見て、鷹斗は自分が出すと言い出した。

「昨日、指輪とか買い取るって言ったろ。ほら、これなんかつけっ放しだし、まだ支払いも済ませてないんだから、利息だと思って、今日は奢《おご》られておいて。それにさっき頼んだ指輪も作ってもらわなきゃいけないし、先行投資だ」

鷹斗はお気に入りらしい鷹の羽を模した指輪を見せ、そう言う。

……彼が先ほどのことを思い出して、また機嫌が悪くなったら大変！

鷹斗の拗《す》ね顔を思い出して噴き出してしまうのを一生懸命堪えながら、美夕は大きく頷いた。

こうしてレジで言い争うこともなく、鷹斗に奢《おご》られた買い物袋を車に積んで家に帰ってきた。

鷹斗は早速美夕に昨日購入したジュエリー代を支払うと「他に至急の仕事が入っていなければ、指輪のデザインを最優先させてくれ」と念を押してきた。「分かったわ」と頷いた後、そういえば、一ヶ月後の家賃がどれくらいになるのかを聞いていなかったことに思い当たる。

「ねえ、鷹斗、家賃のことなんだけど」

「そんなの後あと、こっちに来て」

手を引っ張られてついていくと、鷹斗はベッドルームのタンスの中からビロードの袋を取り出した。その中には、４Ｃの鑑定書付きダイヤの粒が入っている。

「気に入らなければ取り替えたらいいよ。小粒でいいけど、質の良いダイヤが欲しいと言ったらこれを勧められたんだ」

それは小粒でもなく婚約指輪としては平均的な大きさで、カットが綺麗なダイヤだった。その輝きにデザイナーとしてのワクワク感が募《つの》る。

「なんて綺麗なダイヤ……」

「気に入ったかい？　他の宝石でもよかったんだけど、宝石の意味が永遠の絆《きずな》だっていうから、オーソドックスなダイヤにしたんだ。美夕が好きなのに替えても良いよ」

この寛容な申し出にはブンブンと首を振る。

「とんでもない、こんな綺麗なダイヤなのに。頑張って注文通りの指輪、考える」

「よかった。あっ、そうだ、もう一つ注文して良い？」

（まだ注文があるの？）

なかなか手強そうな依頼者に美夕は身構える。

「今回作って欲しいのは婚約指輪だけど、それと一緒に結婚指輪を嵌《は》めてもおかしくないデザインがいい。どうせなら二つ一緒に嵌《は》めてもらいたいし。もしくは、そのまま結婚指輪に転用出来るデザインかな。ごちゃごちゃつけるのが嫌なら兼用もアリだよね」

「え～と、それは婚約指輪をしまい込むんじゃなくて、ずっと身につけて欲しいってこと？」

頷く鷹斗を見ると、どうやらそういうことらしい。

（あ～、なるほど。要するに長い間、普段使いで使える指輪ってことかな）

彼の注文をまとめ、案外ロマンチックなのねと微笑んでしまう。

今まで、なるべくファンタジーなのとか、キラキラのデザインとか抽象的なことを言われたことはある。けど、ずっと長い間つけていられる、という注文は初めてだった。

デザイナーとしては依頼人の希望を叶えるべく考えるのは楽しい。

(自分の好きなように デザイン出来るのは嬉しいけど、はあ〜、これは案外難しいわ。今までで一番のチャレンジかも……)

新しいデザインの注文に俄然《がぜん》やる気の出てきた美夕は、いそいそと仕事場に篭《こも》った。

鷹斗は再びオフィスへ戻ると言って、出ていった。

婚約者の振りのために指輪まで用意するなんて、本当大変だ。一体いくらかかるんだろう？　といらぬ心配までしてしまう。

(……でも実家に行くのなら確かに必要だし。今日だって、指輪がないから婚約者がいるなんて嘘だって言われたし)

美夕の好きなデザインの指輪を贈ってくれるなんて、本当に太っ腹だ。まあかなり鷹斗自身のこだわりも含まれているけど……

考え方によってはこのオリジナル婚約指輪は鷹斗と美夕、二人のこだわりが詰まった指輪となる。辿《たど》り着いたこの事実に、まだスケッチデザインさえ出来ていない指輪にすでに愛着のようなものを感じていた。

その時、ミイがのそのそと部屋に入ってきて、お気に入りらしい窓辺のベンチにデンと座った。そのうち丸くなってイビキを掻き出す。

(猫のイビキ、おもしろ〜い……)

初めて知ったその音に、笑い出しそうになる。それをきっかけに、リラックスして構想を練っていき、その日は夕方遅くまでスタジオに篭《こも》った美夕だった。

そろそろ夕食を作る時間かな、と日が沈んでいく窓を見やると、タイミングよくスマホのアラームが鳴った。スケッチに没頭していた美夕は満足そうにうーんと伸びをする。ついでに、何気なく横で寝ていたミイに声を掛けてみた。

「ミイ、ご飯を作りに下りるよ。どう、これ？　やっとスケッチが出来上がったの、見てみる？」

美夕につられたのか、欠伸《あくび》をしながら前肢を伸ばしていたミイは、ベンチから床に下りると、とんっと作業机の上に飛び上がった。スケッチの周りを匂いを嗅《か》ぎながらぐるっと回ると、また、とんっと床に下りて美夕の脚に身体を擦り寄せる。そしてするっと部屋を出て行った。

どうやらOKらしい、と猫の不思議な動作に力づけられる。

階下に下りて、冷蔵庫から材料をごそごそ出していると、「ただいまー、美夕、ミイ、今帰ったよ」と鷹斗の声が玄関から聞こえた。

「おかえりなさーい。今、ちょうど夕食の支度をしようと思ってたんだけど、このグリルってどう使うの？」

「そうだったね、グリルの使い方、まだ見せてなかったね」

手際よく二人で分担して夕食を作り、キッチンの横にある大きなテーブルでいただきますと手を合わせた。

鷹斗と一緒にニュースを見ながら夕食を食べていると、自分のご飯を食べ終えたミイが、テレビが一番良く見えるソファーの一等地にドンと座り、テレビ画面を興味深そうに眺めている。

「ミイって、不思議な猫ちゃんよね。猫なのになんだか人間扱いしてしまうんだけど」

猫にしてはちょっと大型のミイは、とても存在感がある。

ミイと今日一日一緒にいて分かった、その不思議な生態の感想を述べると、鷹斗はそれを聞いておかしそうに笑った。

「そうなんだ。本当に手の掛からない子で、トイレは自分で始末するし、昼は家で寝てることが多い。夜は外に出て行って、朝いつの間にか帰ってくるんだよ」

「へえ、そうなの。犬を飼ってる人は近所にいてね、毎日散歩とか餌《えさ》やりとか世話が焼けるところが可愛いって言ってたけど、随分違うのね」

「う〜ん、ミイは変わってるからなあ。僕は犬も飼ったことがあるけど、犬に比べると猫は本当、手が掛からないっていうのは分かる」

「まだ抱っこしたことないんだけど、引っ掻かれない？」

「ミイは抱いて欲しくない相手には近寄っても来ないよ。それに嫌だったら、さっさと逃げる」

それを聞いて、今度機会があれば抱っこに挑戦してみようと密かに思った。

ご飯を食べてお皿を洗い、二人でお茶を飲んでいる時、出来たばかりの色付きデッサンを鷹斗に見せてみることにした。

彼の反応が知りたい。

まだ彼の好みがよく分からないから、これはちょうどいい機会だ。

「どれどれ。美夕、一緒に見よう、こっちにおいで」

呼ばれて素直に鷹斗の側に立つ。――と、鷹斗はそっと美夕を抱き寄せて、そのまま横抱きに膝に乗せた。そして美夕を抱き込んでスケッチを覗《のぞ》き込む。

（こんな感じで接してくるから、すごく温かい気持ちになるのかな？）

ドキドキしながらもくすぐったい感じがするこの距離に、文句も言わずスケッチを指差して説明し始める。それは美夕が考えた、二人の絆《きずな》を示す指輪だった。

金をベースとしていて、デザイン性の高いプラチナ彫金の羽がダイヤを包み込んでいる。指輪のアームは指ぬきのように太く、真ん中のダイヤは二人の誕生石である二個のシトリンで挟まれていた。デザインは凝っているが、基本色は金と銀のみなので、シックな感じの仕上げになっている。

「へえ、面白いデザインだね。これは鷹の羽？　それに、これは猫の尻尾かな？　そういえば、美夕のブランドのスノウテイルって、もしかして苗字の雪柳から取ったの？」

「そう、雪柳の花って枝に小さな花がたくさん咲くじゃない？　見た感じが白猫の尻尾に見えたから」

「なるほど、ダイヤが美夕で鷹の羽が僕なんだね。この黄色い宝石は？」

「これは私たちの誕生石の一つで、二人とも十一月生まれだから。だけど実際はイエローサファイアを使うかな。私の好きな宝石の一つなんだけど、硬度も欲しいし。指輪のアームはエタニティリングにしたわ。永遠の愛を象徴するデザインの代表的なものの一つなんだけど、ダイヤが固く結ばれた永遠の絆《きずな》の象徴だから、より強く縁を結ぶっていう感じのデザインなの」

　やはりデザインについて話すのは楽しい。ついつい説明に夢中になる。

「プラチナだけのベースだと傷付きやすいから、18金をベースにして、プラチナを乗せるの、そうしたら長い間使えるはず。バンドの幅も普通より広いから、ちょっと変わってて目立つはずだし。どう？」

「デザインも気に入ったけど、説明を聞いて余計好きになったよ。これは僕たち二人のためのデザインなんだね。僕がこの指輪を贈ったら美夕は指に嵌《は》めてくれる？」

「もちろん、喜んで。鷹斗も気に入ってくれて嬉しい。じゃあ、このデザインで始めていい？」

不思議な絆《きずな》を象徴したデザインを施《ほどこ》すことによって、あの秘密のキスと同じように、二人だけに意味のある指輪になる。

「なるべく早く製作に取り掛かってくれ。早く指輪を嵌《は》めてもらわないと、美夕一人で買い物にも行かせられない」

今日の昼の不愉快な出来事を思い出したのか、鷹斗は眉をひそめながら呟《つぶや》く。

「じゃあ、足りない材料は、早速注文して加工してもらうわ」

「ん、出来上がりが楽しみだな」

そう言いながら、鷹斗は美夕を抱く腕に力を込めた。目の前の美夕の胸元に唇を落とし、チュッと軽く口づけてくる。

（な、な、何？　突然……）

しかも、服と胸元の境ギリギリに唇を寄せ、今度はわざと強く肌を吸い上げて赤いキスマークを残す。

一つ、二つ、三つと、チュッと鮮やかな色の痕《あと》を付けると、鷹斗は満足そうに口にした。

「これで少しは虫除けになるだろ。もう遅いし、風呂先に入る？」

こんなことされたら、何と言っていいのか分からない。

思ったより独占欲が強そうな鷹斗に、嬉し恥ずかしゆっくり頷くと、美夕はさっとその膝から立ち上がった。ピンクに染まる頬を意識しつつ照れ臭いのを誤魔化すために、シンクへと湯飲みを持っていき、「じゃあ、お言葉に甘えて、お先に」とそそくさとその場を離れる。

鷹斗が目を細めて満足そうな笑みを浮かべていたが、美夕はそれに気付く余裕もない。うわあと内心照れながら二階に上がると、ウォークインクローゼットに置いてある、まだ片付けの終わっていない段ボール箱を目指す。そこから、パジャマがわりの長袖シャツや薄いコットンの長ズボン、下着なんかを取り出した。

(鷹斗ってば、突然恋人スイッチ入るし……)

そんなことを考えながら手元にある寝衣を見ると、束の間躊躇《ちゅうちょ》した。

(そうだ、今日から一緒のベッドで寝るのよね。ちょっと、パジャマとか揃えた方がいいのかな)

改めて見て気付いた。バーゲンの売れ残りで買ったそれらは、どうせ寝るだけなのだから綿であればいいとサイズも気にしないで買ったものばかりだ。節約生活が身に付いた美夕は、お洒落《しゃれ》な服や下着などは出掛ける時以外気にもしたことがなかった。

(だけど、さすがにこれは――まずいよね……えっと)

手に持ったパジャマがわりのヨレヨレ服は却下と即決した。

これなら、と薄い水色の長袖シャツを段ボール箱から掘り出し、パジャマ代わりにしている長ズボンはどれも諦めて、ショートパンツでマシなものにする。

これで少しはまともな格好になったはず……。だけど、〝可愛い〟からはほど遠い――

美夕は鷹斗の残した胸のキスマークに手を当てると、そっとその痕《あと》を指で辿《たど》った。

（明日、パジャマとか見に行こう。節約も大事だけど、可愛いって思ってもらいたい）

珍しく芽生えた乙女心を優先することに決め、今まで彼氏と呼べる人が出来ても気にしなかった領域に、美夕は鷹斗のため、ドキドキしながら初めて足を突っ込む決心をした。

入浴を終えてベッドルームに戻ると、鷹斗は心地よさそうなソファーで本を読んでいた。ランプでほのかに照らされた寛《くつろ》ぐその姿に、しばし見惚れてしまう。

（やっぱりかっこいい。これで性格も良いんだから、世の中って不公平よね）

部屋に入ってきた美夕を認め、鷹斗はパタンと本を閉じて、うーんと伸びをする。

「終わった？　じゃあ僕も入る。先に寝てていいよ」

……どうしてだろう。今の彼はホテルのロビーで再会した時のような、すごく決まった格好をしているわけではない。

なのに、こんな普段の生活で見せるラフな動作やその姿に、さらにキュンと心がときめいてしまう。

「あの、お湯まだ張ってあるから、冷めないうちにどうぞ」

「ありがとう。子猫ちゃん」

そう言って頭をポンポンと軽く叩きバスルームに消えていくその姿を、ポッとなりながら見送った。

（そういえば、どうして子猫ちゃんって呼ぶんだろう？　口癖？）

だけどふと湧いた疑問に、胸の奥がチリッとなる。

初めて会った時からそう呼ばれていたから今まで深く考えたことはなかったけど、他の女性にもこの呼び方をしているのかと思うと、なんだかとても面白くない。

（私と一緒に寝るのも全然平気みたいだし、やっぱり、女性慣れしてる……？）

彼に常につきまとう女性の影を気にしたことなどなかった。が、初めて感じるなんだかモヤモヤしたものに、美夕は眉をひそめる。

（これって嫉妬？　確かにこれだけ一緒にいて苦痛に感じない人は初めて……。一緒にいると何だか楽しいし）

美夕は一人で過ごす時間が結構好きだ。

以前ルームシェアをしていた時も、シェアメイトでさえ間が持たず、すぐに自分の部屋に入ってしまっていた。ジュエリーデザインのアイデアを考えたり、スケッチをしたり……それに飽きると、趣味の水彩画を描いたりして、自由気ままな時間を過ごせるのは至福だった。

だから父に戻っておいでと言われても、見栄以上にこの至福の時間が削られてしまうようで、抵抗感があった。

……だけど鷹斗と一緒に過ごす時間は、この至福の時間とぶつからない。心からリラックス出来るし、ひょんなことから新しいデザインの発想だって浮かんでくる。

（そういえば水彩画の道具出してなかったわ。どこに入れたっけ？）

衝動的に何かを描きたくなった美夕は、荷物の中から道具一式を見つけると、水を用意して作業部屋に入る。そこで気ままに、窓から見える夜空に広がる星、月、雲を描き始めた。

（あっ、この形、可愛い……）

そこから連想したネックレスやチャームの形を思いつくまま描いてみる。

新作のアイデアを一通りザッとスケッチすると、今度は聞こえてくるシャワーの音に、美夕の思考はついとりとめのない散策を始める。

（この家って、ほんと贅沢《ぜいたく》な設計だわ。専用のお風呂場まで部屋に付いてるんだから……）

美夕は、夜中に突然アイデアを思いついて、今みたいに水彩画を描いたりすることがある。だからバスルームが付いているベッドルームはとても嬉しい。

（いいな、鷹斗の恋人って。いずれ鷹斗と結婚すればこの家に一緒に住むんだ。鷹斗っ

てモテるけど恋人は大事にしてくれるし。それに一緒にいて楽しいし）

筆を走らせながら、思考は全然別のところを突き進む。

（鷹斗の恋人か～、私が恋人だったら……あれ？　でも、今すでに恋人状態だよね、私？）

美夕の胸が突然ドキンと大きく鳴った。ドキドキが止まらず顔まで火照《ほて》ってくる。

そういえば、ただの振りのはずなのに嫉妬も感じるし、キスも抵抗ない。

それどころかもっと、と流されてしまいそうになる。

もしも……もしもだけど、鷹斗が本当の恋人だったとして、その先も求められたら？　……多分拒めない、いや絶対拒まない気がする……

こんな風に思えるのは、初めてだった。

（鷹斗とだったら……ううん、鷹斗だからこそ、上手くやっていけそうな気がする……）

天啓《てんけい》が下りてきたかのように突然思った。

演技などではなく、鷹斗にはヨレヨレ服を着た姿を見られるのも恥ずかしいし、彼に喜んでもらいたい、可愛いと心底から思ってもらいたい……

（これは……貯金を崩してでも、必要なものを揃えよう）

定期貯金は死んでも崩さない、そう誓っていたのに。

――今は自分の店の夢が少々遠のいても、鷹斗と楽しく過ごす方を優先する。そしてこの、くすぐったいような気持ちを大切にしよう。

(そうよ、引き受けたことは最後まで責任持ってやらなくっちゃ。それに、時間がある程度自由になる私が恋人としてパーティに参加したから、鷹斗もきっと助かっているはず)

当初予定していた役者さんが出席していたら、実家行きや、何とか島まで付き合うことは出来なかっただろう。わりかし裕福そうな鷹斗は、別の役者さんを雇うことは出来ても、パーティで紹介した人と違う女性を連れて行くわけにもいくまい。

ふふふ……と思考を巡らせた結果至った自分の考えに、美夕は満足そうに笑う。――親しい人の前では感情が顔に出やすく演技など出来るわけがないことに、本人はまるで気付いていない。

だからこそ、今まで付き合って欲しいと交際を申し込まれても、結局向こうから別れを告げられてしまうパターンの繰り返しだったのだが。

ちなみに、それは大抵こんな感じで終わった。

『美夕が僕の気持ちに応《こた》えようとしてくれるのは分かる。けど、君と僕では〝好き〟の気持ちが違いすぎる。今まで付き合ってくれてありがとう』

『美夕、本当は僕のこと、そんなに好きじゃないだろう。もういいよ』

そして、一ヶ月と一番長くもった最後の彼はこう言った。

『美夕、君はどれくらい僕のことが好き？　美夕のジュエリーには確かに深みが感じられるのに、僕に対して同じ熱、持ってないよね。でも、作品からにじみ出るということは、君は確かにそんな熱を感じたことがあるんだろう？　僕がその誰かだったらよかったのに……君の最後の恋人になりたかった』

美夕は、上手くいっていると思っていた当時の彼の言葉に唖然とした。

（どれくらい？　どれくらい好きってどういう意味？　いい人だしカッコよかったし、優しかったから、上手くいってると思ってたんだけど）

確かに、ジュエリーデザイナーになる夢は自分の中では最優先だったので、仕事の依頼者の要望を優先してデートのドタキャンとか、デザイン構想に夢中になってすっぽかしとか、節約第一で普段着デートとか、もろもろやってしまったが……

（でもでも、お仕事だし、お金も貯めなきゃだし……）

常に、恋人との交際をそんな風に考えてしまう自分がいた。

告白されて、付き合ってみて、最後は必ず振られるパターンの繰り返しに、美夕だってだんだん恋愛に自信がなくなってくる。別れを告げられるたびに落ち込むし、傷ついたことだってしばしば。そんな中でジュエリーデザイナーとして経験を積み、帰国してネット販売を始めてからは、恋だの愛だのやっている暇はなかった。

そう、二十六歳にして美夕は思いっ切り枯れた生活を送っていたのだ。

父はそんな美夕を見て嘆いたが、今は一人前のデザイナーとして生計を立てることが優先、と気にしないでいた。デザインを考えている時や絵を描いている時の方が楽しいし、自分はあまり恋愛には向いてないのかも？　とも思った。

だけど時々、周りの恋人たちを見ていると、無性に羨《うらや》ましくなる。

恋愛している人たちって、本当に楽しそうで……どうして自分はあんな風に楽しめないのだろう？

そうは思っても、美夕にだって譲れない一線はある。

自分は一人の人と長くじっくり付き合いたいのだ。そして出来ればその人と結婚して、一生添い遂げたい。だけどそれもこれも、恋愛に夢を見すぎなせいなのかもしれなかった。

そんな美夕が初めて、身に着ける服を気にし、仕事関係以外で貯金を崩す決心をしたのだ。

それは美夕の心の革命だった。

「こんなところに篭《こも》っていたのか。美夕、今日は疲れただろう、そろそろベッドにおいで。僕は先に行ってるよ」

鷹斗が作業部屋を覗《のぞ》き込み、美夕に優しく笑うとベッドルームに戻っていく。

「はーい、今行くわ」

棚の置き時計で時刻を確かめた美夕も手を止めて、描きかけの絵を棚の上に置き立ち上がった。作業部屋を片付けると、部屋の明かりを消しベッドランプの淡い光に導《みちび》かれベッドに向かう。

昨夜は酔っていたし、今更、と思っても緊張して胸がドキドキする……けど、そこが自分の寝る場所だ、となぜだか自然に思える。

Tシャツ姿の鷹斗が美夕を見て優しく笑い、羽毛布団を片手で持ち上げる。美夕にここにおいでと自分の隣を示した。

心臓がドキンドキンと大きく鳴って、顔が熱い。誘われるまま布団に滑り込むと、鷹斗の温かい腕に抱かれる。すると二人の脚が重なり、素肌と素肌が触れ合った。

鷹斗の体温に包まれて自分の心音が速まるが、時間が経つにつれ収まってくる。

（ふう〜、緊張したけど、だいぶ落ち着いてきた。なんか男の人の脚ってこそばゆい。ふふ）

自分とは違う鷹斗のしっかりした肌の感触に、美夕は初めてキスを交わし抱き合ったあの倉庫の時のような安心感を覚えた。

「おやすみ、美夕。僕の子猫ちゃん」

耳元で大好きな艶《つや》のある低い声でささやかれた美夕は、鷹斗が明かりを消すとやはり疲れていたのか、瞼《まぶた》を閉じてスースーと寝息を立て始めた。

ぐっすり眠る美夕は、鷹斗がその寝顔を愛おしそうに見つめ、そっと口づけしたことをまったく知らなかった。

3　本気の恋に触れた日は

フカフカの布団と温かく身体を包む体温が、目覚めを心地よいものにしてくれる。

いつになくぐっすり眠れた美夕は、極上の気分でスッキリ目が覚めた。

そのまま起きてしまうのがもったいなくて、鷹斗の胸に擦り寄ると、彼の匂いを胸いっぱいに吸い込む。そして自分から手を伸ばし彼の身体を抱きしめた。すると、彼が身じろぎをして美夕の方に向き、ゆっくり目を開ける。

「おはよう、美夕」

掠《かす》れた声に心臓がドキッとなり、ぞくんと身体が反応する。

（鷹斗のこんな声を聞くの、初めてかも……なんだか身体がゾクゾクする。弱いのよね、この声に）

知らず知らずのうちに、微熱を帯びたような視線で鷹斗を見つめてしまう。

「美夕、こっちにおいで」

鷹斗は美夕を抱き寄せ、昨日の朝したようにぽすっと逞《たくま》しい身体の上に引き上げた。

美夕は頭の後ろに手を当てられると、鷹斗の意図を察し、素直に目を閉じる。

「んっ……」

鷹斗がゆっくり唇を重ねてきて、淡い吐息と共に唇の膨らみを軽く吸い上げた。おのずと美夕も同じ動作を真似る。ちゅっ、そして少し角度を変えてもう一度、ちゅっ。唇を何度も合わせキスを繰り返すと、物足りなくなったのか鷹斗は唇を舐めてきた。

（鷹斗……、もっと）

鷹斗と交わす甘やかなキス、戯《たわむ》れるような吐息の交換はとても気持ちいい。

幸せな気持ちで心の赴《おもむ》くまま、彼の柔らかい髪に手を伸ばした美夕だが――

（あ、でもこれって、恋人の振りに慣れさせるため……なのよ、ね？）

柔らかい髪に触れた途端、そんなことが頭を横切り、美夕は一瞬躊躇《ちゅうちょ》する。すると、鷹斗はさらに強くその身体を腕に包み込んだ。頭の後ろに回された手に力が込められ、口を開いた鷹斗につられた美夕も口を開ける。ふっくらした縁取りを誘うように舐め上げられると、彼以外の人とは絶対に感じなかった熱い衝動に突き動かされ、美夕はおずおずと舌を差し出した。彼が二人の舌を合わせると、お互いにすぐ夢中になる。

（ん……もっと、味わわせて……）

唇を開いて彼の舌を引き入れた美夕に、鷹斗は顔を傾け深く長く唇を重ねてきた。

優しい抱擁と甘い口づけ——そんなキスをゆっくり何度も繰り返されると喜びと懐かしさ、すべて委《ゆだ》ねて大丈夫だからと彼が語りかけてくるような安心感に包まれる。

（鷹斗とキスをするの、やっぱり気持ちいい……）

夢で見た以上に身体が熱くなってきて、鷹斗の髪を手で探る。熱い息遣いが聞こえ、大きな手が髪や背中を撫でてくるのも気持ちいい……

肌に感じる鷹斗の温もりに悦《よろこ》びが湧き上がってきて、絡まる腕や脚の甘美な感触に震えそうになる。熱い舌に絡めとられた美夕の口端から、唾液が溢《あふ》れてきた。

けど、そんなことも気にならないほど終わりがない二人の口づけが、だんだん性急さを帯びてくると、鷹斗はそっと顔を離し美夕を見つめる。

……息が上がって、身体も火照《ほて》り始めた美夕は、頬も薔薇色《ばらいろ》だ。

どうして止めてしまうの？　と顔に出ていたのだろう。クスッと笑った鷹斗は、指先で美夕の唇に触れ、濡れた唾液の痕《あと》を優しく拭《ぬぐ》うと、鼻の頭に悪戯《いたずら》っぽくチュッとキスをした。途端に胸が切なくなった美夕に、鷹斗は言い聞かせるように低く甘くささやく。

「美夕、誘う気もないのにそんな目で見てはいけないよ。僕だって自制心を総動員してギリギリなんだからね」

（っ……そうよね、本物の恋人じゃないと、これ以上は……）

何となく鷹斗の言っていることが分かった美夕は、大人しく顔を遠ざけた。そして、身を起こし、鷹斗の腰の上に馬乗りになる。

「あっ……」

その拍子に敏感に濡れ始めた秘所に鷹斗の硬い兆《きざ》しを感じて、思わず声を上げてしまった。

初めて感じる男の人の象徴に顔がみるみる赤くなるものの、嫌悪感は湧かない。

「嫌ならどいていいんだよ」

苦笑しながら気遣ってくれる鷹斗の言葉を、美夕は素直に考えてみる。

(これって……嫌？　ううん、そんなことない、嫌じゃない。でも鷹斗のこれは……)

「嫌じゃないけど、これって生理現象？」

ストレートな問いに目を見開いた鷹斗は、笑って答える。

「普通はそうだけど、僕のこれは美夕とキスをしたからこうなったんだ。美夕は僕とのキスで何も感じなかった？」

そういえば、身体がゾクゾクして甘い痺《しび》れのようなものが走り、脚の間がズクンと疼《うず》いた。キスに夢中だったが、腰を何度も無意識に押し付けたのもぼんやり覚えている。

(私、不感症なのかと思ってたけど……鷹斗に触れたいし、身体が勝手に動いちゃう)

再会してからの身体の反応に、だんだんと自覚を促《うなが》される。

鷹斗にだけは何をされても感じてしまう。

（……鷹斗は特別なんだわ。初めてキスした時もそうだったけど、安心して委《ゆだ》ねちゃうのよね、なんだか）

それはつまり……

「鷹斗の声を耳の側で聞くと身体がゾクッてなる。それに、あの、身体が勝手に反応しちゃって……」

この感覚を言葉で伝えたい。美夕は顔を赤く染めながらも説明しようと、無自覚に腰を揺らした。弾《はず》みで擦り付けた部分が鷹斗の硬い兆《きざ》しに再び触れ、思わず甘いうめき声が漏れた。

「っんッ」

（あ……すごい……気持ちいい……）

突然身体を突き抜けた強く甘い痺《しび》れにも似た感覚に、美夕は太ももに力を入れ、身体を宥《なだ》めるように動きを止める。

鷹斗も笑いながら美夕に注意した。

「それ以上動いてはダメだ。さあ、そっと僕の身体から下りておいで」

勝気な美夕が鷹斗の前では借りてきた猫のように大人しく……ではないが、素直になる。

美夕がそろそろと身体から下りると、鷹斗はホッとしたように息を吐いてベッドから立ち上がった。そのままバスルームに向かっていく。

「いけない子だ。あんまり僕の自制心を、試すもんじゃないよ」

意味深に笑って振り向いた。

「悪いけど、先にシャワーを使わせてもらうね。今ギリギリだから、襲われたくなかったら、僕がここに戻ってくるまでにベッドから出た方がいい。もちろん出なくても僕は一向に構わないよ」

あわわと手足を動かし、今すぐ出ますとばかりに動きかけた美夕に「なんなら一緒にシャワーを浴びる？　無事に返す保証ないけど」と言い残し、鷹斗はパタンとバスルームのドアを閉めた。

（きゃー、鷹斗ってばなんてこと言うの！　言われなくても絶対入っていかないわよ！）

悪戯《いたずら》っぽくも大人の対応をされて、美夕は声にならない抗議の声を頭の中で上げた。その顔は真っ赤だ。入ってみたいかも……とチラッと横切った無謀な考えは即却下する。

みゃ、と聞こえた小さな鳴き声に振り返ると、ミイがいつの間にかベッドルームに入ってきていた。ベッドの上にポンとジャンプし、撫でてとばかりにひっくり返り、喉をゴロゴロ鳴らし始める。

大きな溜息をついて美夕はミイに語りかけた。

「君のご主人様って、なかなかよね……見てらっしゃい、そのうちあの余裕顔を崩してやるんだから」

経験値の差なのかもしれないが、翻弄《ほんろう》されっぱなしなのはやはり悔しい。ミイの喉元をくすぐってやりながら、心に決めた。今日は絶対可愛いパジャマを買いに行く。

階下に下り、朝の柔らかい光が入ってくる明るいキッチンでトーストを焼いていると、シャワーを浴び終えた鷹斗が下りてきて、美夕の腰を抱き寄せ優しく髪にキスを落とした。

「いい匂いだ。トースト、僕のも用意してくれたんだね、ありがとう」

ドキッとしながらも、「ついでだったから」と何でもないように答える。が、内心はずっとドキドキしていた。

出来上がった朝食を二人でテーブルに運ぶと、鷹斗はマグカップを持ち直しミイを膝に乗せる。

コーヒーを飲みニュースを見ているその様子を、美夕は不思議な気持ちで眺めた。

（ただのシャツとスラックス姿でコーヒーを飲んでるだけなのに、何でこんな様《さま》になってるんだろ）

平和な朝の日常が、彼がいる、というだけでドラマのワンシーンに早変わりだ。

カップを持つ長い指と大きな手、さらっとした濃い茶色の前髪に朝日が差して、思わず触れたくなってしまう。長い睫毛《まつげ》に囲まれた涼しげな目は時々美夕を優しく見つめ、男らしい口元はさっきベッドで交わしたキスを思い起こさせる。

彼は長い脚を組んでのんびりテレビを見ているだけ。なのに、なぜか抱きつきたい衝動に駆られた。

（鷹斗は……自由に私に触れてくるんだから、私も触ってみようかな）

不意に悪戯心《いたずらごころ》が湧いてきた美夕は、よし、と立ち上がり、テーブルを回って鷹斗の背後に立つと、彼の首に手を回し後ろから抱きついた。

（ん～、イイ匂い……）

思わず顔をうなじにグリグリと押し付ける。

彼の表情は見えないが、美夕の腕に手をポンポンと宥《なだ》めるように軽く当ててくる。

「どうしたんだい？」

「ん、何でもない。ただ触りたくなっただけ」

正直に答えると、鷹斗はクスッと笑って首に回された腕を緩《ゆる》め、チュッと手のひらにキスを落とした。そのまま長い手が背後に回って美夕を促《うなが》し、ミイが退いた彼の膝にポンと横抱きに乗せる。腰に手を当てて美夕を支えながら、鷹斗は尋ねた。

「美夕、今日の予定は？」

手慣れた対応に感心しながら、予定を伝えた。

「朝は銀行に行って、そのまま問屋に買い物に行くわ。午後は新作デザインの打ち合わせかな」

「そうか。なら、銀行が開くまで時間があるし、ちょっと僕に付き合ってくれないか。見せたいものがあるんだ」

「見せたいもの？」

「さあ、支度をして」

急いで身支度を整えて案内されたのは、隣のビルだった。

コンクリートにガラスと木がセンス良く組み合わされ、凝ったアイアンデザインが際立つビルだ。真ん中にエレベーターが設《もう》けてある。一階のエレベーターホールの左側が大きなお洒落《しゃれ》なカフェ。エレベーターのすぐ横は二軒分の店舗だった。

店舗のショーウィンドウには可愛い椅子や鏡の付いた化粧台が飾ってあるが、個性的なビルのデザインが描かれた仕切りで中までは見えない。右側はメンズのショップで、お洒落《しゃれ》なスーツからカジュアルな服までがディスプレイされている。

鷹斗は二階の事務所に美夕を案内すると、会社のスタッフを紹介してくれた。

二階のフロアすべてが鷹斗の会社らしく、エレベーターを降りてすぐに受付がある。左側には会議室や応接室、右側にスタッフのいるオフィスがあった。

受付の女性はまだ時間が早いので出勤していなかったが、スタッフは月曜日の朝ということもあり全員が顔を揃えていた。明るいオフィスに十人いるスタッフの五人が男性で、四人が女性、あとの一人は個室でパソコン作業をしている。この人は一見美女だったが、役者を見慣れた美夕はすぐに男性だと気付いた。スタッフに声を掛け集まってもらった鷹斗は、美夕を皆に紹介した。

「今日は、僕の婚約者を紹介するよ。この女性は雪柳美夕さん。僕の自宅にこれからずっと一緒に住むから、ちょくちょくこのビルにも出入りするようになるよ」

鷹斗は美夕を婚約者だと紹介した後、一人一人の名前を告げてくる。慣れとは実に恐ろしいものだ。紹介された時にはあれ？ と思ったのに、鷹斗の会社の人ならせめて名前を覚えないと……と意識した途端、スタッフの顔を覚えるのに必死になった。

興味津々《きょうみしんしん》で一斉にこちらを見てくる人々に、すっかり慣れた〝鷹斗さんの婚約者〟スマイルで「今後ともよろしく」と丁寧に挨拶《あいさつ》をする。

「おー！　来生チーフがついに⁉」「自宅の完成からすぐとは……これはまた、予想外！」などと男性も女性も好奇心旺盛にワイワイとお祝いの言葉を述べてくる。

「それで結婚式はいつ頃のご予定なんですか？」と聞かれて、美夕は笑顔のまま鷹斗を振り返った。

これはどう切り返すのが正解なのか？　こっちが聞きたいくらいだ。

「そうだなあ、式場の予約とかもあるから来年かな。だから今後は、大きなプロジェクトや引き合いは、必ず僕とスケジュール確認をすること！」

と答えた鷹斗に、皆一斉に「はーい」と元気な返事をする。

——ええっ？　そんなこと、堂々と公言してしまっていいのだろうか。

（っていうか、この依頼はもしかして、今年いっぱい続くの……？）

そして来年って……！

一昨日《おととい》から、すっかりお馴染みになったドキドキが、いっそう大きくなる。だが美夕はそれを微塵《みじん》も見せず、それぞれと挨拶《あいさつ》を交わした。一通り挨拶《あいさつ》を済ませると、鷹斗は最後に個室のドアをコンコンと叩いて、パソコンから目を離さない美女を呼んだ。

「美夕、スタッフで僕の仕事のパートナー、緑ケ丘《みどりがおか》薫《かおる》さんだ。薫さん、彼女は雪柳美夕さん」

「初めまして、雪柳美夕です」

彼女はニッコリ笑って、男性にしては高い声、女性としてはハスキーな声で挨拶《あいさつ》をしてきた。

「こんにちは、初めまして。あなたが来生のいい人なのね。ようやくお会い出来て嬉しいわ。この人ったら、あなたをずっと長いこと待っていたのよ。大丈夫、私が虫を追っ払ってあげてたから、ここには来生目当ての女性はいないわ」

笑いながら「ありがとうございます。緑ヶ丘さん」と返した美夕に、薫はウインクをしながら手を差し出して握手をした。じっと美夕を見つめて、なるほどと納得したように頷く。

「薫さん、でいいわよ。来生が夢中なのも分かるわ。あなた、私が男だってすぐに分かったでしょう。でも全然態度が変わらないのね」

薫の言葉に、美夕は不思議そうに首を傾げる。

「薫さんが男性であることは確かにすぐ分かりましたけど、それでどうして態度が変わるんですか?」

オネエ社長を演じる父を筆頭に、いろんな人をたくさん見てきた。美夕に害がないなら、自分と同じただの人、だ。

薫は目を丸くして次に大笑いをしたかと思うと、鷹斗の肩をバンバンと叩いた。

「すごいわ、反応がまるで同じって。一目で見破られたのは来生以来だけど、あなた目当てのあのハイエナ共とは天と地ほどの差があるわね。美夕ちゃん、って呼んでいいかしら」

美夕が、もちろんですと頷くと、鷹斗が痛そうに肩をさすって文句を言う。

「薫さん、もう少し手加減してよ。美夕、薫さんは昔バレエをしていて見た目より力があるから、椅子とかテーブルとか重いものを運ぶ時は手伝ってもらうといい」

「下のお店に飾ってあるもの、必要なら動かすの手伝うわよ」

下のお店とは、一体何のことだろう？

薫の言葉に不思議そうな顔をした美夕に、鷹斗は悪戯《いたずら》っぽい笑顔で、「こっちについて来て」とエレベーターに向かう。

美夕はオフィスの人たちに慌てて頭を下げると、鷹斗を追いかけた。薫が手を振るのに手を振り返し、エレベーターで階下へ下りる。

さっきは気が付かなかったが、一階の奥には扉があった。鷹斗は鍵を取り出すと、かちゃかちゃとドアを開ける。薄暗く少し埃《ほこり》っぽい空間の明かりをつけると、そこはちょうどショーウィンドウの裏側の広い空間で、器材やら段ボールやらが多少置いてある以外は何もなかった。

「一応、二店舗分を確保しておいたんだけど、どうだろう？　美夕の思っていた理想のお店に十分だといいんだけど」

（えっ!?　今なんて言ったの？　私の……店？）

心臓が突然、バクン、バクンとうるさく鳴り響く。

（聞き間違いじゃあないよね……店を確保したって、言ったよね……？）

鷹斗の言葉にびっくりして声を出せなかった美夕だが、確かめるのも怖くてさらに声が出せない。

目を大きく見開く美夕に、鷹斗は笑ってもう一度告げる。

「美夕、ここは君のために用意した店舗だよ。好きなように使ってくれて構わない」

「先輩！　そんな……」

「気に入らない？　それに、鷹斗、だろ」

「まさかっ、とんでもない！　気に入らないなんて……こんな素敵なビル、それにこんなに大きなスペース、夢にも思ってなかったから……」

パニックに陥《おちい》っていると、「はい、これが鍵」と金色の鍵を渡される。手のひらに伝わるその金属の冷たさに、興奮状態だった頭がちょっと冷えた。

待って待って、喜ぶのはまだ早い。

（そうよ、こんな一等地の店舗、賃貸料が払いきれないかも……）

サア～と一気に血の気が引いてくる。恐る恐る美夕は聞いてみた。

「あの、鷹斗、ちなみに、ここの店舗の賃料ってどれくらいなの？」

「はは、賃料なんていらないよ。このビルは僕個人のビルなんだ」

もう一度自分の耳を疑った。

（ええぇっ！　持ちビルって、まさか本当に？）

「でも、いくら何でも……それじゃあ、あの、たくさんは払えないけど少しだけとか」

「いらないよ。その代わりと言ってはなんだけど、条件がある」

（……そうよね、こんな美味《おい》しい話がそうそうあるわけがないわ）

タダより怖いものはないというけれど、美夕には鷹斗が何を言い出すのか見当もつかない。だが、出来るだけのことはすると決め、好奇心と心配の混ざった瞳で、彼の顔をゆっくりと見上げた。

「僕の条件は、美夕の店をこの場所で恒久的に開くこと。他にもっといい物件が見つかっても、僕のビルに美夕のお店をずっと出していて欲しいんだ」

笑っていた鷹斗の顔が一転して、真摯《しんし》なものに変わる。告げられた内容に、美夕は再び卒倒するほど驚いた。

「鷹斗、本気なの？　こんな一等地の店舗なんて、いくらでも借り手はいるのに……私が借りて収入がなかったら、全然ビジネスとしてやっていけないじゃない！」

「ははは。心配しなくても、僕の会社は順調だよ。店子《たなこ》ビジネスはついでなんだ」

男らしい口から次々と語られる事実に、卒倒しそうになる。

「っ……だ――」

だけど、と言いかけた美夕を、鷹斗は笑って優しく抱きしめた。

「僕の婚約者なんだから、僕のビルに美夕が店を出すのは自然なことだろう？」

（ウッソー！　ええっ？）

ますます混乱してくる頭で一生懸命に考える。

——自分が婚約者の振りをしたというだけで、こんなによくしてもらえるなんて思ってもみなかった。

その優しい笑顔は、美夕が喜ぶものだと信じ切っていて……本当に心からの申し出であることが美夕には痛いほど伝わってくる。

とてもじゃないが、遠慮しますとか、せめて少しでも払うとか、これ以上言える雰囲気ではなかった。こちらをじっと見つめてくる瞳は、〝もちろん、美夕は喜んでくれるよね〟感がいっぱいで……

驚きはしたものの、鷹斗がここまで自分のことを考えてくれたことが、とてつもなく嬉しい。

「本当にいいの？　ここに私の店が出来るの？」

「そうだよ、美夕のために用意したんだよ。気に入ってもらえた？」

「鷹斗！」

（間違いじゃないっ、本当にホントなんだわ！）

ふわっと世界が開けたような気がした。胸に喜びが広がり、踊り出したくなるような気持ちが溢《あふ》れてくる。

「ありがとう、鷹斗！　とっても嬉しい、すごく嬉しい。こんな一等地に店が出せるなんて……、私、頑張るわ」

手放しで喜ぶ美夕の姿を見て、鷹斗はとても満足そうに頷いた。

「よかったよ、喜んでもらえて」

興奮して小さく跳ねるように飛びついてくる美夕を、鷹斗はその温かい胸で受け止める。

「店の改装も、美夕に構想があるなら喜んで協力するよ。薫さんなんか、張り切ってたからね」

うわあ、と一秒ごとに勢いを増す、天にも昇る嬉しさ！　こんな興奮は本当に久しぶりで……

次から次へと鷹斗の口から紡ぎ出される温かい言葉に、感謝以上に深い感動を覚えた。

ここまで心を揺さぶられたのは――思い起こすと、イタリアで、職人気質の頑固親方に自分のブランド初のデザインを披露した時、いいんじゃないかとぼそっと褒めてもらって以来だ。

「ありがとう！　ああ、鷹斗、ありがとう！　私とっても嬉しい、店も嬉しいけど、鷹斗の思いやりが嬉しいの。ねえ、キスしていい？　ダメ？　恋人役の私からのキスは嫌？」

あの時も、『オリジナル第一号完成おめでとう、日本でも頑張ってね』と工房の皆に励まされて、ハグやチークキスを交わした。思わず鷹斗に抱きついた美夕は、ヨーロッパ式の挨拶《チークキス》がしたくてたまらない。

「君がしたいように振る舞っていいんだよ。それから今後の二人のことは折を見てじっくり話し合おう。さあ、おいで、僕にキスしてくれるんだろう?」

改まって両手を広げて待つ鷹斗の胸に、何のためらいもなく美夕は飛び込んでいった。そのまま頭をグリグリと押し付け、しばらくしてからやっと顔を上げた美夕を、鷹斗は愛おしそうに見つめている。

——直前まで、頬を合わせる挨拶《あいさつ》だけのつもりだったのに。鷹斗と抱き合い見つめ合っているうちに美夕は自然と目を閉じ、ゆっくり唇を重ねていた。

(蕩《とろ》けそう、鷹斗……)

薄暗い倉庫のような空間で、二人はお互いの温もりを確かめ合うように何度も唇を重ねる。舌先で甘く舐め合い、悪戯《いたずら》っぽく笑い合った。

気持ちがすっかり昂《たかぶ》った美夕は、がっしりした身体に手を回し、鷹斗に舌で誘われるまま唇を開いた。クチュ、クチュと濡れた音が空っぽの空間に響き渡る。

鷹斗とのキスを当たり前のように受け止めている自分がここにいる。

(これは……鷹斗との、何回目のキス……? 私ってば絶対、振りじゃないよね……)

というか、普通恋人同士でも、こんなにたくさんするもの? とたわいもない疑問が、ふっと頭をかすめる。同時にこんな甘いキス、鷹斗としか出来ない……とも感じる。胸はドキドキするし、何だか目尻まで熱くなってきた。けれど、これでいいと心も頭も美夕にささやいてくる。

そう、これでいい。はっきり今思った。

鷹斗に唇を舌で軽く舐められると、閉じていた目を開いて、美夕はその笑っている顔を見つめながらそっと唇を離す。

「どうした？　美夕……？」

鷹斗の掠《かす》れた独特の艶《つや》のある声に、身体にゾクッと甘い痺《しび》れが走る。

「……なんだか、私たちの初めてのキスも、こんな倉庫だったな、と思って……」

目尻にたまった感涙を拭《ぬぐ》いながら、少し埃《ほこり》っぽい店舗を見回してみる。

そうだ、初めて鷹斗にキスをされた体育館の倉庫も、確かこんな感じの場所だった。

あの時は、心の底から驚いてしまったけれど、憧《あこが》れの先輩との甘い秘密にちょっぴりドキドキもした。

そして美夕は確かに、鷹斗に憧《あこが》れ以上の感情を抱いたのだ。

いったん芽生えたその感情は、育てる機会もなく美夕の中で眠りについたけれど、二人は再び縁を結び、鷹斗は今美夕の目の前にいて、その瞳を見つめれば優しく抱きしめ返してくれる。

「……そうだね、あのキスが僕たちの始まりだったんだよ。あれから何年も経ってしまったけど、またこうして、会えた……」

鷹斗も、あの遠い日を思い出しているに違いない。その声は懐かしむような響きを含んでいた。

「……鷹斗、ちゃんと話してくれる？　この店舗を私に無償で貸し出すということが、ビジネスの点でどれほどの見込み利益の損失になるか、リスクを負うのかが分からないわけじゃないわ」

このビルのローンの額とか考えると、ちょっと気が遠くなってくる。

「もちろんだよ、子猫ちゃん。君の望むままに」

力強く頷いた彼の顔を、感無量といった様子で見上げた。

「それとね、最初は商品のストックにも限りがあるし、店のためにも前に話したタイアップをしている友達に相談していい？　彼女も自分の店を持つのが夢だったから、これだけ大きい店舗なら二人で経営出来ると思うの」

自分の店という言葉が胸に染み込んだ後は、しっかりしなければと気合を入れる。

「看板はそれぞれ出すけど、中を繋《つな》げてレジを一つにすれば人件費も浮くし、相談してみたいの。鷹斗は反対？」

「この店は君のものだ。だから君の思うビジネスプランを試したらいい。僕だって共同経営の利点はよく分かっている。さっき紹介した薫さん、僕の仕事のパートナーだと言ったろ。彼、もとい彼女の尽力なしでは、僕は短期間でここまで会社を安定させることは出来なかったよ」

美夕の身体を優しくさすりながら、鷹斗は続ける。

「彼女は大学の先輩で、とても優秀な一級建築士なんだよ。会社の名前は薫さんが自分の名前を入れることに反対したから、〝来生建築デザインスタジオ〟になっているけど、共同でこの会社を立ち上げたんだ。僕が海外に行っている間も、安心してオフィスを任せられる大事な仕事仲間だ」

（そうなんだ……そうよね。最初は誰でも大変に決まってる）

落ち着いた態度の鷹斗だって、例外ではない。

そんな当たり前のことに今まで気付かなかった。

完璧に見える鷹斗も苦労をしたことを知り、美夕はますます鷹斗に惹かれる気持ちを自覚した。

ただの見かけだけの王子様じゃない。強い意志と実行出来る行動力が伴わなければ、こんな立派なビルが彼の年齢で建てられるわけがない。

（私、鷹斗のことが本当に好きだ）

心からそう思えた。

（鷹斗が私以外の人をあんな風に優しく〝子猫ちゃん〟と呼ぶのは、絶対に嫌――）

去る者追わずの恋愛を繰り返してきて、自分は恋愛に向いてないのかも、と思っていた。

だけど今は過去の自分が〝好き〟と思っていた気持ちは、ただの憧《あこが》れ、もしくは理屈での思い込みだったのだということが分かる。今までは、付き合う相手が自分の思っていた感じと違うと勝手にガッカリして、相手をもっと知ろうとも思わなかった。

（そっか、私、誰のことも本気で好きじゃなかったんだ。――今、鷹斗の話をもっと聞きたいけど、なんだか怖い気も……する）

本気で好きだと自覚した途端、彼のすべてを知りたい欲求が心に生まれた。鷹斗は、どんなことに喜んで、興味を示し、楽しいと思うのだろう。それにどんなことをしたら不愉快になる？　彼が何を考えているのかがとても気になる。同時に、知らないうちに何かしでかして嫌われたら……と恐怖心も芽生えた。

いろいろな感情が共存して、心が大きく揺さぶられる。鷹斗に関しては感情が上手く制御出来ない。

――鷹斗の優しいけど強引なところも好き。強引だけど、気遣ってくれるところも好き。気遣ってくれるけど、丸め込んでくるところも好き。

料理は一緒にしてくれるけど、皿洗いは適当だし。クローゼットは綺麗に整頓《せいとん》されていたけど、洗濯物は溜め込んでいたし。きっちりしているようで、どんぶり勘定だけど。

そんな鷹斗のすべてが鷹斗で——

大好き。

……けれども、鷹斗の好意や思いやりのすべてが、何か思惑があってとか、まさか賭けの対象とかだったら自分は立ち直れないと思う。

過去に美夕は誰とも長続きしないと言われて、そんなことはないと反発し、次に付き合う人とは絶対続けてみせると無理やり一週間意地で付き合ったことがある。

今思えば、相手になんて失礼なことをしてしまったのだろう。自分は本当に何も分かっていなかった。今更ながらに猛反省だ。

「あの、鷹斗、私も知って欲しいことがあるの。だから後で鷹斗も私の話、聞いてくれる？」

鷹斗が笑って頷くと、よし、と気持ちを切り替えスマホを取り出した。

「私、今から織ちゃんと店舗の話をしてみる」

「僕もそろそろ行くよ、また後で。今日の昼はどうする？」

「そうね、銀行に出掛けた後はそのまま買い出しに出るから、今日の昼は戻らないわ。午後は都合がつけば、織ちゃんにもこの店舗も見て欲しいと思ってるから」

頷く鷹斗に、躍り出しそうな心を抑えて頷き返す。

「忙しくなると思うから、気にしないで」

「分かった。じゃあね、子猫ちゃん」

すっかりビジネスモードに入った美夕の頬を鷹斗は愛おしそうに撫で、素早くキスを唇に落とすと、オフィスに戻っていった。

美夕はその日、ウキウキした気分のまま足取りも軽く、サクサクと仕事をこなした。

銀行に行き用事を済ませ、その足で御徒町《おかちまち》の馴染みの宝石卸問屋へ向かい、いつものように値切って仕入れを済ませる。

ついでに、しぶしぶながらもいつも最後はマケてくれる、職人もこなす店長に報告をした。

「おじさん、私、もしかしたら自分のお店を出せるかもしれないの。そうなったら、仕入れも増えるし、おじさんの加工の腕が頼りよ。当分引退はしないでね。それと……これ、急ぎのデザインなんだけど」

驚いた顔をした店主に、美夕は鷹斗特注のデザイン加工を注文する。すると早速「ここはどうすんだ」とツッコミが入った。「ここはこうよ」と、いつものデザイナーと職人のやりとりが始まる。

大量生産とは違い、デッサンで起こしていく注文デザインの場合、一過程ごとに依頼人と工程を確認することが出来る。その代わり、お値段は決して安くない。

ネットの販売品は型があるが、デザイナーとしては自分のスケッチから品物が出来上がるのは楽しいプロセスだ。

頑固な職人気質の店主とのやりとりにふうっと一息つくと、店主の仏頂面《ぶっちょうづら》が少し和《やわ》らいだ。まんざらでもないように美夕を励ましてくれる。

「おう、こちとら、あと百年は生きるつもりだから、安心しな。まだまだ若い者には負けねえよ」

（……職人さんって、どこの国でもこんな気質の人が多いのね）

イタリアでもこんなコミュニケーションを散々交わしたと、懐かしく思う。満足のいく買い物をしてネットでの注文品を発送すると、いまだ浮き立つ心を抑えアメ横でお昼を済ませた。

こうして美夕は、夏妃との待ち合わせ時刻の五分前には、最寄り駅の駅前に着いた。

もうすっかり秋である。通りゆく人々の服装も秋らしく暖色が増えてきたこの頃、頬に当たる風も何となく冷たい気がする。

今朝夏妃に電話をすると、お昼過ぎに早速視察すると快《こころよ》く返事をくれた。突然の誘いに驚いてはいたが、実家で活動するのも限界だ、とこぼしていた彼女は前向きに考えてくれたのだろう。

眼鏡をかけた理知的な顔がちらっと人混みから見えると、美夕は手を大きく振った。

「織ちゃん、こっち」

「美夕、連絡ありがとう。ドレスは役に立った？」

「もっちろん、ばっちし宣伝もしておいたわ。何と、パーティの参加者に織ちゃんのブランドを知っている人がいたの。結構評判になってるみたいよ」

くせ毛のショートヘアがよく似合う夏妃は美夕より一歳上だが、どちらも気にせずタメ口だ。

彼女がデザインした緩《ゆる》い生地の上着に、無地のフレアの裾が帯紐のようになっている服を着ていて、お出掛けにピッタリのコーディネートセンスは抜群だった。

眼鏡をキラリと光らせた夏妃は、その縁をクイッと上げ、仁王立ちスタイルで腰に手を当てる。

「フハハハ、私たちの時代が来るのよ、美夕。さあ行きましょう、そのオススメの店舗とやらへ」

……結構な美人なのに、この女王気質。どこか残念な夏妃にはちゃんと幼馴染《おさななじみ》の恋人がいて、彼女の夢を応援してくれている。そんな友人の態度に慣れきっている美夕は、ウキウキ気分で案内を始めた。自分たちが人混みでいっぱいの駅前で目立っていることにも気付かず、二人は早速鷹斗のビルの方へと歩き出す。

最寄りの駅は大きく、改札出口は二方向にあった。美夕たちのいる改札は、緑豊かで個性的な店やカフェが並ぶお洒落《しゃれ》な街への入り口だ。少し落ち着いた高級感のある大人の散策路である。

反対側の改札前には大型書店や商業ビルが立ち並び、車通りも多く、若者向けの街といった感じだ。

夏妃はこの街の雰囲気が気に入ったらしく、洒落《しゃれ》た店やカフェを見て、満足そうに頷いた。

「いいね、この感じ。私たちのターゲット層にドンピシャじゃない？　これは期待出来そうだわ」

美夕のブランドとタイアップしている「西織姫」は、この頃女性向けのスーツにも力を入れている。

地味になりがちなオフィスの戦闘服に、質の良い無地の織物を使い、ボタンに七宝焼《しっぽうや》きを使ったり、先染め織物を織り込んだりして、ちょっと遊び心を加えている。そのため、お値段はやや高めだ。それに美夕のブランド「スノウテイル」のアクセサリーも、シンプルだが飽きのこない上品なデザインを組み合わせている。その分少しお値段は張るが、多少お金をかけてでもこだわりの品を求める女性たちが集まるであろうこの街は、二人のブランドのイメージに合うのだ。

歩く道のりは緩《ゆる》い上り坂ではあったが、街路樹にそって並んだ店が道ゆく人々の目を楽しませてくれる。おしゃべりをしながらユニークな店を目指して歩くのは苦にならない。

まもなく、一際《ひときわ》目立つデザインのビルに入っているお洒落《しゃれ》なカフェが見えてきた。可愛い家具が置いてあるショーウィンドウも見えてくる。

「織ちゃん、あそこにカフェがあるじゃない。あの向こうのショーウィンドウに家具が置いてあるのが見える？　あの場所が今朝話した店舗なんだけど」

美夕が指した店舗を見て、夏妃は目を見張った。

「美夕、確かなの？　こんな表通りの一等地、それもこんなお洒落《しゃれ》なビルの中って、私もっとこう……ああ、ともかく、いい意味で予想が外れたわ、これは。すごい物件じゃない」

（織ちゃんが驚くのも無理ないわ。私だって、今でもちょっと信じられないもんね……）

友人の驚きは想定内の反応だった。

「知り合いの人がオーナーでね。鍵も預かっているわ。織ちゃんも一緒に見てもらいたいの。中が結構広くて、電話で話したように二店舗分は余裕であるし」

「よし、今日は念のためキャッシュカードを持ってきたのよ。賃貸料金が目が飛び出るほど高くてもこんなチャンスは二度とないわ。実家暮らしで貯めてきたこのカード、ここで使わずどこで使うっ！　かかってきなさい、いくらだろうと手に入れて見せるわ」

カードを取り出して叫ぶ夏妃を、いつも通りどうどうと宥《なだ》める。

「織ちゃん、こんなところでカード振りかざしちゃダメ。賃料は今のところいらないと言われたから。ほら、しまって」

カードを振り上げた手を美夕に止められ、夏妃は再び目を見張った。

「美夕、私の耳もとうとう興奮のあまり爛《ただ》れたらしいわ。今、賃料がタダだ、と聞こえたんだけど……」

夏妃の手を引っ張ってビルの前に来ると、鍵を回してドアを開ける。

「とりあえず中に入って。詳しいことは見てからよ」

夏妃はドアの隙間から恐る恐る中を覗《のぞ》いて、小さな声で聞いてきた。

「ねえ、まさか、頬に傷のある人が、中でビデオカメラ抱えて待ってたり……」

「あるかっ！　さっさと入る！」

夏妃の期待（?）に反してそこで待っていたのは、綺麗な男のお姉さんだった。

「美夕ちゃん、お帰りなさい！　あら、そちらが共同経営を打診中っていうお友達？　来生から倉庫代わりに使っていた荷物を退けるように言われたのだけど。もし椅子とか使うのであれば持ってくるわよ」

「薫さん、ありがとうございます。織ちゃん、こちらが、ええと、このビルのオーナーの共同経営者で店の改装のお手伝いをしてくれる、一級建築士の緑ヶ丘薫さんよ」

店の改装と一級建築士という言葉に夏妃は敏感に反応した。素早く姿勢を正して挨拶《あいさつ》をする。

「初めまして、服飾ブランド〝西織姫〟を経営しております、西織夏妃と申します。このたびは雪柳の紹介でこちらの物件の視察に参りました。お話では、不動産会社を通さないビルのオーナーから直接の貸し物件だということですが、二、三質問させていただいてよろしいでしょうか？」

「もちろんよ、私で答えられることなら何でも聞いてちょうだい」

薫のにこやかな対応を見て、夏妃もこの話は眉唾物《まゆつばもの》ではないらしいと判断したようだ。

「あの先ほど、雪柳は賃料はないというようなことを言っていたのですが、それは店舗の改装並びに準備中の一定期間ということですか？　ビルの管理費や公共費、光熱費はどれくらいかかるのでしょう？」

「ああ、賃料を取る気はないと思うわ。改装後も含めてね。ビルの管理費も公共費も多分なしね。光熱費はメーターが別だから自腹でお願いすると思うけど」

薫の答えに、夏妃はごっくんと唾を呑み込んだ。

「あの、単刀直入にお伺いしますが――この物件は、一等地の二店舗分賃料がタダ、光熱費だけ、と非常に現実味に欠ける美味《おい》しい話なんですが、一体ビルのオーナーになんのメリットがあって、こんな好条件なのでしょうか？　何か問題でもあるのですか」

「問題などないのよ。メリットは、そうねえ、美夕ちゃんの確保……かな？　来生は美夕ちゃんを抱き込みたいだけだから」

「は？」

薫の言葉に夏妃は首を傾げた。

「あなた、ついてるわよ、美夕ちゃんのお友達で。来生はね、美夕ちゃんにどこにも行って欲しくないのよ。だから美夕ちゃんが店舗を共同経営にしたいのなら、来生は反対しないわ」

「あの、来生さんというのは……」

ますます話が分からないといった困惑で、眉間にシワが寄る。

「来生鷹斗。このビルのオーナーであり、上のフロアの来生建築デザインスタジオの経営者よ」

夏妃は来生の名前を聞いて、どこかで聞いたことがある、と顎《あご》に手を当てて考えている。

「織ちゃん。高校の時の来生先輩よ。覚えてない？」

「えええっ！　来生って、あの来生王子のことなの？」

夏妃は美夕と同じ高校の出身だ。美夕と同じ美術部で一年先輩だった彼女は、美夕と妙に馬が合い、美夕が転校した後も海外に出た後も、ずっとやりとりが続いて今日に至る。当然、鷹斗のことも知っている。

だがしかし、いきなり予想もしなかった高校時代の先輩の名前を出されて、夏妃の頭は混乱するばかりだった。

「何で来生王子が美夕を確保したいのよ。全然意味が分からないわ」

ますます困惑してしまった夏妃に、美夕は慌てた。

「あの、織ちゃん、詳しくは後で話すわ」

美夕のその言葉で、夏妃は第三者の存在を思い出したらしい。

とりあえずは話を進めようと「分かったわ、洗いざらい話してもらうわよ」と呟《つぶや》いた後、

「ともかく、この話は信用出来る相手との商談ということですね。分かりました。これだけの好条件が揃っている物件を逃すわけにはいきません。早速、雪柳と相談させていただきます。緑ヶ丘さん、いろいろ教えていただいてありがとうございました」

と丁寧に薫へ礼を述べる。すると、薫も笑って手を振った。

「いいのよ、あなたのようなしっかりした人が美夕ちゃんのビジネスパートナーならこちらも安心だわ。じゃあ何かあったら上にいるから声を掛けてね」

薫は「箱は持っていくわね」と言って、いろいろ入った重そうな箱を二箱ヒョイと抱えて出て行った。薫が視界から消えた途端、夏妃の目が爛々《らんらん》と輝く。

「美夕、聞いた？　問題も何もないそうよ。来生王子の思惑は私には計り知れないけど、とりあえず中を見せてもらうわ」

そう言って案外奥行きがある空間を見回す。

奥にドアがあることに気付き、つかつか歩いていくと、小さな簡易キッチンとトイレに続いていることが判明して喜びの叫びを上げた。そして美夕と二人、ここに壁を作ってスタッフルーム兼作業場、こっちに入り口、と、テープメジャーとノートを取り出しメモを取る。そうこうする間に、美夕はいよいよ夢に一歩近づいた実感がどんどん湧いてきて、興奮を隠せなかった。

（はあ、ここに私たちの店が出来るんだ……うわあ、改めてドキドキしてきたわ）

小一時間、二人は夢中になってアイデアを出し合い、具体的な案にまとまってきた。

最初の興奮がだいぶ落ち着いてくると、夏妃はさすがに「ちょっと休憩しましょう」と言って、美夕を隣のカフェに引っ張っていった。

お洒落《しゃれ》なカフェは平日にもかかわらず、かなり混んでいる。客層は女性が多かったが、結構な数の男性もいる。

カフェからは美夕たちの店のショーウィンドウがバッチリ見えて、これはすごい宣伝効果だ、と感心せざるを得ない。このカフェに休憩に来た人たちに、美夕たちの店が自然と目に入るよう絶妙な角度に設計されている。

賑《にぎ》やかなざわめきをバックグラウンドに、注文したコーヒーと紅茶が運ばれてくると、夏妃は美夕に高らかに宣言した。

「美夕、ビジネスの話は今日はここまで。ここからは友人として質問するわよ。——ちょっと、ちょっと、どういうこと？　来生王子と知り合いなの？　あんたたち、学年は二年離れてたわよね？　緑ヶ丘さんの言ってたのって、どういう意味？　っていうか、私、何にも聞いてないんですけど！」

矢継《やつ》ぎ早《ばや》に質問攻めだ。

これにはさすがの美夕もたじろいだ。

「あ〜、鷹斗は、現在私の、えっと婚約者？」

目を泳がして答える美夕に、夏妃はかわいそうな子を見る目で告げてきた。

「美夕、あんたには婚約者どころか恋人もいないわよ。とうとう、恋人欲しさで妄想始まっちゃった？　あのねえ、いくら恋愛音痴で枯れてるからって、そこまで落ちなくても」

「ち・が・う！　え……っと」

夏妃はもちろん、美夕と鷹斗の高校時代のキス事件を知らない。

だがそれ以外の、数々の恋愛遍歴は長年の付き合いからほぼ知られている。うっ、どう説明すれば……と行き詰まり、結局、一緒に住んでいることはぼかしてすべてを話すことに決めた。

「だから、あ～、始まりは織ちゃんにドレスを借りたパーティだったのよ……」

美夕のしどろもどろの説明で大体の話を掴《つか》んだ夏妃は、溜息をついて指摘した。

「詳しいことは分からないけど、これだけははっきりしてるわ。来生王子はこの一等地の店舗を、あんたのためにキープしたって言ったのよね？　それも賃貸料タダって、はっきり言ってありえないから」

うんうん、確かに普通ならナイ。

「いくら婚約者の振りを頼んだとはいえ、ただのバイトの域をとっくに越えてるわよ！　たとえ昔の顔見知りでも……って、そもそも、十年ぶりに再会したただの後輩に告げるセリフじゃないって」

夏妃も同じところで引っかかったか……

実は美夕もその点が一番気になっていた。

鷹斗のリップサービスにしては大げさだし、そもそも彼はそんなふざけたことをする人ではない。

美夕はそれが分かっているからこそ、この本気のオファーに最初は遠慮と戸惑いを隠せなかった。

夏妃はビシバシと指摘を続ける。

「このビルって王子が建てたのよね。それも自社ビル。尋常じゃない額の資金貯めて、この一等地買って、ビルを設計して建ててって、一体これ……いくらかかってるの～、あっ、頭痛がしてきたわ……」

夏妃の言いたいことは理解出来る。でも鷹斗が本気でここに店を構えて欲しいと言ってくれたことも分かっているのだ。

すると夏妃は、美夕の顔をちらりと見て、今日一番の重い溜息をついた。

「あんた――ちょっとその顔、思いっ切り緩《ゆる》んでるわよ！　超喜んでるわね……。普通はこんな話、引くわよ、絶対、百パーセント。ほんと大丈夫なの？　だって話したこともなかったんでしょ？　それが、卒業式のキス一つで……はぁ、呪いのキスなんじゃないの、それって？」

「違うわよ！　えっと、例えるなら……目覚めの、キス？　絶対に呪いなんかじゃないんだから！」

何度も溜息をついて、呆れと心配とが混じった顔で忠告してくる夏妃に美夕はきっぱり否定する。

（あのキスは……何と言ったらいいんだろう。こう、もっと深くて、心が通い合うような、情熱と甘さと深さが伴った、お互い離れたくないっていう感じの……）

鷹斗との秘密のキスを思い出して、嬉しそうに頬を染める美夕に、夏妃もついに匙《さじ》を投げた。

「美夕、これまで誰にも本気になれなかったのって、もしかしてコレのせいなの？」

「あ……」

鋭い指摘に、またもや美夕は詰まってしまう。自分でも、そうだったんだろうと思っていただけに……

（ううっ、織ちゃんてば、鋭すぎる……）

「ええと、あの、その、でもね、だから多分……いえ、絶対そうだと思う……」

心底呆れた目をした相棒に、急いで弁明した。

「自覚なかったのよ！　自分でも分かってなかったっていうか……でも今思うに本能は分かってた、みたいな……」

だんだん小さくなる声に、これ以上恋愛音痴の美夕を追及するのは哀れに思えたのだろう、夏妃は手短にはっきり忠告した。

「いい、美夕、聞きなさい。この恋を本気で逃したくなければ、ちゃんと自分の気持ちを、正直に来生先輩に言った方がいいわ。どんな結果になるにせよ、後悔はしないわよ」

夏妃の言葉は、やっと自覚が芽生えたばかりの戸惑い気味の胸にじわじわ響いてきて、こくんと素直に頷いた美夕だった。

――よし、行くわよ。

人混みの中、一つの店を目指し美夕は果敢に進む。

「いらっしゃいませ～」

足を踏み入れてみて、思ったより可愛らしいショップの店内に、なぜかちょっとホッとした。この歳で初めて訪れたランジェリーショップは、優しいパステルカラーと可愛い壁紙が乙女心をくすぐる素敵な店だった。眺めているだけで楽しくなるお洒落《しゃれ》なディスプレイの数々に、ドギマギしてくる。

これは――実際に来てみて、よかったかもしれない。オンラインだと手軽だけど、近所にショップがあることに気付いて、夏妃を見送った後、勢いでここまで来てしまった。

鷹斗に自分の気持ちを伝えたい。まだ直接言える勇気はないけど、とそんな自分を力づけるようにここに足を運んだのだ。

（あ、これ、可愛いレース……）

ディスプレイで飾ってあるものも、あっちに見えているものも、どれもこれもこんな感じの下着が欲しかったと思える、大人可愛い上下セットがたくさんある。

（――お値段は？）

下ろし立ての軍資金は財布にたっぷり入っているが、つい長年の習慣でタグをめくってみる。そしてこのくらいなら何とかと、安堵の息を漏らした。今日は試しに上下セット、それにパジャマ代わりのキャミソールも買えそうだ。

たくさん並んだ品物はそれぞれ可愛い花柄であったり、ちょっと大人っぽい黒のレースであったりと迷ってしまうほど幅が広かった。だけど自分の好きなものは、大体ピピッとくる。

……それでもこんな買い物は初めてで不安なので、店員さんの意見も聞いてみた。

試着室の前に掛かる鏡を見て頭に浮かんでくるのは、鷹斗はこれ、気に入ってくれるかな？　という一点だ。

水着以外でこんな露出の多い格好はしたことがない。それに、こんな格好を誰かに見せようと思ったことも……

（でも、鷹斗は……絶対喜んでくれる）

彼のためだけに美夕が装《よそお》うことを、絶対喜んでくれると信じたい。

身体の線がそのままシルエットになる、可愛いが挑発的なこのキャミソールは露骨すぎるだろうか？

（っ……、よく考えたら、これをつけて鷹斗が待つベッドにって……）

そんな大胆なこと、自分からしたいと思えるなんて。

どう見ても誘いをかけているようなこんなランジェリーをつけていったら……

鷹斗には今朝、誘う気もないのに、そんな目で見てはダメだと注意されたばかりだ。誘う気は……ないと言えば嘘になる。こんな下着を鷹斗に喜んでもらうためだけに買おうという時点で、すでに煽《あお》り行為だ。

……そして煽《あお》ったその後は……？

鷹斗は美夕が初めて身体に触れて欲しいと思う人なのだ。

これまでは、恋人とのキスにさえ嫌悪感を抱いてしまって、自分はそこまで行く覚悟のある恋愛が出来るのだろうかとしょっちゅう疑問に思った。

けれども目下《もっか》の気持ちは、鷹斗が欲しがってくれるなら……素直に嬉しい。彼のことを考えるだけで、ドキドキが止まらず、今朝の続きをして欲しいと思えるからこそ。

そんな想いを胸に秘めていると、頬がほんのりと熱くなる。熱っぽい身体にキャミソールを当てて、似合うかなと自問したその時、ふと視線を感じた。

何かの予兆のように神経が張って、後ろを振り返る。

何だろう？　今確かに、誰かに見られていた。

店内をぐるっと見渡すが、女性客たちはそれぞれ商品の見定めに夢中だ。変わった様子はない。

ふと、美夕の目が店の入り口で止まった。

一人の女性がすごい形相でこちらを見ている。

心臓がどくんと小さく鳴った。この女性の顔には見覚えがある。

（確か、あのパーティで、鷹斗に露骨に迫ってた……）

取り巻きのような人たちに、中田さんと呼ばれていた女性だ。

指先のネイルまで綺麗に施《ほどこ》された隙のない容姿は綺麗だが、どこか高圧的な雰囲気がある。

目が合うと、女性はふんっと鼻息も荒く、カッカッとヒールのかかとを鳴らし店を出て行った。だが、すぐにもう一度こちらを振り向き、目を吊り上げたまきつく睨《にら》んできた。そして、車道に白い高級車が近づき彼女の前で止まると、運転手が慌てて開いたドアにその身を滑り込ませ、そのまま走り去った。

……一体何だったのだろう、今の一幕は。

気にはなったが、ひとまず何もされていないし、こちらがどうこうすることもない。

気を取り直して目の前のキャミソールに視線を戻すと、鷹斗もこんな感じは好きかしらという気持ちで頭がすぐにいっぱいになった。

小一時間ランジェリーを厳選した後、美夕は可愛らしいバッグを抱えてショップから出た。

今夜からこれをつける。そして、この時と思える時が来たら、鷹斗に好きだと伝える。

自分の行動に責任を持てないほど、子供ではないのだから。

もし、鷹斗に振られても……初めて心から湧き上がるこの気持ちを伝えずにはいられない。どんな結果になっても、後悔はしないとバッグを握り締めた。


美夕がそんな決心をしたその日の夕方。鷹斗と二人で夕食の準備をしながら互いの一日の出来事を話している時だった。鷹斗の顧客の余談に相槌《あいづち》を打った後、美夕はパーティで会った女性に遭遇したことを思い出した。

些細《ささい》なことだとは思いながらも、言っておいた方がいいのかなと思案してしまう。いらぬ心配をかけたくはないが、自分が鷹斗の立場であれば知っておきたいと思うのではないだろうか。

少し考え込んだ美夕の迷いのある瞳を見て、鷹斗はすぐ気が付いた。

「美夕、何かあったの？」

「う～ん、あったと言えばあったのかしら？」

こちらをじっと見つめてくる瞳に促《うなが》され、大したことではないけどと前置きをしてから「実はね……」と、買い物の時にあったことをすべて報告した。

「そうか、なるほどね……」

鷹斗は夕食の秋鮭の照り焼きを食しながら、しばし考える。

「あのね、多分その女性は、中田さんという人だと思うんだけど」

「うん、分かってるわ。あのパーティで鷹斗にアピールしてきた、えっと、髪の先がクルクルだった人よね」

露骨なアプローチをかけてきた三人の女性の中でも、自信ありげに鷹斗に迫ってきた人だった。鷹斗はまったく相手にしていなかったが。

ご飯茶碗を片手に頷く美夕を見て、鷹斗の頬が緩《ゆる》む。

「すごいな、ちゃんと覚えてるんだね」

「そりゃあ、だって、鷹斗の仕事関係の人たちだし、覚えておかなくちゃダメじゃない」

と言ってから、あれ？　と自分でも思った。

――あの時点では、婚約者の振りはあの夜限りのバイトのはずだったのに。どうやら自分は、鷹斗とのこれからを無意識で考えていたらしい……。

自覚したら、頬がだんだん熱くなってきた。

「そ、それでね、大丈夫だから。私、あの、何か言われても、ちゃんと出来るから」

恥ずかしくなって慌てたせいで、つい早口になる。

「はは、嬉しいよ。美夕は見かけより、ずっと勇ましいって分かってるしね」

緩《ゆる》めたままの頬と目尻が下がった優しい顔で、するりと頬を撫でられた。

「中田さんは取引先のお嬢さんだけど、ビジネスとこの件は関係ないから心配いらないよ」

「鷹斗の会社に、迷惑は……」

「ないない、全然ない。でも美夕、いざとなったら僕を呼んで。君に嫌な思いはさせたくない」

「分かった。そうね、向こうの出方次第かな……？」

あまり心細いようにも見えない美夕を、鷹斗は頼もしそうに見つめる。

ごちそうさまと手を合わせた後、鷹斗は「だけど……」と言葉を続けた。

「美夕は嫁入り前の大事な身体なんだから、気を付けてと言ったよね。これからはどんな些細《ささい》なことでも、気になったら僕に言って欲しい。美夕だって、僕に起きたことは知っておきたいだろう？」

「そうね、何も知らないままは、かえって不安になるかも」

鷹斗の言っていることは、とてもよく分かる。わざと隠したわけではないが、聞かれる前にやはり言っておくべきだった。

「今日は、何事もなかったからよかったけど、あまり無茶をしてはいけないよ」

「うん、気を付けるわ」

素直に頷いた美夕に鷹斗はよしと頷き返す。

「今回はすぐに僕に言ってくれなかったお仕置きとして……うん、そうだ。美夕、風呂に入っておいで。今夜は僕の服を着て寝てもらおうかな」

「へ？　それって、この間着た、シャツみたいなのをまた着ろってこと？」

「その通り。さあ、ご飯済んだよね。僕が後片付けしておくから、入っておいで」

まあ、それくらいなら、ペナルティでも何でもない。

（むしろ、堂々と鷹斗のシャツを着られるなんて……ちょっと嬉しいかも）

「後で僕が選んだものを持っていくから」と言われた美夕は、いそいそと二階に上がり、買ったばかりのショーツだけを持ってバスルームに向かった。

髪をごしごし洗っていると今更ながら痛感する。鷹斗に想いを寄せるのは、自分一人だけではない。婚約者がいると告げても、諦めていない女性はまだまだいるのだと。

分かっていたはずなのに、中田という女性の登場でそんな現実に向き合う形となった。

愛は早い者勝ちではない。

けれども、遅すぎれば手遅れになることは確実だ。

これは早く勇気を出さないと……と先送りしがちな自分を励ます。ちゃんと本人に気持ちを伝えよう。それも気持ちが固まったらすぐに告げようと決心した。

フロストガラスの向こうから、「ここに置いておくね」と声を掛けられ、シャワーを浴びながら「はーい」と返事をする。良いお風呂だったとタオルで身体を拭いた後、手に取って見た彼のシャツは、夏シャツなのか肌触りは良いものの、結構生地が薄い。そして羽織ってみて分かった。

（うっそー、これって……）

かなり丈が短い。それにうっすら透けて見える。思ってもみなかった状況に、かあっと熱くなる。

前の時は、さっさと脱いでしまったから気にもしていなかったけど、今日買ったキャミソールより随分……。白い太ももは剥《む》き出しだし、ショーツが見え隠れするぐらいの長さだ。ダボダボの裾をひょいとめくりあげたら、ベビーブルーの生地とホワイトレースにルビーレッドの刺繍《ししゅう》が入ったショーツがバッチリ丸見えになった。

（っ〜！）

慌ててくいっと裾を下げながら、これは下手に身動きが取れないと焦ってしまう。少しずつ脚を動かしながらベッドに向かうと、幸い鷹斗はそこにはいなかった。ホッとしてベッドサイドに置いてあった、昨夜彼が読みかけていた本を取り上げる。と、「美夕、終わった？　僕も入るよ」と声がして、ざあーというシャワーの音が聞こえてきた。彼はどうやら、クローゼットからバスルームに入ったらしい。しばらくして、鷹斗が頭をタオルで拭きながら出てきた。

……百八十以上あるであろう高い身長に、バランスのいいスタイル。風呂上がりの濡れた髪を拭く姿を見ているだけで、胸の奥がキュンとした。思わず、もじっと身をよじってしまう。なんだろう、この――感じたこともない、肌が粟立《あわだ》つ感覚は……。鷹斗の甘い眼差しで見つめ返されると、美夕の秘めた情欲が呼び覚まされる……。

「美夕、髪乾かしてあげるから、ここに座って」

そんな心中を知ってか知らずか、鷹斗は大きなソファーに座りながら魅惑いっぱいの声でおいでと呼びかけてくる。胸の中がざわめくような苦しいような甘酸っぱさを感じつつ、美夕は素直にポンポンと手で示された鷹斗の脚の間に座り込んだ。床はカーペットだし、冷たくはない。

まだ半乾きの髪を、ドライヤーでブーンと乾かされるのは、とっても気持ちいい……。大きな手で何度も髪を梳《す》かれていると、自然と彼にもたれ掛かってしまう。鷹斗は美夕の世話を焼くのが楽しくて仕方ないといった様子で、その髪を優しく撫でていた。

「いいね、彼シャツ。前に見た時は、美夕がすぐに脱いじゃったから、惜しいと思ってたんだ。今夜はお仕置きだからね。じっくり見せてもらうよ」

(うわあ、もしかしてこの格好で、改めて鷹斗の前に立たなきゃいけない？)

さっきはちょっとずつ移動したが大きく動くとショーツが丸見えになりそうで、美夕はその場で小さくなる。

「……予想以上に可愛くて、ぐっとくるよ」

首筋にさらりと髪が零《こぼ》れ落ちると、ドライヤーを止めた頭の上で低いセクシーな声がささやいてくる。屈《かが》んできた鷹斗に脇の下に腕を入れられて、よいしょとソファーの上に持ち上げられた。そのまま唇が甘やかに重なってきて、「んっ……」とゆっくりソファーに押し倒される。けど、キスをしながら覆いかぶさってくる鷹斗を前にして美夕の頭に浮かんだのは、この格好で立たなくていいみたい、という何とも呑気《のんき》な安堵だ。

耳たぶを軽く舐められると、唇から笑いが漏れる。

「もう、鷹斗ったら、くすぐったい」

「子猫ちゃん、君は本当に敏感だね」と耳元に熱い息がかかる。

唇が移動して「これは、お仕置きしがいがある」とささやかれた直後、髪で隠れる首筋にチリッとした感覚がした。

「なあに……?」

「胸元だけじゃ、効果が薄いかもしれないから……」

鷹斗はそう言って、いくつかうなじに赤い痕《あと》を残す。そんな隠れたところにして効果があるの？　とは思ったが、こそばゆいようなむず痒《がゆ》いような感覚が新鮮で、くすくすと笑いながらさされるがままになる。

「ほら、まだだよ」

キスが唇に落とされ、今度は昨日と同じ胸元をまた吸い上げられる。

「鷹斗……そこはまだ、痕《あと》が残ってるわよ？」

「いいんだよ、僕がしたいんだから」

それじゃあ、このお仕置きは何のために……？　と思った途端、鷹斗の身体が足元に移動したので驚いた。

「あのっ、あっ、やん、こんな格好」

片脚を持ち上げられた美夕は、真っ赤だ。だって鷹斗は足元にいるから、そこからだとショーツと恥ずかしいところが丸見えなのだ。だけど決して嫌ではなかった。こんな恥ずかしい格好は他人に晒《さら》したことはない。でも、鷹斗がしたいなら、好きにしていい。

（でも、今更だけど、こんな格好を披露しなくちゃならないなら、立った方がマシだったかも……）

日に焼けていない白い太ももやその内側を撫でられると、ぞくんと背筋が震える。

「綺麗だな」

ささやく低い美声は美夕の心に滑らかに侵入してきて、心の底を甘く震わす。唇がチュッと足首に触れると、続いてふくらはぎ、太ももの柔らかい肌へとキスを落とされた。

唇が触れた素肌から熱が浸透してきて、背中がその甘美な感覚に震える。

「陶器みたいに滑らかですべすべで……」

鷹斗はそう言って、大きな手で白い肌を大胆に撫で回す。

「あん、もうくすぐったいったら」

自分以外は触れたことがない場所への愛撫に、美夕の身体はびくびくと反応する。じわじわピンクに染まっていく美夕を見つめ、鷹斗は内股をそっと撫でながら唇を寄せた。軽くキスをされているだけなのに、生まれた熱が全身に広がっていくようで、じっとしているのが難しい。

「あっ……や、鷹斗……」

「――本当に、嫌？」

熱い視線で問われて、ふるふると首を振る。嫌じゃない、口にしたのは条件反射のようなものだ。けれど思わず悩ましげな吐息が漏れてしまう。

「くすぐったい？　それとも気持ちいい？」

内側の柔らかい肌をねっとり舐め上げ、チュウときつめに吸われた。

「……両方、でも気持ちいい」

言葉にするのは恥ずかしいが、しないと伝わらない。「じゃあ、もっとしてあげる」とちゅっちゅっと音を立てて執拗《しつよう》なくらい太ももにキスをされても、やめて欲しいとは思わなかった。恥ずかしさで顔は背《そむ》けてしまったけど……

これは確かに、お仕置きだ。鷹斗はやたらと嬉しそうだし、自分はやたらと恥ずかしい。

そうして、片脚の太ももが赤い痕《あと》で埋まると、次に同じことをもう片方にも施《ほどこ》された。

「くすぐったくても、ゆっくり触れば気持ち良くなるだろう？」

そう問われて、もう頷くしかなかった。

ハアハアと荒い息で肯定した美夕を見つめる鷹斗は、熱い眼差しで目を細め、ますます熱心にこちらを見てくる。

「あの、鷹斗……」と声を掛けると、彼はハッと目を見張り小さく笑った。

「さあ、お仕置きはここまで。今夜はもう寝よう。僕は朝一で仕事が入ってるんだ。掴《つか》まって」

素直に鷹斗に抱っこされた美夕はベッドに入ると、昨日と同じように鷹斗の腕の中に自分の居場所を確保した。二人の脚が毛布の下で絡み、鷹斗がぎゅうと抱き寄せてくる。

「美夕」と掠《かす》れた声で呼ばれた途端、逞《たくま》しい身体が覆いかぶさってきた。

「ぁ……んっ」

少し驚いたが、自然とその身体に腕を回していた。重なってくる唇を受け止めるだけでなく、目を閉じ、口を開いて応《こた》える。……先ほどのお仕置きで美夕も気持ちが昂《たかぶ》ってしまったので、待っていたように滑り込んでくる熱い舌に自分の舌を絡ませた。二人は夢中で濃厚なキスを交わし始める。

「んっ……ふ……んんっ」

「……美夕、明日の予定は？」

深いキスの息継ぎのタイミングに問われるものの、その間も当然のように頬や額《ひたい》に唇が落ちてくる。

「えっと……、今日とほぼ同じ、かな……鷹斗は……？」

「僕は、朝ちょっと片付けたい仕事がある。ん、もっと唇を開いて……そう上手だ」

束の間の深いキス。そして今度は、チュッとお互い唇を啄《ついば》み合いながら、予定を話し合った。

「……朝早いから起こさないで行くよ。その後は、スタッフと打ち合わせ……だ、お昼は外かな」

会話を続けながらも軽いキスと深いキスを交互に交わし、まるでお互いの唇が甘い果物であるかのように、その甘美な感触を味わい吸ったり舐めたりする。

「じゃあ、明日は夜まで別々ね……夕食は作っておくわ」

「だったら、甘いものでも買ってくるよ」

最後の確認が終わっても、まだキスを止めたくない。二人の想いが重なるように、その場はしばらく深く甘いキスに支配された。溢《あふ》れる唾液は極上の蜜のように甘くて、味わっていると夢中になりたちまち思考力が奪われていく。

「ふぅ……んっ」

「美夕……、もうちょっと、触れてもいいかい？」

そう言いながら、鷹斗の大きな手はすでに胸元を探り出していた。

「ぁ……ん」

気持ちいい……ああ、そうだ、好きって言わなきゃ。そう思うのに、心も身体も甘く蕩《とろ》けてしまう。艶《つや》のある返事に鷹斗はかすかに笑って、シャツ越しに丸みへとそっと手を添えた。

「柔らかい……」

指先でその弾力を確かめるように触れていたが、やがて手のひら全体で包み込んだ。ゆっくりこねるように膨らみを揉まれると、鼓動が乱れ思わず甘い声が喉から漏れた。

「ん……ぁ……」

びくんと身体が跳ね上がる。

「可愛い声……」

決して強くない手つきなのに、キスで敏感になっている美夕の肌にはその刺激が二乗で伝わってくる。鷹斗の腰が身体に押し付けられ、硬くなったものが肌に触れると、脳が痺《しび》れそうになった。手で触れられているのは胸なのに、身体から発する熱が下腹部に集まってくる。

（あ、ダメ、これ以上はダメ）

流されて、このままますべてを許してしまいそうになる。

優しい愛撫やキスに夢中で、好きだと伝えるどころではなくなっていた。

激しくなる一方の吐息の下からやっとの思いで、声を上げる。

「鷹斗、っぁ、明日はお仕事で……早いって」

嫌なのではない。

美夕も鷹斗も自分のブランドを持っていたり会社を経営していたりするからこそ、普通のサラリーマン以上に社会人としての心得や常識を求められる。特にデザイナーという職業は、自由が利く代わりに責任は全て自分の肩にかかってくるのだ。

今夜はタイミングが、あまりよろしくない。先ほどのじゃれ合うお仕置きで、微熱に浮かされたような甘い余韻もある。それに鷹斗は明日の早朝から忙しいのだから、ちゃんとした言葉でこの気持ちを伝えるのは……

（次、次回は絶対――）

勇気を出そう。

「……そうだね、子猫ちゃん」

端整な口元をほころばせ小さく呟《つぶや》いた鷹斗は、そっと身体を引いた。そしてこちらを見つめ、吐息めいた柔らかいキスを唇に落としてくる。

キュンと胸が締め付けられて、身体が震える。深いキスより何倍も感じてしまったことに戸惑いながら、美夕はシャワーに向かう彼の後ろ姿を見つめた……。

「今は入ってきちゃダメだよ。百パーセント襲ってしまうからね」

振り返りもせずセクシーな低い声で忠告されて、ブンブンと首を振った美夕だった。

「っ……！」

4　王子の執着愛

その日の美夕は一日中落ち着かなかった。

鷹斗と再会してから、もう一ヶ月近く経っている。

その間にも早く告白をしなきゃと思うのだが、店の改装プラン立案や開店準備、それと同時にクリスマス商戦へ向けた新しい商品補充などなど、毎年この時期は大忙しで。

気が付くともうすっかり寒い季節になっていたが、「美夕、おいで」と言われて、優しく抱きしめられる毎日は温かかった。

疲れた身体でベッドに入ると当然のように抱き寄せられ、極上のキスを仕掛けられて、夢中になって告白するどころではなくなってしまう。やがて甘いキスはより熱のこもった触れ合いに発展して、大抵は鷹斗がもう一度シャワーを浴びると言って終わりになる。

そう、美夕は鷹斗との深く熱いキスのせいでタイミングを計れないという、嬉しくも悲しい理由で今日まで告白出来ずじまいだった。

だけど今夜こそは……陽が落ちて濃紺の空に星が瞬《またた》く頃になると、心の中がいっそうソワソワする。

美夕のそんな決心を知ってか知らずか、鷹斗は時々黙ってこちらを見つめてくる。——沈黙が、こんなに心地よいものだとは知らなかった、何も言われていないのになぜか照れてしまって……

ご飯を一緒に食べている時も、食後にミイを膝に乗せてテレビを見ている時も、鷹斗と目が合うたびに心が通じ合ったような温かさに包まれる。暗黙の了解のように、二人は身体を寄せ合った。

(なんか、同じことしてるはずなのに……)

どこか昨日とは違う。そう、例えば悪戯《いたずら》で盗んだクッキーの箱についつい目をやってしまうように、気が付けば目が惹きつけられる。

やがてベッドに移動し、それぞれ就寝の準備を始める。

お風呂上がりのいい匂いのする二人からは、同じシャンプーとリンスの香りが漂《ただよ》っていた。一緒に買い物に行った時に、同じでいいと二人で男女兼用のものを使っているのだ。そのほのかな香りを吸い込み、これまでと違って見えるTシャツとトランクス姿の逞《たくま》しい身体を、今夜は痛いほど意識してしまう。このくすぐったい照れ臭さ……。心が揺らめいて平静でなんていられない。

（……腕とか手首とか、私と全然違う。なんて逞《たくま》しいんだろ……肩とか胸とかも大きくて厚みがあるし、あぁ、あの鎖骨も、触ってみたい……）

ほどよく陽に焼けた健康そうな肌も美夕の白い肌とコントラストを成していて、改めて感じた彼の体格との違いに鼓動が乱れがちになる。

腰から下はまだしっかり見る勇気が出ず、モジモジとベッドの上で恥ずかしそうにしている姿を、淡いベッドランプの光が照らしていた。

鷹斗は優しく微笑んで、美夕を抱き寄せ耳元でささやく。

「子猫ちゃん、そのパジャマ可愛いね。よく似合ってる」

彼の美声が美夕の耳元をくすぐると、心臓が余計にドキドキしてくる。

「あ、ありがとう。あの、鷹斗はこんな感じの、好き？」

「うん、いいね……もしかして、僕のためにわざわざ？」

甘い目元が柔らかく和《なご》んでいる。

（鷹斗、喜んでくれてる。よし、この路線をもう少し購入よ）

頷いた身体につけているのは、おろしたてのキャミソールだ。美夕が今まで下着にかけてきた値段とは比べ物にならなかったけど、お店の店員さんがしたり顔で〝彼氏が絶対喜ぶ〟と保証してくれた一品だった。

勇気づけに一緒に買った、お洒落《しゃれ》でかつチラ見せ効果のある大胆な下着は、つけているだけで自分が女性だということを強く意識させられ、気分が高揚する。普段は誰にも見せない下着に、こんな気持ちにさせられるなんて思いもしなかった。

（そうだ……私も、人をこんな気持ちにさせるアクセサリーを作りたくって、ジュエリーデザイナーに興味が湧いたんだった）

きっかけは鷹斗のくれた制服のボタンだった。

あのキスを交わした卒業式の日の後、なぜか美夕の制服ポケットに忍び込んでいた金と青のボタンは、見るたびに美夕の胸を落ち着かなくした。それはただの男子ブレザーのボタンで、本当に鷹斗のものかさえも定かではなかったけれど。

そのボタンを見るたびに身体が震えそうになった。切ないように胸が締め付けられ、なのにときめいてしまう。やがて美夕は、ただ見るだけでは……と考えてアクセサリーにアレンジしたのだ。

人から見えるアクセサリーと、見えない下着。だけどやっぱり女性は可愛くて素敵なものを身につけると、幸せな気持ちになれる。……優しく注がれる視線を意識しつつ、そんな高揚感を勇気の糧《かて》にし、いつものように逞《たくま》しい胸に擦り寄った。

心臓の音がさっきからうるさい……

ドキドキしながら耳まで赤く染めて、鷹斗の目を見つめた美夕は、心の中でエイッと掛け声を掛け自分の気持ちを正直に伝えた。

「鷹斗、あの、私、あなたが好き」

やっと、言えた――

顔がカアッと火照《ほて》ってしまい、心音がばくばく鳴っている。けれど、勇気を出して言葉で伝えた気持ちも、とてもこれだけでは言い足りない。そんな気がして……

「とっても好きなの。私、あなたとちゃんと、お付き合いがしたい」

――もっとこの〝好き〟という想いを伝えたいと思うのに、のぼせる頭では〝好き〟以外の言葉が上手く出てこない。

「……鷹斗、私を恋人に――ううん、あなたの最後の恋人になりたい。これからはずっと私だけを見て……」

頭に浮かんだイメージを言葉にして紡ぐと、一気に何が欲しいかを口にしていた。

昔言われた言葉の意味が、ここにきてやっと分かった。鷹斗がどんな人と付き合ったかは関係ない。

今の鷹斗がこれからずっと、美夕だけを見てくれるのであれば、それでいい――美夕のドキドキは心臓だけでなく、耳の後ろからも耳鳴りのような音を立てている。

全神経が鷹斗の反応を待って緊張していた。

鷹斗がものすごく好きだ。……これまで出会った誰よりも、これから出会う誰よりも。だけど、鷹斗はどうだろう。少しでも好意を持ってくれている？　だとしたら、それはどのくらいの……いや、どれだけ深い気持ちなんだろう……？

美夕の突然の告白に、鷹斗は一瞬目を見張ったが、すぐに満面の笑みで答えた。

「美夕、僕の可愛い子猫ちゃん。恋人と呼べる人は、ずっと君しかいないよ」

鷹斗の言葉に、美夕は目を丸くして驚いた。

（え？　恋人はずっと私って、どういう意味……なんだろう？）

息を呑んでその真意を汲み取ろうとする美夕を、鷹斗は蕩《とろ》けそうな目で見る。

「僕の心はずっと、あの卒業式の日から囚われたままなんだ。美夕に再会して、僕のものにするこのチャンスを、何年も待っていたよ」

……何か、ものすごいことを、さらっと告白されたような気がする……

けれども、かなりの問題発言、いや爆弾発言のはずなのに、鷹斗のその言葉は美夕を甘くジ〜ンと痺《しび》れさせた。

「こんなの普通じゃないって分かってる。だけど僕は美夕しかいらないんだ」

陶然としたまま、それって――と考えていた美夕の胸は、続いて飛んできた艶《つや》のある声で瞬時に切なく震える。鷹斗から放たれた〝君しかいらない〟発言に、肌が悦《よろこ》びでゾクリと粟立《あわだ》った。

「よかった、ようやく僕のものだって自覚してくれたんだね。嬉しいよ。だったら、僕との結婚を真剣に考えてくれないか？」

鷹斗を想う心をやっと自覚して、勇気を出しての告白だったのに、感激で震えていた美夕は見事な切り返しにあった。咄嗟《とっさ》に息を呑む。

「え？　あ……、け、結婚？　それって、私に本当の婚約者になれってこと？」

「そうだよ、『僕の最後の恋人に』って、そういう意味だと受け取ったから。とっても嬉しいし、それなら僕と結婚して欲しいな」

——……そうか！

確かに、これからは自分しか愛さないで欲しい、と言ったも同然なのだから、行き着く先はそうなる……しかし、いきなり結婚!?

待て、落ち着け美夕。危うくさらりと流されそうになったが、まだ肝心の話を鷹斗から聞けていない。

「鷹斗、さっき言ってた〝チャンスを何年も待ってた〟ってどういう意味？」

「そのままの意味だよ。前から僕の気持ちは決まっていた。そんな僕が君に会いに行かないわけないだろう？」

確かに、鷹斗はあのキスを交わした卒業式の日から囚われていた、と言った。不思議そうな顔をした美夕に、魅惑に満ちた心地よい声が届く。

「僕が君に最初に会いに行ったのは、大学を卒業する年だった。あの頃ようやく生活に余裕が出来てきてね。君を捜して訪ねたんだ」

(え？　そんな前に……？)

会いに来てくれていた——！　当たり前だろうと目を細め告げられたその事実は、美夕の心を幸せにした。

「僕は君が忘れられなかったけど、大学が離れていたし、僕にも建築デザイナーになるという夢があったからね。すぐには動けなかった。僕は大学で薫さんと出会って……あ、ちなみにその時はまだ男の格好だったんだけど、あの人と一緒に父さんを説得して、建て替え事業を始めたんだ。家の会社を大きくしてどんどん資金を貯めて、いずれは独立を、と夢中だった」

そんな早くから事業を始めていたのか。道理で、このビルが建つわけだ……

「卒業を機に君に会いに行ったけどタイミングが悪くてね、君はもう日本を発《た》った後だった」

(あっ　そうよね……)

せっかく受かった大学だったが、入ってすぐ進路変更して都内の専門学校に入学し直したのだった。卒業した後に、そこでお世話になった先生が通ったというロンドンの学校を目指して発《た》った。自分の感性に惹き寄せられるようにジュエリーデザイナーに憧《あこが》れたあの頃……

「あの時は本当にショックだった。でもいずれ帰ってくるから、それまでに君を迎えるにふさわしい男になっていたら認めてやる、と君のお父さんに言われたんだ」

(何ですって！　あの狸親父《たぬきおやじ》、そんなことっ、これまでおくびにも出さなかった……っ)

あ、でも、そういえば父は元役者だった。演技などお手のものだ。

「君の夢が、一人前のジュエリーデザイナーになって自分の店を持つことだと言われた時、二人の夢が重なるように、いろいろ考えたんだ。僕も自分の会社を立ち上げるつもりだったから」

……さっきから驚きの連続で、頭は目まぐるしく動いている。けど、美夕の心は舞い上がるような温かい感情で満たされていった。

「君のお父さんは僕が本気だと知って、忠告してくれた。多分君は、夢を叶えるまで僕を受け入れられない、もしくは、僕に夢中になって夢が中途半端になるかだって」

父の予想はある意味当たっていた。美夕は、確かにすべてにおいて自分の夢を優先した。

「けど、君は夢を叶えるまでは誰とも結婚もしないだろうとも言ってくれたから、それならばと忠告に従って君を待つことにしたんだ」

こちらを見つめてくるその甘い眼差しには、滾《たぎ》るような情熱を感じる。長い指先が頬から耳へとそうっと撫でてきた。美夕を抱きしめる腕に力がこもる。

「僕は君に、君の夢を叶えて欲しかったし、僕を受け入れても欲しかった」

鷹斗の熱い想いが低い声と共に美夕の胸に染み入り、心がほっこりする。

「君が日本に帰ってくると聞いて今度こそ、と思ったけど、止められたんだ。あと少しだけ待ってくれ、と。君はまたゼロからの出発だったし、もう少し娘と一緒にいたいから、とね」

――父よ、それならどうして、彼氏の一人も作れないと散々からかってくれたのだ……

父の言葉にジーンと感動してもいいはずなのに、『美夕ちゃんってば、どうしてこんなに枯れてるのかしら……』と溜息ばかりつかれた覚えしかない。

「その代わりに、最高のタイミングで君と引き合わせると約束をしてくれたんだ。再会後は、美夕さえOKすれば僕の思うようにして良い、娘は嫁にやるともね。だから、僕もこの二年で会社をもっと大きくして、二人で住める家を建てたんだ」

誇らしそうに両手を広げる鷹斗を、美夕はただただ見つめるしかなかった。

「再会する時のシナリオは僕が書いたけど、正直僕も君をほとんど知らなかったから、ある程度は引き返せるようにしていたんだ。お互いが再会したパーティで『違う』と感じれば、それまで。この十年で二人とも変わってしまったかもしれないからね。けど、君に会って確かめるまでは諦められなかった」

そんな背景が二人の再会の裏にあったなんて……本当にびっくりだった。あのパーティを思い出し、美夕はふとあることに気付く。

「……それでどうして、いきなり恋人設定から、婚約者になったの？」

そう尋ねる美夕を、鷹斗はゆっくりふかふかのベッドへ押し倒す。自分も横になって頭を支えながら片肘をつき、もう片方の手で美夕の髪を指に絡めた。

「再会した時に君も感じたはずだ、僕たちの確かな絆《きずな》を。言葉を交わしてほんの十分で、君にキスせずにはいられなかったあの時も感じたよ。まるでお互いのために生まれてきたような二人の絆《きずな》を。十年経っても変わらない。……君は確かに、僕の運命の人なんだ」

ああ、確かにそうだ……。鷹斗の言う通り、二人を取り巻く特別な空気を、美夕はいつも感じていた。鷹斗の匂いを懐かしく思い、声を聞くと胸がキュンとして、彼を自然と名前で呼んでいる。

キスを交わすのが当然で、鷹斗には何をされても感じてしまう。

あの時交わした秘密のキスのように……

「鷹斗……大好き……」

「美夕、僕の可愛い子猫ちゃん。僕も好きだよ。愛してる。君は僕のものだ。誰にも渡さないよ」

艶《つや》のある声でささやく鷹斗の、いつもの優しい目が欲情を伴い、見る間に男の性を見せつけるものに変わっていく。射抜くような鋭く熱い視線は美夕の目を捉《とら》えて離さない。

そして、逃がさない、とばかりにそのまま体重をかけてかぶさってきた。

初めて見る鷹斗の野性味を帯びた熱情に、なぜか無性に心が煽《あお》られてしまう。

ドクン、と心臓が大きく跳ねた。

(鷹斗……見せて、あなたのすべてを見せて……)

足の先から頭のてっぺんまで、全身の神経が覆いかぶさる鷹斗の身体に集中した。

胸の奥から熱が生まれ、肌が火照《ほて》ってくる。

この熱く逞《たくま》しい身体に、「美夕」と名前を呼んでくる唇に……たまらなく、キスしたい……。

見つめ合った瞬間、心の底からそう感じた。

両手を伸ばし、その逞《たくま》しい身体を包み込むと、ふっと熱い吐息が顔にかかる。

ゆっくり目を閉じれば、少し震える唇が甘く重なってきた。

「好きだよ、美夕……初めて会った時から、君を忘れたことはなかった……」

「……んっ……私も、大好きよ、鷹斗……」

口を開いて鷹斗を迎えるだけでは、全然物足りない。もっと近くに、もっと来て欲しい――

もどかしくて彼の頭を無意識に手で引き寄せた。

すると、いつもの余裕など吹き飛んだのか、鷹斗も貪《むさぼ》るように口づけてきた。何度も交わす深い口づけに、胸が締め付けられるほどの切なさが身体に広がる。

（っあぁ、そう……この感じ……）

初めてキスを交わした時も、彼の熱い想いが伝わってきて、やめなきゃと頭で分かっていても、心はこのまま……と、願っていた。

鷹斗が激しく、そして今までにない性急さで深く甘く口づけてくると、同じ情熱で自分も応《こた》える。

「ん……んっ……」

「どうしようもなく、君が欲しい」

その低い声で告げられた想いは美夕も同じだ。大きな手がキャミソールの裾から侵入してきて、直《じか》に胸に触れると、全身が喜びで震える。

「もっと、もっといっぱい触って……」

「もちろんだよ、喜んで……」

柔らかい胸をゆっくり揉みしだく長い指は、すぐに胸全体を覆うように大胆に弄《いじ》り始める。美夕は、私も触りたい……と両手を鷹斗の柔らかい髪に滑り込ませ、うなじから耳の裏まで撫でるように触れた。大きな手が膨らみをこねるたびに腰が揺れ、そのうち自然と「うん、もっと……」と続きを強請《ねだ》る。

それを聞くと鷹斗はそっと唇を離し、耳元でささやいた。

「美夕、脱がすよ……いいね」

「ぁっ……」

彼の低い独特の美声に甘くささやかれて美夕の背筋はゾクッとする。余韻の吐息でびくんと身体が甘く震えるのも、湧き上がる喜びをさらに押し上げた。覗《のぞ》き込んでくる顔に頬を染めて、もちろんいいと頷く。

「子猫ちゃん、もうやめてあげられないよ」

ショーツの中心を長い指が探ってきて、クチュン、と水音を立てた。いつもより強引に触れてくる鷹斗に、ますますときめいてしまう。

(……たったこれだけのことで、もう濡れちゃった? 恥ずかしい……)

でも、こんな風に素直に欲しがる気持ちを自覚出来てよかった。

鷹斗に求められるのはただただ嬉しい。気持ちを確かめ合った今夜は、最後まで愛し合いたい。

「やめないで……お願いやめないで、いやだって言っても、止めないで」

いつの間にか両手を上げさせられて上半身裸に剥《む》かれた美夕を、上から見下ろす鷹斗の鋭く熱い視線。邪魔だ、とばかりに自身のTシャツも脱ぎ捨てたその姿に、どうしようもなく惹かれる。

甘い吐息をついた美夕の胸を、鷹斗は両手でそっと包み込み、力強く、だがソフトに動かし始めた。指に力を加えるたびに形を変える美夕の胸に、感嘆したように魅入っている。

「柔らかいな……」

胸部から感じる温かい手の感触に、ふふ、こそばゆいと微笑んだ。そしてそれは、すぐに気持ちいいに取って代わる。思わず目を閉じてその気恥ずかしさに耐えた。

「そんなじっと見たら、恥ずかしい……」

いたたまれないように、顔を手で覆った美夕に、鷹斗は屈んで耳元でささやく。

「どうして？　とっても綺麗だよ。可愛い顔も隠さないで……」

美夕の手を取って柔らかいキスを唇に落とし、しばらくその唇の感触を楽しんでいた鷹斗は、やがてピンと尖《とが》って存在を主張してきたサクランボ色の乳首を指で摘まんだ。

「っふぁ……」と声を上げた愉悦の顔を確かめながら、初めはそうっと、そしてだんだん力を入れる。美夕が気持ち良さそうに満足の溜息をつくと、鷹斗は摘まんだり、押し潰したりして弱点を探り出した。強弱のついた心地よい刺激は、まるで胸の芯をマッサージされているようで胸が勝手に揺れる。

鷹斗がふいに動いた。弄《いじ》られて敏感になった赤い蕾《つぼみ》に、熱い湿った息遣いを感じると、身体が期待感で緊張する。クチュ、としこりのある尖《とが》りが口に含まれ、熱く濡れた感覚に小さく震えた。たまらず声が喉から漏れる。

「ぁっ……」

その甘い刺激に、思わず顔を背《そむ》けてしまう。

鷹斗はツンとした尖《とが》りを熱い舌でねっとり舐めると、口に含んだまま、

「美夕、抑えないで、もっと可愛い声、聞かせて」

と言ってチュッ、と軽く吸った。美夕がびくっと身体を震わせると、今度はチュウと強く吸い、硬くなった先を舌で押し潰したり、唇で挟んで強い刺激を与え始める。

「あっ……ん……やっ……ぁ」

たまらず声を上げたら、鷹斗は濡れた蕾《つぼみ》を口からポンと離した。荒い息をしながらも美夕の顔を上目で確かめる。

「——ここを舐められるのは好き？　それとも嫌？」

恥ずかしいけどちゃんと伝えたい。逡巡《しゅんじゅん》は一瞬でも、「好き……」と呟《つぶや》くのが精一杯だ。

「もっとかい？　子猫ちゃん」

素直に頷いた美夕に「ご褒美《ほうび》だよ」と言って、鷹斗は尖《とが》りを味わうように舌先で転がし吸い付いた。左右交互に含んで可愛がり、片手で空いた胸を揉みながら指で弄《いじ》って、快感を押し上げてくる。そのうっとりする感覚に、美夕は胸にある柔らかい髪を手で探り胸を反らして、もっとお願い、と鷹斗に強請《ねだ》った。

押し寄せる快感がだんだん迫り、それを逃がそうと全身をくねらせつつ、気持ちいい、と腰を鷹斗の硬い身体に押し付ける。感じるまま脚を巻きつけ、じんじん疼《うず》く秘所に刺激を求め、とろりと湿ったショーツをその熱い肌で擦《こす》ってしまう。

欲情を隠そうともしない素直な美夕の反応に気を良くしたのか、鷹斗は尖《とが》った蕾《つぼみ》をカリッと甘噛みして、もう一つの尖《とが》りも指でぎゅっと摘まんだ。

「あぁっ……」

一瞬硬直した柔らかい身体は弛緩《しかん》してベッドに沈み込む。すぐには動けなくて荒い息遣いを繰り返す美夕を、鷹斗は優しく抱きしめた。

「美夕、イった？」

「鷹斗……これ、疼《うず》くような感じが、止まらないの……」

律儀に頷いた後、切れ切れの息の下から訴えてくる恋人に、鷹斗は喜んで応《こた》える。

「もっと気持ち良く、してあげるから……」

身体の昂《たかぶ》りが収まったのは一瞬で、もっと大きな快感が欲しいと、美夕の心と身体が鷹斗を求める。すると、鷹斗は確かめるように片手を美夕のショーツの中に潜《もぐ》り込ませた。

美夕は戸惑った様子で、その名を呼んだ。

「あ、ぁん……、た、かと……」

「さっきより濡れてる」

指先が撫でるように、濡れた中心を捉《とら》える。

「は、ぁ、そんなこと……」

恥ずかしい……と言うつもりが、彼の美声で「感じる?」と追い打ちをかけるように耳に息を吹き込まれて、ぐずぐずになる。恥ずかしい指摘と、秘所を優しく探ってくる彼の長い指、彼の手の動きに勝手に声が漏れた。

「あっ……ぁ……ぁっ……ん」

鷹斗が濡れた花びらをぬるぬると掻き分ける。けれどその指が浅く蜜の中に浸《ひた》されると、さすがにかすかな痛みを感じて、「痛っ……」と小さな悲鳴を上げてしまった。鷹斗はすぐに指を抜くと、宥《なだ》めるようにひだ上部の膨らみを優しくさすり上げてくる。

「ごめんね、痛かった? じゃあ、もっと慣らさなきゃね」

「ぁん……あぁ……ぁあっ」

敏感に膨らんできた粒への刺激に、身体にいきなり鋭い快感が走って、ビクンと腰が揺れた。

「美夕、君が誰のものか、身体に分からせてあげる」

鷹斗は言い聞かせるように胸に赤く残る痕《あと》を強く吸い上げ、美夕のショーツを脱がしながら太もも、膝、足首にキスをした。熱い息が肌を這い下りて、濡れた唇で足先の柔らかい皮膚を優しく啄《ついば》まれると、背中がゾクゾクしてくる。

「あ、っん、電気を、暗く……」

「ダメだ。君が抱き合っているのは、僕だということを心に刻んで」

欲情して熱を伴った鋭い眼光に射竦《いすく》められてしまい、肌にさっと朱がさした。ここまで強引な鷹斗は、初めてかもしれない。そう思ったら、いっそう感じてしまって、身体にまたも熱が生まれた。秘所から温かい蜜が溢《あふ》れ出す。

(鷹斗……いつもの優しい鷹斗と違う、何だか……)

〝王子〟と呼ばれる余裕のある大人の態度はそこにはなく、美夕を気遣いながらも独占欲丸出しの熱い視線で見つめてくる。そこで美夕は、あ、と既視感を覚えた。

これは……最初に交わしたキスの時と同じ目だ……

――好きな人とロマンチックにと夢見ていた初キスをあっという間に奪われ、美夕の心に一生消えない思い出を刻んだ、あの時と。

そんなことを考えているうちに、いつの間にか脚を大きく開かされ、逞《たくま》しい身体がその間に割り込んできた。

柔らかい膝裏を大きな手で押され、鷹斗にすべてを晒《さら》す格好になる。ベッドサイドのランプはもちろんつけたままなので、部屋はほんのり明るい。だが、こんな恥ずかしい格好と思う間もなく、黒い瞳がゆっくりと近づいてくる。舌を絡める深いキスを素早く奪われた。

(鷹斗って……、もしかして……王子は王子でも、黒王子なの――っ?)

彼の普段限りなく白に近い王子っぷりは、真の本質とは正反対なのだろうか?

いきなり奪われた初キスといい、そのたった一回のキスで十年も着々と計画を進めて成し遂げたその男っぷり……とても王子という外見からは想像出来ない。

その上、美夕の父や鷹斗の両親、果ては仕事関係にまですでに婚約者として紹介されてしまっている、この後に引けない状況……

「ひゃっ……ん……あ、やぁ……」

そんなことを考えていると、熱く濡れた鷹斗の舌がゆっくり美夕の秘所の花びらを舐め上げる。身体にゾクゾクと甘い快感が走った。

「んんっ……ぁ」

ぬる、ちゅく、ちゅく、ちゅ……

(もう、もう、信じられないほど恥ずかしい。でも……)

鷹斗が溢《あふ》れる愛蜜にも構わず花びらを舐め、美味《おい》しそうにじゅる、と啜《すす》ると、最初は顔を覆っていた美夕の手も、何か縋《すが》り付くものを探してベッドを彷徨《さまよ》う。やがて枕を掴《つか》んで、快感に耐えた。

ああ……身体を駆け巡るこの甘い痺《しび》れ、とろりと熱く溶けてしまいそう——絶え間なく与えられる刺激に、切なく漏れる喘《あえ》ぎ声が止まらない。身体は興奮のあまり、細かく震えてくる。

「んっ……あぁ……んんっ……」

やがて鷹斗の舌は膨らんできた花びら上部にある小さな尖《とが》りをぬるっと覆うと、そのまま揺らした。

「だめっ、そこは……」

美夕の制止にも構わず、鷹斗はかぶせていた舌を引っ込めると、すぐさま膨らんだ粒をつるんと口に含む。

「あぁぁ……っ」

強すぎる刺激に誘引されて、快感の奔流が一気に押し寄せてきた。

身体の奥から熱い蜜が後から後からとろとろ溢《あふ》れてくる。同時に湧き上がってくる何かを止められない……

うずうずと敏感に疼《うず》く粒を鷹斗の口が吸い上げ、柔らかく熱く濡れた舌が真珠のような表面を舐め回す。「ん……や……」と美夕の上げる声は完全に淫《みだ》らなもので、まともに発声することも出来なかった。優しくちゅるっと吸われるたびに、腰を揺らし快感を逃がそうとしても、がっしり押さえられた膝裏はビクともしない。

「あ、ぁっ、ぅっ」

このままだと溺れてしまう……そんな切羽《せっぱ》詰まった感じに、思わず手に力を入れ、枕をぎゅううっと掴《つか》んだ。

「なに、か……く、る……や……ぁっ……」

美夕の身体がふるふる震えてきたのを感じ、タイミングを見て鷹斗が一際《ひときわ》強く吸い上げた。

「っ──……」

声にならない淫《みだ》らな喘《あえ》ぎが上がり、腰が勝手に大きく震える。

ふっ、と身体が一気に弛緩《しかん》した。

けれどハアハアと激しい息遣いで酸素を求めて呼吸を繰り返していた美夕は、すぐにまた身体を強張《こわば》らせた。

「っえ？　うそっ！　そ、んな……」

「まだだよ、子猫ちゃん」

「あぁぁっ……」

じゅる、チュ、と濡れた音が延々と響く。鷹斗の甘い凌辱《りょうじょく》は、美夕が何度もイって身体がトロトロになるまで続いた。やがて鷹斗の舌が蜜口の中に入り込んで掻き回すと、そこはすでにゆるゆるに蕩《とろ》けていた。恍惚《こうこつ》とした美夕は気持ち良さしか感じない。

やっと膝から鷹斗の手が移動し、美夕の蜜で濡れた唇を舌で舐める。そして、慎重に長い指をゆっくり蜜口へと侵入させた。今度はつぷんと抵抗感なく指が入っていく。美夕が痛がっていないことを確かめると、鷹斗はトロンと蕩《とろ》けた顔に熱くささやいた。

「美夕、目を開けて、僕を見て」

ボーっとした頭で目をゆっくり開けると、鷹斗の熱い視線が美夕をしっかり捉《とら》えていた。

「僕に触って」

美夕の枕を掴《つか》んでいた手を、鷹斗の昂《たかぶ》る屹立《きつりつ》に導《みちび》き、一緒に強く握り込む。

「僕に触れるのも、君だけだよ。ほら、僕を感じて」

「……熱い、わ……、鷹斗、硬くて……、スベスベ、してる」

切れ切れの息でその感触を感じるまま口にすると、胸がドクンと高鳴った。

初めて触れる鷹斗は、手の中で息づいていて……ただただ愛おしかった。

そのまま、二人の手で先端から溢《あふ》れる透明な雫《しずく》を指ですくい取って、全体に塗り込むように広げる。すると、ビクン、と屹立《きつりつ》が手の中で震えた。鷹斗の熱が美夕にも移って身体に浸透していく。

「僕は、美夕が欲しい。美夕は、僕が欲しい？」

「ええ、鷹斗、お願い……」

さっきから身体の中心がせっつくようにジンジンと疼《うず》いている。切なげな声に応《こた》え、鷹斗が美夕の太ももを片方だけ抱えると、ベッドがしなった。

「僕が欲しいって、言って？」

彼を求めてトロトロに蕩《とろ》けた蜜口に、グッと熱い屹立《きつりつ》が当たる。

「その可愛い口から出る言葉を、聞きたいんだ」

「だからほら、僕が欲しいって言って？」と甘い声でささやかれると、美夕の背中にぞくぞくっと甘美な痺《しび》れが走った。恥ずかしくとも、素直に伝えたくなる。

「鷹斗が、欲しい……」

いったん口にすると、止まらなかった。

「今すぐ欲しいの、お願い」

鷹斗の男らしい手がそっと美夕の片手を自分の首に回し、もう一つの手に指を絡めてぐっとベッドに押し付ける。

「うん、今すぐ君を僕のものにする。大丈夫、力を抜いて、僕に掴《つか》まって」

柔らかく蕩《とろ》けた入り口にクチュ、ズッと熱い彼がゆっくり入ってくる。

「大丈夫だから、そのままリラックスして……」

「あっ……鷹斗……鷹斗……鷹斗……」

美夕はただ、一心に愛おしい名前を呼んだ。

存在感のあるそれは、途中でいったん薄い膜に侵入を阻《はば》まれるが、躊躇《ちゅうちょ》せず一気にズンッと奥まで突き入れた。

「はっ……」

「あぁぁっ」

（熱い——……）

焼け溶けてしまいそうなその感覚に、太ももがピクピクと痙攣《けいれん》する。

涙目の美夕を見た鷹斗は、その潤《うる》んだ目尻にそっとキスをして涙を熱い舌で舐め上げた。

「美夕……愛してるよ。君は僕のものだ、僕だけのものだよ」

美夕が思わず強く握った手を、鷹斗も力を込めて握り返してくる。

「ああ、可愛い。奥まで、なんて熱いんだ。気持ち良すぎる……」

欲情しているからか低く掠《かす》れセクシー度が増した鷹斗の声を聞くと、一瞬走った痛みも忘れ去り、妖しい悦《よろこ》びで身体が震えた。ビクビクンと自分の中にいる鷹斗が脈打つのが身体に伝わってくる。苦しいほどの圧迫感があるのに、なぜか嬉しい……

(あ……鷹斗が、今、中で動いた。私、初めて鷹斗と一つに……)

「好きよ、鷹斗……」

大好きと心の中で繰り返す。目を瞑《つぶ》って美夕が慣れるのを辛抱強く待っていた鷹斗だが、膣中がうねり始めたのを感じてゆっくり目を開け、動き始める。

鷹斗と一つになれた幸せでドキンドキンと高鳴る胸は、痛いほどだ……

「美夕、まだ痛い？　苦しい……？」

低く甘い声で優しく問われると、さっきよりは随分楽に呼吸出来る気がして、涙目で「ううん」と首を振った。

「もう僕のものだからね」

柔らかく蕩《とろ》けていた身体は、鷹斗に合わせて勝手に動き始める。だけど腰以外は力が入らず、鷹斗の逞《たくま》しい肩口を甘噛みして細い手を添えるのが精一杯だ。

「子猫ちゃん、ダメだよ、そんなに煽《あお》っちゃ。手加減出来なくなる……」

それでも鷹斗が腰を引くと中からその存在が消えてしまうのが嫌で、無意識に引き止めるように彼を締め付けた。

「……っ」

そんな美夕の様子を愛おしむように見ていた鷹斗は、指を絡めていた手をまたグッと握り締めた。そして、肘をついて片手を美夕の柔らかい髪に差し入れ、ゆっくり口づけながら「ほら、そんな煽《あお》ったら」と腰をググッと深く沈めてくる。

波が寄せては引くリズムで、美夕の中を熱く滾《たぎ》った屹立《きつりつ》で擦《こす》っては、何度も奥に深々と突き入れた。

（ぁっ、こんな、感じる……）

「や、だめ、そんな……こす、っちゃぁ……」

濡れてきた美夕の目尻をぺろりと鷹斗は舐めとった。

「そんな可愛いことばっかり、言わないで」

「あ……あ、ぁん……」

腰をぐるりと回され身体の奥をズン、と突かれるたび、何とも言えない快感が身体中を走り抜けた。

「ん……止まらないよ……」

だんだん激しくなる鷹斗の口づけと腰の動き。わずかな痛みと快感に麻痺《まひ》した美夕は初めての愛を貪《むさぼ》るのに夢中になる。

意識にあるのは鷹斗の存在だけ……

「ん……ぁ……は……ん……んんっ……っ」

息継ぎをするたびに漏れる甘い嬌声《きょうせい》が、どんどん大きくなる。そんな中でも、繰り返される鷹斗の激しい突き上げと深く甘い口づけに、無我夢中で応《こた》えた。快感は否応なく押し上げられ、腰の奥から背中に上がってくる何かが——美夕の本能が、もうすぐだと告げてくる。

「やぁ……ん……また……ク……る……」

「ん……イって、美夕が好きなだけ、イって……」

耳元でささやかれて震えが走った身体を、力強く突き上げられたと同時に奪われた深いキス。

「あんんっ……！」

艶《つや》やかな嬌声《きょうせい》はすべてキスに呑み込まれ、足のかかとが自然に突っ張った。太ももの内側の柔らかい肉もたまらず痙攣《けいれん》する。中の鷹斗をきゅうきゅうと締め付けると、奥から温かい蜜が溢《あふ》れ出した。透明な愛蜜が滴《したた》って、白い太ももを伝ってシーツに流れていく。

「美夕っ……」

鷹斗が咄嗟《とっさ》に口づけを解いて、耳元で小さく唸《うな》る。

（あっ、ダメっ……）

セクシー声で名前を呼ばれた途端、続けてイってしまい、ビクビク震えていた身体を快感が再び駆け抜けた。ベッドに預けていた背が大きく反る。

「くっ……」

鷹斗は腰を強く美夕に押し付けたまま離さない。

ドクッ、ドクッとすべてを美夕に注ぎながら、柔らかい首筋を甘噛みした。

「あ……」

――中が熱く濡れた感覚を身体の奥で感じる……

やがて最後の一滴まで注ぎ込んだ鷹斗は甘噛みをやめ、恍惚《こうこつ》として動けない美夕の耳に荒い息のまま甘くささやいた。

「これで……君は僕のものだ。僕の可愛い子猫ちゃん」

「たか、と……?」

鷹斗が何か言っているけれど、心臓と息継ぎの音がうるさくて聞こえない。

自分の顔をぼんやりと映す美夕の瞳に、鷹斗は笑いかけ、耳にチュッとキスをした。

「これで君が誰のものか、君の身体は忘れない。今日は初めてだから無理をさせたくない。けど、これからは好きなだけ君を抱くから、覚悟して」

いまだ快楽に囚われ朦朧《もうろう》とした頭では、彼のささやきは甘い睦言《むつごと》にしか聞こえなかった。

耳をしゃぶられては嬲《なぶ》られ続ける中で、甘えるように頬と頬をすり合わせてくる鷹斗の放った熱い精が、身体の奥に広がり染み込んでいる事実だけは分かる。

いまだ中に居座り続けるその熱い存在によって、温かい幸福感に包まれ、そっと目を閉じた美夕はスーッとそのまま眠りに落ちた。

ふっと、朝の冷たい空気が素肌に触れて、美夕のぼんやりした頭が動き出す。

（朝だ、起きなきゃ……）

ひんやりした肌は起きる時間だ、と眠い頭に告げてくる。けれど、背中を覆う温かい身体と逞《たくま》しい腕の中は居心地が良すぎて、この場所から離れたくないと目を開けるのを拒絶した。

……肌と肌が触れ合うって、なんて気持ちいいんだろう。

けれども何気ない身じろぎで感じた、動きのぎこちなさ。続いて、しっとり濡れた太ももを意識したら、あ、と目がパチリと開いた。柔らかな銀色のような淡いグレーとクリーム色の毛布が目に映る。

そうだ、昨夜はこれまでキスで終わっていた、夢の続きを初めて――

脳裏に蘇《よみがえ》る、二人が交わした愛。全身がいまだその名残《なごり》で、ふわふわした幸せに包まれている。腰にかかった大きな手の感触が、鷹斗と本当に両思いになれた喜びをさらに後押しして、ここから永遠に動きたくない――そんな気さえしてくる。

でもやっぱり、鷹斗をちゃんと見たい……しばらくするとそんな温かい想いが込み上げてきて、美夕はそうっと身体を反転させて鷹斗の方に向き直った。

いつもサラサラの柔らかな濃い茶色の前髪が、少し湿り気を帯びて形のいい額《ひたい》にかかっている。長い睫毛《まつげ》に囲まれた涼しげな目も今は閉じられて、男らしい口元が綻《ほころ》んでいた。

（ん〜、案外寝顔は可愛い……）

あどけない寝顔を眺めながら、意外な発見にまた幸せな気持ちが溢《あふ》れる。

学生時代に憧《あこが》れ、そして多分それ以上のものが芽生えていた『来生先輩』と、十年経った今、初めて結ばれた。長い間あてもなく彷徨《さまよ》っていた心が、愛しいと思える人と再び巡り逢っただけでなく、晴れて恋人同士になれたのだ。

美夕は嬉しさで踊り出したくなり、頬がついつい緩《ゆる》んでしまう。

（あっ、でも今度は、正式な婚約者にって……求められてるんだっけ）

鷹斗と初めて愛し合い、これから本当の恋人としての日々が始まる。そんな期待感が募《つの》る目下《もっか》、結婚や婚約者だなんて言われても、ピンとこない。

けどこの、今なら何でも出来てしまいそうという全能感は、今まで感じたことのない感覚だった。幸福に酔ったまま瞼《まぶた》を閉じれば、そこに浮かんでくるのは汗が流れ出た額《ひたい》、湿った髪に熱い眼差し。

（余裕のない鷹斗なんて初めて見たけど、怖いくらい熱かった……）

昨夜の鷹斗を思い出すと身体がカッと火照《ほて》り、衝動的に彼の柔らかい前髪に触れたくなった。手をそろそろと伸ばしてみる。

（痛っ、あれ、腰が……）

けれどすぐ身体中に走った痛みに、思い切り顔をしかめた。

腰に力が入らない。動くとまた走りかけた痛みに、力を入れないようそろそろと動いてみる。さっきは少しだが身体を動かせたのに、無理な体勢から手を伸ばそうとしたせいなのか、全然ダメだ。しばらく腰をさすっていると、脚が動かせるようになった。

（あ、鷹斗の……）

脚の間の濡れた感覚は昨夜の愛の名残《なごり》だ。

うわぁ、なんか照れる……と一人恥じらいながらも鷹斗に触りたい一心で手を伸ばすと、指先が彼の前髪に触れた。

（……絹の糸に触ってるみたい。私の髪より芯がある）

猫毛に近い美夕の髪は、手触りはフワッとしてポニーテールなど髪をまとめるのには楽だが、芯がないので濡れるとへなっとなってしまう。

（いいなあ、こんな髪。それに長い睫毛《まつげ》も……、羨《うらや》ましい……）

王子と呼ばれるほど整った顔を改めて眺めた。スースーと気持ち良さそうに寝入っているその姿を見つめているだけで、無上の幸せに浸《ひた》ってしまう。

（鷹斗のこんな無防備な顔……、これからこの顔を拝めるのが私だけだと思うと、ちょっとニマニマが止まらない……）

へへへ、と緩《ゆる》んだ顔で、いつまでも飽きることなく鷹斗の寝顔を眺めていた——はずが、いつの間にか二度寝をしてしまったらしい。

次に起きた時には、レースのカーテンの隙間からお日様が差し込んでいた。

うーん、と伸びをすると腰に痛みがまた走る。うぅっと唸《うな》りながら隣を見ると、自分の顔を眺めている鷹斗と目が合った。

「おはよう、美夕。身体は大丈夫かい？」

（きゃー、寝顔見られた！　よだれが……っ）

慌てて手で拭《ぬぐ》ってから、ホッとする。こんなこと、今更なのになぜか無性に恥ずかしくて仕方ない。少し心配そうに聞いてきた鷹斗に、大丈夫、と答えようとしたら、声が掠《かす》れて出ないことに気付いた。

（あれ、私、声が出ない？）

「ああ、いいよ、無理にしゃべらなくても。ちょっと待ってて。今水を持ってくる」

なぜか満足顔の鷹斗は逞《たくま》しい裸体を隠そうともせず、ゆったりとベッドから下りて床に落ちているトランクスを拾った。

そのスラリとした均整のとれた姿を、こっそり毛布の端から覗《のぞ》いていた美夕に、鷹斗はちらっと目をやる。そして、真っ赤になった顔を見てクックッと笑った。

「子猫ちゃん、堂々と見ていいんだよ」

そう言いながら鷹斗は階下に下りていった。

(きゃー、見てたの分かっちゃった？　だって、鷹斗って、お尻から腰にかけての線がとっても綺麗なんだもの。なんかこう、思わず触りたくなるっていうか……。あのしなやかな胸筋とかも)

……すごくいい。人物画はあまり描かないが、綺麗なものには、やはり目がいってしまう。

毛布をかぶって一人悶々《もんもん》と言い訳をしていると、毛布がそっと外されて、鷹斗が心配そうに美夕を覗《のぞ》き込んできた。

「美夕、やっぱり調子が悪いのかい？　はい、お水」

うわっと焦りつつ渡されたボトルの水を飲むと、やっと声が出る。

「ありがとう、鷹斗。多分大丈夫だと思う。あの、そこに落ちてるの、取ってくれる？」

恥ずかしくてショーツとは口に出せないまま、自分は裸なのでベッドから出られないからと頼むが、鷹斗は真面目な顔で聞いてきた。

「どうせこの後シャワーか風呂だろう？　この三メートルの距離に、必要ある？」

いや、だって、自分はトランクス穿《は》いたじゃないか……と反論しかけるが、途中で口論するのも馬鹿らしくなり、思い切ってベッドから出るべく立ち上がろうとした。が、腰に力が入らず、見事にガクンと傾く。その身体を鷹斗の逞《たくま》しい腕がさっと支えてくれた。

「ほら、僕の首に掴《つか》まって」

「え？」

屈んだ鷹斗の首に両手で掴《つか》まると、そのままヒョイ、と背中に手が回り、膝の裏を抱えられた。お姫様抱っこで、バスルームまで運ばれる。

「シャワーと風呂、どっちがいい？」

裸の身体を隠すことも出来ず真っ赤になった美夕は、少し涙目でキッと鷹斗を見上げる。

「お風呂がいい」

「はいはい、仰《おお》せのままに」

チュッとおでこにキスが落ちてきて、そっと湯船に下ろされた。

栓を渡されてふたをすると、湯船に温かいお湯が流れてくる。鷹斗が何か壁の装置に語りかけると、どこからか優しいピアノとコントラバスのジャズが聞こえてきた。

「はあー、気持ちいい……えっ!?」

「はい、詰めて、詰めて」

「鷹斗、何も二人で入らなくても……」

「分かってないなあ。美夕、僕がどんな気持ちでこの風呂場の設計をしたと思ってる？　二人で入らなくちゃ、この特注のバスタブの意味ないだろ」

「えぇ……？」

（いや、そんな含みのある笑顔で説得されても……）

どうやら、利便性追求の設計ではなく、ごく個人的な目的のみのためにこのバスルームは作られたらしい……

後ろから鷹斗独特の美声に語られるが、その不純な動機にどう反応して良いか分からない。そんなことを考えているうちに、そのまま彼が一緒のお風呂に入ることを受け入れてしまった。

明るいバスルームの中、重なった彼と自分の脚が水面にユラユラ揺れて見える。

その様子をぼんやり見ていた美夕は、ようやくハッとした。

今は平日の朝だ。慌てて鷹斗に尋ねる。

「鷹斗、仕事は？　今、何時？」

「大丈夫だよ、まだ七時前だし。午前中は会議も客に会う予定も入れてない。君と店の内装について話し合おうと思ってたからね。話し合いの場所は、風呂場だろうと、ベッドの中だろうと、仕事には変わりない。君の予定は？」

のんびりとした鷹斗の答えにホッとしながらも、そんなのあり？　と首を傾げて答える。

「午前中は注文確認と内装スケッチをしようと思ってた。午後は注文品を発送してから、織ちゃんと二人でそれぞれのスケッチを持ち寄って、内装のすり合わせと新作のアクセサリーの打ち合わせの予定」

「ん、じゃあ午前中は、予定通り僕と内装の打ち合わせをしよう」

鷹斗は美夕の耳を嬲《なぶ》りながら後ろから胸に手を回してくる。ゆっくりこね回すように揉み、熱くささやいた。

「美夕……」

「あ……ん……」

優しいピアノの調べと共に美夕の喘《あえ》ぐ声が、朝のバスルームに響き渡り始めた。

「そんな、鷹斗、これのどこが、打ち合わせ……ん……」

「まだ、身体が辛いだろう。マッサージしてあげるよ」

「胸、関係ないじゃ……」

「バレたか。そう、単に僕が触りたいだけ。大丈夫、時間はたっぷりあるよ。やっと君に好きなだけ触れられるんだ。もう少し可愛い声を聞かせて？」

「そういう問題じゃ……ふぁ……ん」

「これでも美夕の身体を心配して、精一杯手加減してる。見えるところには痕《あと》は残さないよ。子猫ちゃん」

（鷹斗、一体なんの、痕《あと》よ……ん、ん……）

顎《あご》に鷹斗の手がかかり、後ろに振り返らせられると唇が深く重なってきた。

こうして、〝精一杯手加減をされた〟美夕が解放されたのは、約二時間後のことだった。

ベッドから上半身だけ起き上がるのがやっとの美夕に、鷹斗は朝食をベッドまで運んで食べさせる。しかも、昨夜からの愛情だだ漏れのじゃれ合いでぐったりした美夕のために、ベッドにスケッチを持ち込んでくれた。二人で寝そべりながら大体の案がまとまると、鷹斗は時計を見て提案した。

「まだこんな時間だし、君は身体が辛いだろ。もう少しベッドで休んでおいで。お昼には僕が起こしに来るよ。何時に起こして欲しい？」

誰のせいでこんなに朝から疲れていると……とは思うものの、自分も鷹斗に触れたくて仕方なかったので、突っ込みはしない。

「じゃあ十一時にお願い。ちょっと休むね」

言うなり、瞼《まぶた》を閉じてスーッと寝始めた。

そのどこか満足げな寝顔を見ながら、眦《まなじり》と唇に軽くキスをすると、鷹斗は仕事をするため、美夕を起こさないようそっと部屋を出て行った。

「美夕、あんたどっか身体の調子悪いの？」

夏妃の指摘に、鷹斗とのイチャイチャで……などと、まさか本当のことは言えず、半分だけ事実を告げる。

「引っ越しの片付けで、ちょっと無理しちゃって」

「引っ越し？　あんたあの事務所に出戻ったんじゃなかったの？　もう新しいシェアメイトが見つかった？」

（そうか、織ちゃんには鷹斗と一緒に住んでることは、まだ話してなかった……）

「実は、鷹斗が家を建てたばっかりで、部屋が空いてるから一緒に暮らそうって言ってくれて」

美夕の言葉に、飲んでいたコーヒーを思わず噴き出しそうになった夏妃は、すんでのところで堪《こら》え、カチャンとカップを置いた。

「美夕、来生先輩って独身よね？　家を建てた、って……ああ、もういいわ。要するに連れ込まれたのね」

こちらを見る目は、明らかに呆れと心配が混ざったものだ。

「あんた、このままだと、そのうち部屋にだんだん侵入されて、部屋一緒にされて、寝ているうちに薬指に指輪嵌《は》められて、いつの間にか両親に紹介されるわよ、絶対に。前に聞いた話じゃ、王子のあんたに対する執着ぶり、かなりキてるし。応援はしてるけど、大丈夫なの？」

いや、大丈夫も何も、全部すでにされている。

……しかし、それをここでバラして良いものか？

なまじ夏妃も高校が同じだったため、鷹斗の人気や彼にまつわる噂はもちろん、群がっていた女の子の集団までよく知っている。心配してくれているのが分かるので、余計にどう説明したら良いのかと、思い悩んでしまう。

「それであんた、一緒に住んでどれくらいなの？」

「……一ヶ月」と答えた美夕に「あちゃー」と呟《つぶや》いた夏妃は、びしっと人差し指を突き付けた。

「ちょっと私を王子に会わせなさい！　あんたの人を見る目は疑っちゃいないけど、この目で確かめるまでは、枕を高くして寝れやしないわ！」

……夏妃の言いたいことはよく分かる。これまでの、美夕のお付き合いと言えるかもアヤシイ恋愛遍歴を顧《かえり》みれば無理もない。

（そうよね、鷹斗に会ってもらえば、ちょっとは安心してくれるかも？）

鷹斗を知らないがゆえに、いろいろ心配されるのであれば、いっそ彼を知ってもらえばいいのでは？

「織ちゃん、だったらこの店の改装のこと、いっぺん鷹斗に相談してみない？　多分、直接の工事は薫さんが監督すると思うけど、せっかくだしオーナーと話した方がいいかと思うの。これから鷹斗に会えるか聞いてみるわ」

美夕の言葉を聞いた夏妃は、メガネの縁をクイッと上げると、口角を上げてフフフと不敵に笑った。

「いいじゃない、いい、十年経って、王子がどんな風に変わったかも興味深い。よし、美夕、じゃあセッティングしてちょうだい。かかってきなさい、女の敵。この私が美夕にふさわしい男かどうか見極めてやろうじゃないの」

カフェの木の椅子にふんぞり返った後、不気味な笑いを撒き散らしながら、夏妃はコーヒーを一気に飲み干した。

（大丈夫なのかな、これ。まあ織ちゃんには遠からず紹介するつもりだったから……）

一抹の不安を胸に抱えながらも、じゃあ、とカフェを出て二階の受付を訪れ、鷹斗に会えるか聞いてみた。

「来生ですね。失礼ですが、どちら様でしょうか？」

そういえば事務所の人たちに紹介された時は、出勤時刻よりだいぶ早かったために、受付の女性はまだ来ていなかった。

「雪柳、と申します」

「少々お待ち下さい」と言われて受付で待っていると、鷹斗がバンとドアを開けて受付に飛び出してくる。

「美夕、どうしたんだ、何かあったのか？」

あまりの鷹斗の剣幕に、あ、しまった、先にスマホで連絡取ればよかったのでは……と今頃気付いた。とりあえず、焦った様子の鷹斗に説明をする。

「お仕事の邪魔をしてごめんなさい。鷹斗、今大丈夫？」

「美夕より大事な仕事などないよ、後は薫さんに任せた」

いや、それはマズイんじゃ……美夕の顔を正確に読んだ鷹斗は、ニッコリと笑う。

「大丈夫だよ。打ち合わせは終わったんだけど、世間話が長引きそうだったんだ。むしろ助かったよ」

鷹斗はホッとした美夕を見て、その後ろに控えている夏妃に目を向ける。その不思議そうな目線を見て、本来の目的を思い出した。

「鷹斗、あの、こちら私と一緒に出店を考えている〝西織姫〟のデザイナー、西織夏妃さん。知らないと思うけど、同じ帝星《ていせい》高校出身よ。鷹斗より一学年下だけど」

一通り紹介すると、美夕は、一見堂々とも不躾《ぶしつけ》とも取れる、どこからでもかかってきなさいポーズの夏妃を振り返る。

「織ちゃん、こちらがこの会社のオーナー、来生鷹斗さん」

鷹斗は、納得したように頷いた。

「ああ、道理でどこかで見たような気がしたんだ。こんにちは、正式にお会いするのは初めてですね。来生鷹斗です。確か美夕と同じ部活の方でしたよね」

（えっ、同じ部活って……どうしてそれを？　それに織ちゃんを知ってるの？）

「西織さん、あなたのデザインしたドレス、拝見しました。僕もあなたのデザインのファンになりましたよ。美夕をどうぞよろしくお願いしますね」

紺色のシャツの上ボタンを外し、上品なベージュのスラックスを穿《は》いた鷹斗は、夏妃に向かってにっこり笑い片手を差し出す。

堂々と賛辞を述べる鷹斗を、最初は驚き、次に値踏みするように見ていた夏妃だったが、ドレスの話を振られた途端、ニコッと笑って手を握り返した。

「初めまして、西織夏妃と申します。このたびは、お世話になります」

「あの、鷹斗、少しだけ時間ある？　ちょっと店舗の床のことで相談したいんだけど」

「ああ、次のアポまで、まだ時間があるはずだ。山代《やましろ》さん、次は何時でしたっけ？」

山代と呼ばれた受付の中年の女性に尋ねつつ、鷹斗は美夕と夏妃を紹介する。丁寧に頭を下げ、挨拶《あいさつ》をした美夕と夏妃は、鷹斗に続いて会議室に入った。

ドアを閉めた途端、さっそく夏妃はにこやかに先制パンチを繰り出した。

「来生先輩、美夕とは高校時代、一年しか重なってないですよね。三年生だったあなたが、どうして一年生の美夕を知っているんです？」

鷹斗は夏妃の唐突な質問にも驚かず、むしろ面白そうに答えた。

「もちろん美夕だけじゃなくて、君も知っているよ、西織さん。君たち二人とも、不可侵リストに載っていたからね」

「「はい？」」

リストとは、一体何のことだろう？

美夕は窺《うかが》うように夏妃を見るが、彼女も面食らった顔をしている。

「ああ、女子は知らないんだよな、帝星の男子の中で受け継がれてたから。今はどうだか知らないけど、でもまあ、もう時効だよね。昔、帝星に芸能人の子が入ってきたことがあって、平穏な高校生活を守るためと称して、その子にはむやみに群がらないって生徒会が決めたことがあったんだ。ああ、二人ともどうぞ座って」

鷹斗に促《うなが》され、三人は楕円形の大きなテーブルの端に座る。

「そう、それがなぜか、その子が卒業する頃には、帝星の美人を見守る会になっちゃったらしくて、僕が入学した時も先輩から注意された」

(なにそれ？　美人を見守る会⁉)

びっくり目をしたのは隣に座った夏妃も同じだ。

「帝星では、美人や可愛いと言われる子が平和な高校生活を送れるように、みんな手を出さないって慣習になってて、リストと呼ばれるものが毎年出回ったんだ。そのリストに名前が載った女子は、男子みんなのもの、抜け駆けは許さん、みたいな雰囲気でね。リストに載った子と二人きりになろうものなら次の日、冷たい目で見られたらしいよ。で、二人ともリストに名前が載ってたから、男子は全員漏れなく君たちを知っていたはず。うっかり二人きりになったら大変だからね」

(なんなのそれ？　はあ？)

「織ちゃん、知ってた？」

「リストと呼ばれるものがあるとは聞いたことがあったけど、まさか自分が載っていたとは知らなかった……グループでは手伝ってくれるのに、個人に頼むとダメだったのはそのせいかっ！」

(あ、そういえば、同じ委員の子も会議には出てくれるのに、放課後二人の作業はサボりまくってた。アレって、そういうことだったの？)

卒業式の倉庫の片付けも、最初は何人か手伝ってくれていたはずなのに、いつの間にかみんな消えていた……

十年前のことながら何か恨み辛みでもあるのか、真実を知りいきり立つ夏妃を鷹斗が宥《なだ》める。

「今思えば馬鹿らしいけど、青春の一ページっていうか、多感な頃だから。冷たくしたんじゃなくて、みんな真面目にルールを守ってただけだと思うよ」

夏妃もそれを聞いて我に返ったらしく、こほん、と咳払いをして椅子に座り直した。

「ところで、美夕の話によると、先輩の家に居候《いそうろう》することになったそうですが……」

「居候《いそうろう》じゃないよ。結婚を前提とした婚約者同士の同棲だ。美夕のお父上の許可も取ってある。僕の両親に至っては何かと物入りだからって、いろいろなものを都合してくれたよ」

はっきり言い切った鷹斗に、美夕と夏妃は同時にえっ、そうだったの、という顔をする。

「西織さんはともかく、何でここで美夕が驚くんだよ。僕の婚約者だよね、自覚あるの？」

美夕の反応に、ガクッと鷹斗は肩を落とした。

だがしかし、みるみる頬を染める美夕を見て、うん、よしよし、と満足げな様子で美夕の頭を撫でる。

それを見た夏妃は軽い溜息をついた。

「なんか、心配するのがだんだん馬鹿らしくなってきた。先輩、あの父上の許可も得ているって本当ですか？」

「本当だよ。美夕の荷物はすべて、梱包《こんぽう》から引っ越し業者の手配までお父上がしてくれたんだ」

鷹斗の言葉を聞いた夏妃は、信じられないという風に目を見開いた。

「それに、美夕が海外にいた時は、メッセージをお父上が送ってくれてたんだ。もちろん僕からということは伏せてね。美夕と僕だけに分かる〝倉庫〟とか〝卒業式〟とか〝ボタン〟……そんな単語を含んだメッセージで、美夕があのキスを思い出すように。会えない代わりに、せめて時々僕を思い出して欲しかった」

忘れた頃に美夕が見るあの夢に、そんな鷹斗の思惑も絡んでいたとは……

「もちろん、お父さんは何のことか知らないよ。メッセージは普通の文面にしてあったからね。でも二人の過去に何かあったとすぐに察してくれたんだよ」

だから、美夕の帰りを待つ僕に協力してくれたんだ、と鷹斗はこちらを見てニッコリ笑った。

……まさかの夢の真相だった。父から時々届くメッセージがあの夢のトリガーになっていたとは。そこまで思い続けてくれていたなんて、嬉しいやら、びっくりするやら。そんな鷹斗の執念を感じる発言に、美夕の胸はドキドキが止まらない。鷹斗をチラッと上目遣いで見て、恥ずかしそうにもじっとした美夕の姿に、夏妃は重い溜息と共に向き直った。

「美夕、ウェディングドレスのデザインは任せなさい。先輩、美夕はとてつもなく恋愛音痴ですので、嫌がらないなら、押すのみ、です。嫌ならすぐ顔に出ますから、この子」

「そうだよね、そこが美夕の良いところなんだ。本当可愛いよ」

夏妃の前で堂々と美夕の手を握り締め、鷹斗は愛おしそうに美夕を見つめる。

「ふふん、美夕のこと分かってるみたいですね。そうなんです、社交の場では見事に隠し通せるんですが、親しくなると読めてきますよ。ところで、何で今まで手、出さなかったんですか?」

夏妃のあからさまな質問に美夕は茹《ゆ》でダコ状態だ。だが鷹斗は怯《ひる》みもせず淡々と答えた。

「お父上の許可待ちと、僕の……収入はともかく、仕事の不安定さかな。海外基盤を築くのに忙しくて、家にいないことが多くてね。でも一番の理由は、美夕の心の準備待ち、だろうね。口説かれる時は僕に集中して欲しかったんだ」

「ああ、この子、結構不器用で、一つのことに夢中になると他が見えなくなりますからね」

「らしいね。初めて会った時に、そう感じたし、お父上からもそうアドバイスされた。だからデザイナーとしてある程度成功して、余裕のある時に口説くことに決めたんだ」

……本人を前にして、どちらも何という言い草。口を挟む気にもなれない。

「それで十年待ちですか……途中で励まして手懐ける、とか、挫《くじ》けそうなところにつけ込む、とか、考えなかったんですか？　それこそ、この子が他の男と結婚してしまったら、どうするつもりだったんです？」

夏妃のサラッと恐ろしい質問に、美夕はさらに黙る。もちろん鷹斗がどういう返答をするか、興味津々《きょうみしんしん》だからだ。そんな二人を前に、さすがの鷹斗も苦笑いだった。

「いや、考えなかったわけじゃないよ。でも、十年前の卒業式から予感してたんだ。美夕が僕を忘れて他の男と婚約や結婚をしてしまう可能性は多分ない、とね」

こちらを見て軽くウインクされた。あの倉庫でのキスのことを言っているに違いない。あの時二人で感じた感情は二人だけの秘密、誰にも分かってもらえないだろう。

「優秀なスパイもいたから、そんなことになったら乗り込んでいくつもりだった。それに再会したらお互いに離れられなくなる――少なくとも僕の方は、そう思ったよ。現に今、僕はクライアントより美夕を優先してるだろ。こんなやり方、今は通るけど、事務所を立ち上げたばかりの頃や、この土地にビルを建ててる時なら無理だったよ。本当に余裕なくてね。だから、これだけの期間待ったのは、どっちかというと僕のためでもあったんだ」

心底呆れた、といった様子の夏妃は、次の瞬間眼鏡の縁を押し上げた。

キラッと輝いた眼鏡と共に、仕事の出来る女の顔になっている。

「……なるほど、まあ本気なのは分かりました。あの父上を納得させただけでも快挙ですしね。いいでしょう」

大きく頷いた夏妃は、そのまま言葉を続ける。

「ところで、店舗の床について、店の雰囲気的にはフローリングを敷きたいのですが、実用的なコンクリートの一体型も捨てがたいと思っていまして……」

「ああ、それだったら、モノリシック工法の型押しを使うと、工期もコストも抑えられるかも」

……一瞬で、どちらもビジネスモードに切り替わる。夏妃の唐突な話題転換もすごかったが、驚くわけでもなくさっと相談に乗れる鷹斗も相当だった。この変わり身の早さに美夕は呆れつつも、二人が穏便に会話を続けているのを見て、心の底からホッとした。

その日の夜、美夕は鷹斗と二人ミイを膝に乗せながらテレビを見ていた。まったりソファーの背もたれにもたれ掛かり、お互い寄り添う。

ミイも美夕もお互いだいぶ慣れてきた感があって、日中は二人（？）で仲良く、美夕は仕事、ミイは昼寝とそれぞれの仕事に励んでいる。最初は、ひっかかれるかな？　と恐る恐るミイを撫でていたが、ひっくり返ったお腹を撫でても喉を鳴らしてくる。勇気を出してそっと抱くと、ミイはまったく嫌がらないでいてくれた。

この小さな快挙を、美夕は実は密かに喜んでいた。

今夜も、普通の猫より大きめの身体を二人の膝にまたがらせて、寝そべっている。その柔らかい毛を撫でると、気持ち良さそうにゴロゴロと喉を鳴らした。

フワフワの毛が気持ち良くて思わずミイを抱っこすると、心が和《なご》む。

今日は夏妃と鷹斗の話し合いも無事に終わったし、あとは天井の仕上げと照明などの位置を決めたら、店舗改装へと着工だ。鷹斗に寄りかかった美夕は、夏妃が帰り間際に残した言葉を思い出していた。

『美夕、王子ってば全然変わってないどころか、ますます男に磨きがかかってるじゃない。高校の時もすごかったけど、これは絶対他の女どもが放っておかないわよ。緑ヶ丘さんは仕事の付き合いなんでしょうけど、受付で待ってた女とか明らかに王子狙いでしょ。あんた、嫌じゃないなら、さっさと結婚しちゃったら？』

『えええっ？』

鷹斗と会う前と打って変わった夏妃の意見に、目を白黒させた。

『王子、あれは絶対本気よ。それも十年あんた一筋って、どこの偏愛物語なんだか。私も久々にちょっといいもの見た感じ。いいこと、こんな優良、どころか最上物件なんて他にありえないわ。ボヤボヤして逃すんじゃないわよ』

（鷹斗を物件扱いするあたり、さすが織ちゃん……。でも、確かに、鷹斗には女性が常に寄ってくるよね……）

建築業界は男性ばかりかと思っていたら、とんでもなかった。

今日話し合いを終えて会議室を出ると、受付にはインテリアコーディネーターと称する女性がスーツを着た依頼人と共に待っていた。鷹斗に挨拶《あいさつ》をしていた時の女性の目は、まさに獲物を狙う目だった。

（鷹斗は大好き。でも、もうちょっとこのままでも……婚約とか結婚とか言われても、まだ現実感ないし……）

美夕にとっては初めての、べったりした甘い恋人期間だ。いわばお互いがお互いのことだけに夢中になれるハネムーン期間は、思っていたよりずっと甘いもので、鷹斗の溢《あふ》れんばかりの愛情に包まれ十分幸せだ。

ぬるま湯感覚は極めて心地よく、もう少しこのままでも……とあまり急ぐ必要性を感じない。

そんなことを考えていると、美夕の頭にポンポンと軽く手が置かれる。

「美夕、そろそろ風呂は？」

「今日は朝入ったからシャワーだけ浴びるね」

「じゃあ、お先にどうぞ」

鷹斗に促《うなが》されバスルームに入り、シャワーだけ浴びて出る。すると鷹斗の姿はなく、部屋の外へ向かうとロフトの方から話し声が聞こえてきた。

「……いや、そこは強度の問題で変更したはずだ。そう、だから縦幅が違う」

（お仕事なんだ……じゃあ、邪魔しちゃ悪いかな）

そっとその場を離れた美夕は自分も作業部屋に行き、中途半端だったデザイン画を取り出して机に向かった。が、思ったより疲れていたみたいで、すぐにウトウトし始める。かくんと身体が傾いて、半分寝ていた自分に気付いた。

（ふぁ、今日はもう店じまいかな。そろそろ寝よう……）

ベッドに入って鷹斗の温もりを恋しく思いながら、そのまま目を閉じる。

夜中に背中に当たる温もりを感じて、ホッと安心した。鷹斗だ。身体を反転させて鷹斗の胸に擦り寄ると、美夕は今度こそグッスリ眠り始めたのだった。

5　君がいないと……

朝、目覚めると、まだ部屋は薄暗かった。スースーと平和な音を立てる鷹斗の寝息が、髪にかかる。

（ふふ、くすぐったい、でももうちょっと）

目の前の逞《たくま》しい胸に顔を押し付けて、脚を絡め抱きついてみる。

こんな風に平穏な朝を、二人で迎える幸せ。そんな気持ちを噛み締めていると、昨日はいろんなことがあったなぁと頭は巡り始める。鷹斗、そして夏妃とのやりとりで初めて知ったことなどを思い出していると、無意識なのか長い腕に腰を抱き寄せられた。

温かい体温に包み込まれ、そのままウトウトし始めた美夕だったが、しばらくすると太ももに熱を感じていっぺんに目が覚めた。

（あ……鷹斗の……）

いったん気になると、好奇心に勝てなくて、そっと片手でトランクスの上からなぞってみた。

（やっぱり、大きい。これが私の中に……）

まだ、少し柔らかいそれは熱を持っていて、触るとだんだん硬く質量を増してくる。

何かいけないことをしている気分になり、美夕はいったん手を離して目をそらした。

「美夕……、いけない子だね……」

すると、掠《かす》れた低い声に名前を呼ばれる。

「ぁ……鷹斗……」

途端にこちらを見て笑っている顔と目が合った。見られてた！　その愛おしくてたまらないといった声音と視線は、まるで甘美なワインから立ち上《のぼ》る香りのようで。気恥ずかしさと共に酔いしれるような幸福感を覚えた。

キスを……したい。今すぐ鷹斗にキスしたい。

どうしようもない衝動に襲われ、美夕は上体を起こし鷹斗へとゆっくり顔を近づけた。小さく舌を出して唇をペロリと舐め上げると、甘く柔らかい舌触りにすぐ夢中になる。戯《たわむ》れるようにお互い唇を舐め合っていると、みるみる心が溶けてしまう。

言葉に表せないこの幸福感は、たまらなく気持ち良かった。柔らかい唇が触れ合うだけで悦《よろこ》びが身体中を取り巻く。差し出した熱い舌をお互い絡ませた後、ゆっくり唇を解くと切ない吐息が漏れた。

「愛してるよ、美夕……」

全身がびくんと震え、温かい蜜で身体が濡れてくる。

「ん……っ、大好きよ、鷹斗……」

脚の間から生温かい蜜が流れ出しそう。そんな感覚が恥ずかしくって、彼の身体の上に体重をかけると、お尻が硬いものに触れた。

「あっ……」

「子猫ちゃん……イイかい？」

鷹斗が誘うようにその腰を上げた。湿った中心を熱く硬い屹立《きつりつ》で擦《こす》られる感触がひどく気持ち良くて、美夕は陶然となった。

「あ、ん――」

鷹斗の問いかけは許可を求められたのか、それとも、敏感に感じていることを問われたのか……？　定かではないけど、臆せず艶《つや》やかな喘《あえ》ぎ声を上げた美夕を、鷹斗は抑えきれないと言わんばかりに抱き寄せる。

「もう、ホントたまらないよ。このまま挿《い》れたくなる」

耳たぶを嬲《なぶ》られながら、そんな淫《みだ》らなことをささやかれ……敏感になりすぎた身体がまた熱くなった。――このままでは、初めての夜と同じように一方的に気持ち良くさせられ、イってしまう。

ぼんやりとだが、それだけでは……という気持ちに動かされ、美夕は膝立ちでゆっくり身体を持ち上げた。目線を下げて、トランクスから頭を覗《のぞ》かせた鷹斗自身を見つめる。

（……何だかキツそう。脱がしてもいいかな）

好奇心も手伝って、布を少しズラしてみた。

目の前に現れた不思議な生き物に、衝動的に手を伸ばし、先をそうっと触ってみる。

（ここが一番、感じるんだよね……？）

美夕の愛撫に敏感にびくんと反応するそれから、目が離せない。

「鷹斗……、私ばっかりは嫌。私も鷹斗に、気持ち良くなって欲しい」

驚いたように目を見張った鷹斗に、勢いのまま宣言したものの、さすがに恥ずかしくて……。

それ以上彼の顔が見られず、また目線を下げた。そうしながらも、今まで知識はあっても絶対無理だと思っていたアレにチャレンジすることに決める。鷹斗のそれには嫌悪感どころか愛おしさしか湧かず、美夕はごく自然にしてあげたい、と思えたのだ。

身体をずらすと、濡れた小さな舌をぺちょっと当てて、そろっと舐めてみる。

（ん、大丈夫。もっといいかな）

ちゅっと口づけてはぺろぺろと下の方まで舐めていくと、それはみるみる立ち上がって、熱く滾《たぎ》ってくる。

「ん……ちゅ……ん」

自分が育て上げたものに満足して、大きくそそり立つ熱い塊《かたまり》をゆっくり口に入れる。

美夕の口には大きすぎるそれを、含めるだけ含んでみた。

「美夕……」

掠《かす》れた低い美声に身体が震え、上目で鷹斗を見ると、熱く鋭い眼差しで自分を見つめている。

美夕は鷹斗自身を口に含んだまま笑って、喉の奥に吸い上げた。

「っっ……」

鷹斗は何かに耐えるように少し眉を寄せてゆっくり息を吐くと、いったん目を閉じてからまた開いた。そんな鷹斗の反応に、感じてくれているのだと嬉しくなり、よおし、と積極的に動き出す。

鷹斗もじっとしていることに耐えられなくなったのか、少し腰を浮かして、ゆっくり突き上げてくる。だけどその動きは丁寧で優しくて……決して無理には突き上げてこなかった。ちゅく、じゅる、と濡れた音がベッドルームに響き、鷹斗の息遣いが乱れてくる。

「美夕、そろそろ、出る。顔を離して」

顔にかかる髪をそっと掻き上げられ、低くささやいてくる鷹斗に、美夕は嫌々と首を振った。そのままいっそう強く吸い上げる。

（私も、鷹斗に気持ち良くなって欲しい……）

「っ……美夕……」

美夕は鷹斗に与えてもらった快楽で、初めての時も覚悟していた痛みと負担をそれほど感じずに済んだ。それはすべて彼の気持ちと優しさのこもった愛撫のおかげだ。

今度は、私が気持ち良くしてあげたい——という気負いまではいかないが、お互いが気持ち良くなれたらと思えた。だから、こんなに感じてくれていると単純に嬉しい。ある種の達成感さえある。

いきなり鷹斗の動きが速くなった。けれどあくまで美夕の頭を柔らかく掴《つか》んで、美夕の口に含みきれない分を押し付けないよう加減してくれている。

（ん、ちょっと苦しいけど、我慢出来ないほどじゃない……）

「くっ」

びくんと腰の動きが止まり、ドク、ドクと熱い液体が口内に注がれる。思ったより粘っこくて上手く飲み込めない。美夕の口の端から白い液体が溢《あふ》れ出るのを見て、鷹斗は急いで手を離し自身を引き抜いた。

「んっ……」

まだ溢《あふ》れ出ていた白い飛沫《しぶき》が顔に掛かり、美夕は咄嗟《とっさ》に目を瞑《つぶ》ると、顎《あご》へトロリと垂れてきた。

ギョッとした鷹斗は、自分の着ていたTシャツをバサッと脱いで、美夕の顔をそれで拭《ぬぐ》った。

「美夕、大丈夫か?」

一瞬びっくりしたものの、鷹斗の焦った声と自分の格好に、思わず笑い出してしまった。

「ふふ、大丈夫。ちょっとびっくりしただけ」

そして、こくんと喉を鳴らして口に溜まっていた鷹斗の熱い精を飲み込んだ。

（まずくはないけど……）

「粘っこくて、美味《おい》しくない。これ」

「ふ、ははは、正直だね。もう、君はなんて可愛いんだ」

美夕の何とも言えない顔を見て、鷹斗はたまらず笑い出す。

そして、ぺろっと美夕の唇を舐めると、顔をしかめた。

「本当だ、まずい。美夕、一緒にシャワーを浴びよう」

そう言うと、美夕の身体をすくい上げ、たまらないという様子でその髪にキスを落とした。お姫様抱っこで美夕をシャワーの下まで連れて行き、一緒にシャワーを浴びる。

お互いの身体を洗い合いながら、鷹斗は美夕のあちこちに触れてくる。

「鷹斗、そんなにしたら……」

美夕の抗議の声に、鷹斗は悪戯《いたずら》っぽく笑いながらシャワーで二人の身体の泡を洗い流した。タオルで美夕の身体を丁寧に拭くと、また抱き上げてベッドへと戻る。

「きゃっ、鷹斗？」

「美夕がいけないんだよ。朝からあんなに煽《あお》るから、もう止まらないじゃないか」

（あれ？　もしかして……何かいけないスイッチ押しちゃった？）

気が付いた時には、すでにベッドの上でやんわりと押さえ込まれていた。そのまま小さく尖《とが》った胸の蕾《つぼみ》を口に含まれ、吸われては舐められ、おまけに甘噛みまでされて、美夕は甘い愉悦の声を上げ始める。息が乱れるまでしばらく胸ばかり弄《いじ》られて、とうとう舌でほんの少しちょんと舐められるだけで感じるほど敏感になってしまった。

「も、これ以上は……変になっちゃう……」

絶え絶えに上げた声は、吐息ごと吸い込むようなキスに掻き消される。そのまま散々嬌声《きょうせい》を上げさせられたあげくに、今度は後ろ向きにひっくり返され、お尻を高く上げさせられ、さすがの美夕も羞恥心《しゅうちしん》を覚えた。

「や、あ……んっ……、こんな、格好……あっ、ぁっ……」

「綺麗な背中だ……、美夕」

背中から回された手で胸の膨らみを揉まれつつ耳の後ろでささやかれると、その美声に反応した美夕の抗議の声がたちまち甘みを帯びる。それはまさに喘《あえ》ぎ声そのもので、そのせいなのか鷹斗の手はもっと大胆に胸を弄《いじ》ってきた。首筋を舐め上げて「気持ちい？」と問う低い艶《つや》のある声は興奮で掠《かす》れ、そのセクシー度はなけなしの理性など一瞬で塗り替えてしまうほど破壊的だった。

「そんなに気持ちイイ？　腰が揺れてて、可愛すぎるんだけど」

「あ、ん……っん……も、もぅ……」

「鷹斗の、いじわる」と続けるつもりだったのに、硬くなった蕾《つぼみ》を摘ままれ思わずのけぞった。

「っ……ぁ」

美夕が背中を震わせた途端、グイッと顎《あご》を掴《つか》まれ覆いかぶさるように唇が奪われる。

短くも深いキスを解かれた後、その手はすぐに濡れた脚の間に忍び込んだ。たちまち背筋に快感が走る。優しくも明らかに美夕の弱点を弄《いじ》ってくるその手に翻弄《ほんろう》されて。

「あっ……ゃ……っんんっ、ぁっ、っぁ、あぁぁっ」

足腰に力が入らなくて、シーツを握り締めたまま倒れ込んだ美夕の背中を、熱い舌が味わうように舐め上げた。

「今の声、すっごくキた。色っぽくて可愛い……」

「顔を見せて……」とささやいてくるその優しい声とは裏腹に強引に向きを戻され、押し倒された。

「美夕、ゆっくり息を吐いて。ほら、大丈夫だから」

「はっ、ぁ……」

「ああ、子猫ちゃん……」

呼びかけられて自然とその瞳を見つめると、「僕の名前を呼んで?」と優しく強請《ねだ》ってくる。

「たか、と……」

途切れ途切れで呼ぶと、その名が何かの呪文のように、身体中に安心感が広がった。

緩《ゆる》く蕩《とろ》けた美夕の様子をつぶさに見守っていた鷹斗は、すかさず身体を重ねた。あ、と声を上げた時にはすでに一気に奥まで貫かれていた。

「あぁっ――っ」

「……っ……もう、イったの……？」

トロトロに蕩《とろ》けた身体を同時に震わせた美夕に、からかうように鼻先を擦り合わせながら鷹斗は聞いてくる。

「っ、鷹斗が、急に……奥、あてるから……っ」

恥ずかしくて、いたたまれなくて、ピンク色をした頬がさらに一気に火照《ほて》ってくる。

「ダメだよ、そんな可愛いことを言っちゃ……」

「っま、まって、や、あっ……」

「待てない、こんなに感じてくれて……」

嬉しすぎると甘くささやくと、ぐいっと腰を進めた。

「や、ダメ、だめ、こんな……」

深い――まるで身体に芯が通ったように、快感の甘い痺《しび》れが腰の奥から突き抜ける。

そして中でびくんとうごめいた彼自身が、美夕が声を上げた途端、さらにその体積を増した気がする……

腰を押し付けるように中でゆっくり回されて、ぐり、ぐりと擦《こす》られると、脳が痺《しび》れるような快感が身体中に広がった。

「ふぁ……ぁ……っん」

「ん、僕も気持ち良いよ、美夕」

鷹斗は美夕の温かさを味わうようにゆったり腰を揺らしては、ギリギリまで引き抜くと、一気に深く突いてくる。そのたびに二人が交わる箇所から、ぐちゅ、ぐちゅと濡れた音が響いた。

「あぁ……ん——っ、あっ……んぅっ」

美夕の唇から淫《みだ》らな喜悦の声がとめどなく溢《あふ》れる。

「——そんなにイイ？」

額《ひたい》から汗を流し、美夕を見つめる鷹斗の瞳は、蕩《とろ》けそうな甘さを含んでいる。

「ホント、ぴったりだ……。僕も信じられないくらい、イイ……」

ずんっとまた突き上げられ、返事の代わりにのけぞった喉を強く吸われただけで、敏感になった身体は大きく戦慄《わなな》いた。

「美夕、僕を好き？」

そんなこと——返事を促《うなが》すように最奥を擦《こす》られ、執拗《しつよう》に突き上げられたら、感じすぎてまともな返事など出来なくなる。

「ほら、ちゃんと聞かせて……僕で感じてるって、僕が欲しいって言って」

そんな甘い言葉を美夕の全身に浴びせ、いったん動きを止めた鷹斗は、グッと腰を押し付けながら顔中にキスをしてくる。鷹斗から与えられる快感で昂《たかぶ》った身体は焦《じ》れてしまい、息も絶え絶えに答えた。

「好きよ、大好きよ……鷹斗が、欲しい、の……」

快美な気持ちのまま「だから、このままやめないで」と続きが言いたい……けど、感じまくっている身体では呼吸が苦しいくらいで、甘い吐息ばかりが唇から零《こぼ》れる。

美夕の言葉で力を得たように、鷹斗の抽送が先ほどより激しくなった。

「僕も、もう……」

低く唸《うな》るような声が聞こえたかと思うと、ひどく熱くて硬い鷹斗がきゅんとなる膣内《なか》で最奥にキスをしてくる。そのまま美夕をしっかり抱きしめて、中に解き放った——

「っんん——……」

身体の奥が濡らされ、温かい精が染み込んでくる。

二人で荒い息をしながら何度も口づけを交わし、身体を繫《つな》げたまま抱き合い横になった。

（これは……、この感じは……）

愛する人と心と身体を繫《つな》げて、愛の言葉だけでなく身体中で愛されていると感じることの充実感は——何ものにも代えがたい。

美夕の心は、心ゆくまで鷹斗に愛された幸福感で一色に染まった。美夕もようやく、恋人たちが身体を重ねる悦《よろこ》びを、身をもって知ったのだ。

そんな幸せに浸《ひた》っていると、太ももにどろっとした白っぽい液が垂れてくるのを感じる。

（あぁぁ、なんか、朝からこんなことしてていいのかな……）

幸せで心がふわふわ浮きつつもチラリと時計を確かめると、朝の七時半だった。

愛し合ったばかりの鷹斗とは離れがたいけれど、そろそろ起きなくてはキリがなくなる。

こうして、お互いの身体を慈《いつく》しみながらもう一度シャワーを軽く浴びると、今度は誘惑に負けまいとワードローブに一直線に向かった。

「鷹斗があんなことするから、痕《あと》が付いちゃったじゃない」

あちこち付けられた赤い名残《なごり》に、今日の服、どうしようと困ってしまう。

「美夕が煽《あお》るからだろ。それに、君は僕のものなんだから、僕の痕《あと》が付いてて当たり前」

鷹斗はニヤリと笑うと、顎の下をくすぐってきた。

もう、しょうがないなと嬉し恥ずかし二人で階下に下りると、朝食を用意しながら今日の予定を話し合う。

「僕は午後から、ちょっと現場を見に行かなくちゃならない。多分泊まりになるから、帰りは明日になる。昨日の晩、急に決まったから言い出すタイミングがなかった。ごめんね」

突然のお留守番に、少々驚きはしたが、仕事だからこればかりは仕方ない。

とはいえ思ったよりがっかりしている自分に驚きながら、マグカップに手を当てて鷹斗を見つめた。

「分かった。ミイもいるし大丈夫。ちょっと寂しいけど」

「ちょっとだけ？　僕は美夕に一晩会えなくなるだけで、とても寂しいんだけど」

「……本当はすごく寂しい。早く帰ってきて」

（そうよ、今夜一晩だけだし、こんなに沈まなくても……）

明らかに気落ちした美夕の正直な答えに、鷹斗は微笑みながら頭を撫でてきた。

「もちろんだよ。明日には帰ってくるから」

そう言って唇を軽く啄《ついば》んだ。ペロリと最後に唇を舐め合うと「お昼は一緒にしよう」と朝ごはんを済ませ、二人はそれぞれの仕事に取りかかった。

そしてその日の昼前。彼女はなんの前触れもなく現れた。

――災いは常に突然やってくる。

地震や火災などに対しては日頃心構えをしているが、この時の美夕を襲ったのは、明らかな人災だった。

朝から、それはもう溢《あふ》れんばかりの鷹斗の愛をその身体に浴びた美夕は、一仕事終えてキッチンでちょっと休憩……とくつろぎ、コーヒーを飲んでいた。

注文確認に発送手続き、在庫管理など仕事はたくさんある。仕事中は集中するので、それこそ鷹斗と恋人同士になれた余韻に浸《ひた》っている暇などない。が、こうしてホッと一息つく瞬間は大事で、やはり心が幸せのワルツを踊り始める。思い切り愛を確かめ合った時間を思い出しては、どうにも緩《ゆる》みがちになる頬に手を当ててニマニマ一人笑いしている、そんな時だった。

美夕が、昼ごはんはどうしようかな、などと考えていると、玄関の呼び鈴がピンポーンと鳴った。

浮かれた気分の美夕は、前に用心しろと忠告されたことをうっかり忘れていた。だから相手を確かめもせず、「はーい」とドアを開けてしまったのだ。

そこに立っていた女性の顔には、しっかり見覚えがあった。

(あれ？　これはもしかして……えぇっ！)

まさかと息を呑んだ。この女性が自宅にまで押しかけてくるとは、思いもしなかったのだ。

カチャンと開いた門から、シャネルのスーツにきっちり身を包んだその姿が現れる。

その澄まし顔を見て美夕の頭に咄嗟《とっさ》に浮かんだのは、〝トラブル！〟の一言だった。

けれども、もちろんそんな動揺は微塵《みじん》も表には出さない。

「あら、こんにちは。ええと、中田さん？　でしたかしら。来生に、何かご用ですか？」

弱気になってはいけない。鷹斗とこれから共に生きていくためにも、立ち向かわないと。

改めて決心した美夕を前に、中田は言葉を発しない。

「来生は今、会社で、こちらにはいないんですよ」とさらに言葉を重ねてみる。

すると、開けた門の前に立ったままの彼女は目を眇《すが》めて、こちらを値踏みするように見てくる。……こんな顔をすると、せっかくの美人も台無しだ。

美夕が、さてどうしたものかと考えつつ様子を窺《うかが》っていると、中田は開口一番、

「あなた、本気で来生さんと結婚する気なの？」

ときた。見かけは立派な大人の女性なのに、挨拶《あいさつ》もなしの、残念な社交マナーだ。

「……もちろんですが……」

「そんなの認めないわ」

どうやら、本気で言っているらしい。いかにも結婚を取り止めるのは当然でしょうという態度に、美夕は苦笑を隠せなかった。

（この人、もしかして他の人に対しても、いつもこんな態度なの？）

パーティで彼女を取り巻いていた幾人《いくにん》かが頭に浮かぶ。同じ業界だから、仲良くしないといけないというしがらみでもあるのだろうか。しかし、それは今は問題ではない。守るものがあれば人は強くなれる。手加減など一切しないからと、美夕は落ち着いた態度を崩さなかった。

「私たちの結婚に、あなたの許可はいらないと思いますけど」

「あなたは彼にふさわしくないわ！」

社交辞令も何もあったものではない中田の態度に、この不毛な会話を玄関先で立って続けるのも馬鹿らしくなってくる。

「……招かれてもいない他所《よそ》の家に突然押しかけて、挨拶《あいさつ》もなしに不躾《ぶしつけ》な言葉を投げかけてくるあなたに、ふさわしくないと言われましても……」

どうかしら、と首を傾げてみせてから、玄関ドアから外に出た。

「ですが、せっかく訪ねていただいたお客様ですから……どうぞ、よかったらこちらへ」

威圧的な態度を気にもかけず、美夕は庭のテラスへと彼女を案内した。

この女性を、家の中に招き入れるなんてとんでもない。

今時は、見かけはまともでも思想はそうでない人もいるのだから、用心するに越したことはない。彼女はその所作からして、暴力的なタイプには見えないが、キレたら危ない人はいるのだ。

明らかに自分に喧嘩《けんか》を売りに来たのであろう女性と一定の距離を置くべく、美夕はサンルーム用のテーブルセットに誘導した。

空気は肌寒いが、広く街を見渡せる庭は開放感があって、曇り空でもテラスの魅力は十分に楽しめる。

「中田さん、でしたよね？　立ったままで話すのも何ですから、よければお掛けになって下さい」

彼女はチラッと座り心地の良さそうな椅子に目をやった。

「結構よ、このままで」

「ですが、そのヒールで立ちっぱなしは、辛くはありませんか？」

八センチはあろうパンプスは見かけはものすごく良いが、履き心地がいいかどうかは疑問だ。

「っ……、わ、分かったわよ。そこまで言うなら」

優雅に脚を組んで椅子に座った姿を見て、あら、これは案外、元は素直な性格なのかもと思った。

この分なら逆上しても、ナイフを取り出す可能性は低いだろう。

「それで今日は、どんなご用件ですか？　来生に用事なら、今呼んできますが？」

立ち上がって鷹斗を呼びに行こうとすると、慌てた声が引き止める。

「待ちなさいっ。私が用事があるのは、あなたよ！」

なるほどといった様子で、美夕は椅子に腰掛け直した。

「それでは、私に、どういったご用件で？」

向き直った美夕に、彼女はいかにも心外だという顔をする。

「私はあなたと来生さんの結婚など認めないいし、あなたが彼にふさわしいなんて微塵《みじん》も思っていないのだから」

ほぼ初対面の美夕に対して、キツイ言葉で牽制してくる姿に、美夕はちょっと驚いたという風に目を見張った。

「そうですか、それは残念です」

「だからあなたは、身を引くべきなのよ」

籐《とう》の椅子に腰掛けて、ふんぞり返った彼女は自信満々だ。

「私こそ、彼にふさわしいの」

「では……お伺いしますが、何を根拠に？」

「こ、根拠って、そんなの、見たら分かるじゃない」

全然分からない。首をかすかに傾げる美夕を、彼女はいかにも我慢出来ないといった声音で詰《なじ》ってくる。

「だから、あなたは何も建築業界のことなど知らないじゃない。私は家が同じ業界なのよ。あなたよりずっと、彼にふさわしいわ」

なるほど、確かに美夕は鷹斗が身を置く業界のことや、その世界の内情など何一つ知らない。

彼女の言葉には一理あると思うが、美夕だって鷹斗とずっと一緒にやっていきたい。そしていずれ鷹斗と結婚するのであれば、その辺りは少しずつでも学んでいかなければと考えている。

「確かに私は、建築業界のことは分かりませんから、来生のためにも、これからしっかり学ぶつもりですわ。もちろん、相手の勤める業界に精通していないと結婚出来ない、ということはないとは思いますけど」

それでも、二人の将来に必要だと思えるから、努力はしていく。

その真摯《しんし》な想いを、続ける言葉に込めた。

「来生に恥をかかせるような真似はしたくありません。ですから出来るだけのことはします。そもそも初めからパートナーの職業を熟知しているカップルなど、少ないのではありませんか。だからお互いのことを知っていくのでは？　私も、これから来生と一緒に取り組んでいきますわ」

「な、そんなこと……」

「その過程も、きっと楽しいと思います」

揺るぎない意思を込めて、彼女の目を見た。

「まだあるわよ！　私の方が裕福だし、それにあなた、ジュエリーデザイナーですってね。デザイナーなんてそんな不安定な仕事、よく出来るわね」

「なるほど、あなたはお金持ちだから、彼にふさわしいとおっしゃるのですか？」

「私の父はね、会社を経営している社長なのよ」

「……それは、あなたのお父様であって、あなたご自身ではないですよね。それと来生は結婚相手に経済力を求めるほど、甲斐性がない人ではありませんわ」

鷹斗のことを、相手の懐《ふところ》次第で態度が変わる、そんな男性だとは思って欲しくない。

「分からない人ね。私と結婚すれば父の会社を継げるのよ。こんないい条件ないじゃないの！」

いい条件……本当にそうなのだろうか。少なくとも鷹斗に限っては違うような気がする。

「確かに、それを『いい条件だ』と言う人もいるでしょう。ですが、来生は自分の会社を経営しているので、あなたのお父様の会社には興味がないと思いますわ」

「そんなのっ、分からないでしょ。父の会社の方がずっと大きいのよ、きっと来生さんも気に入るに決まってるわ」

彼女の言うように経済的なゆとりは大事な点だと思う。二人でいずれ家庭を築くとなれば、生活を守るためにも軽視は出来ない。

「パートナーが裕福であれば、いいこともたくさんあるでしょう。ですが来生と私は、二人でやり繰りしていくのも、自分たちの未来のために毎日働くのも、張り合いがあることだと思っています」

「そんなあくせく働くなんて、来生さんには似合わないわ」

中田は眉をひそめて、いかにも不釣り合いだという態度を隠しもしない。

「私と結婚すれば、来生さんもそんな始終仕事に明け暮れなくても良くなるわ。その分、ゴルフとか旅行とか、もっと楽しく暮らせてよ。来生さんもクルーズに出掛けたりする方が楽しいと思うわ」

そういう贅沢《ぜいたく》な楽しみ方は、美夕には提供出来ない。が、鷹斗が仕事に生きがいを感じていることを美夕は知っている。だから自信を持って言えた。

「ですが、来生も私も、仕事をするのが楽しいんですよ。私がしがないデザイナーだとおっしゃいましたが、私はこのジュエリーデザイナーという職業に誇りを持って働いています。来生も同じだと思いますわ。毎日が充実しているんです」

鷹斗は学生時代から建築デザイナーを目指していたのだ。好きだからこそ、そこまで打ち込めるのだろうし、そのことを話してくれた時の彼は、自信のある堂々とした態度で普段の何倍もかっこよかった。そんな彼を美夕は好きになったのだ。

「来生も私も、好きなことを生業《なりわい》としているのです。だから仕事をする毎日が楽しいのですわ。私はこれでも、自分の生活をまかなえるぐらいの稼ぎはありますし……。ところであなたは、何で生計を立てておられるのですか？」

「私は……働かなくても、他のことで忙しくて十分なのよ」

「つまり、無職だということですよね。あなたが着ている服も、靴もバッグも自分で稼いだものではないということですよね？」

少し怯《ひる》んだ彼女は、それでも言い募《つの》る。

「好きに出来るカードを、もらっているわ。一流の服を着て生活をするのは当たり前じゃないの。それに私の方があなたよりずっと綺麗だわ」

「おっしゃる通りかもしれません。美の基準は人それぞれですから。……ですが来生は、違うと言うと思います。何なら来生を呼んできましょうか？　ご自分で確認なさってはいかがです？」

「そ、そんなことしなくていいわよ！　私はあなたに話があると言っているじゃない！来生さんと別れてって言ってるのよ」

「……分かりました」

「えっ、ようやく分かったのね、じゃあ来生さんと別れるのねっ？」

「いえ、そうではなくて、私はあなたのおっしゃりたいことが分かったと言っただけです。なぜ私が、赤の他人であるあなたの言うことを聞いて、婚約者と別れなければならないのです？　私の心を変えることが出来るのは、来生本人しかいませんよ」

中田は唇を噛んで何も言い返せない。切り返されると思っていなかったようだ。

どうやったら、彼女を納得させられるのだろう。少し考えた美夕は思い切って口を開いた。

「中田さん、仮に私が来生と婚約破棄をしても、来生はあなたと結婚するとは限りませんよ」

「え？」

まさかとは思うが目の前の障害がなくなればと、単純に考えているのだろうか？

「何でそんなこと、あなたに分かるのよ」と睨《ね》めつけてくる彼女に、誰も今までこの点を指摘しなかったのは驚きだ。何にしろ鷹斗にその気がないのは、美夕には分かっている。

「それにそもそも、あなたはなぜ来生と結婚したいのですか？」

「な、なぜって――」

美夕は、中田の瞳から目をそらさずに尋ねる。これが一番大事なことだから。

「それはっ、だからっ、彼ってすっごくかっこいいし」

「確かに」と賛成するように頷くと、彼女の声に力がこもる。

「でしょう、あんないい男、滅多にいないわよ。それに大会社のご子息だし、お金持ちだし、優しそうだし」

「来生はおっしゃる通りの人物だと思いますが。それでしたら来生の他にも同じような条件の方はいらっしゃいますよ。そうではなくて、あなたはどうして来生と結婚したいのですか？」

今度こそ、彼女は沈黙してしまった。美夕が何を聞いているかが、この女性も薄々分かっているのだ。厳しいようだが、絶対にここでこの女性に負けるわけにはいかない。

「それはまあ、確かに他にもいるかもしれないけれど、私の知っている中では来生さんが一番だし……」

最初の勢いはどこへやら、語尾がますます独り言のように小さくなる。

「でしたら、結婚相談所にでも登録なさったら、きっと似たような条件の方が見つかりますよ」

「っ、彼はイケメンだわ！　あんな人が夫だったら、一緒にどこへ出ても恥ずかしくないし」

「なるほど。ですがそれですと、見た目が良ければ来生でなくとも良いですよね」

「それにっ、お食事も、ちゃんとした一流のところに連れていってくれそうだし」

「美味《おい》しい食事をお望みなら、ご自身のカードを使うか、料理教室にでも通われては？」

「服とかセンスもいいし……！　優しそうだから何でも買ってくれそうだし……」

何というか……本気で結婚相手を探して、いや、結婚を考えている女性の言葉とは思えなかった。さらに「実家も大会社で業界では有名人」だの、「海外旅行にも連れていってくれそう」だの続くが、すべてにおいて相手にこれをして欲しい、あれをして欲しいばかりなのだ。

まあ百歩譲って結婚相手に求めることは人それぞれだとしても……

鷹斗の会社の取引先のお嬢さんであれば、彼と言葉を交わす機会はこれまでにもあっただろうに。この女性は、鷹斗本人をほとんど知らないにもかかわらず結婚したい、自分は鷹斗の結婚相手として理想的だと言い張るのだ。

（だけど、それならなおのこと……）

鷹斗とそして自分のためにも、この人にだけは負けない。

少なくとも美夕が鷹斗と一緒にいたいと想う気持ちには、彼が仕事で疲れた時はおかえりなさいと迎えて癒《いや》してあげたい――彼が心から居心地が良いと思ってくれる家庭を築きたいという想いがある。

彼との赤ちゃんだっていずれは欲しい。

中田は、彼との家庭を支え続ける気持ちがあるだろうか。多分だが、歳を取ってお互い支え合い、面倒を見るだけの覚悟はないだろう。そんな中途半端な気持ちの女性には、鷹斗を委《ゆだ》ねることは出来ないと美夕は強く思った。

どうやら、彼女の長い理想リストもようやく尽きたようだ。そして言葉を重ねるごとに分《ぶ》が悪いと感じたのだろう。今度は開き直ってきた。

「じゃあ、あなたはどうして、来生さんと結婚したいのよ」

「私が来生と結婚したい理由は、来生が私と結婚したい理由と同じですよ。あなたも分かってらっしゃるのではないですか?」

考えるまでもなく、自然と答えが出た。

鷹斗と結婚。そんなことはまだピンとこないと思っていたが、彼女と話しているうちにこれだけは確かだと思えた。

「そんなの分かるわけないじゃないの。それにあなたのことなんて知らないわ」

唇を噛んでツンとそっぽを向いたその甲高い声に、低い美声が答えた。

「理由なんて簡単ですよ。中田さん」

突然割って入った声の方に、二人は顔を向ける。

すると、コットンのシャツにジャケットを羽織った男らしい姿が、庭をゆったり歩いてきた。

「き、来生さん……」

「鷹斗……」

中田がばつが悪そうに椅子から立ち上がり、後ずさりをするのを見て、さすがに動揺しているのだなと思えた。

「ミャオ」

「きゃっ、ちょっと！　このでかい猫、あなたの猫なの？　私、猫って苦手なの、どっかにやってくださらない？」

いつの間にか足元に現れたミイに、中田が怯《おび》えた声を上げる。

ミイはまるで美夕を守るように、その大きな身体をでんと構えて一歩も動く様子がない。

「ミイは僕たちの家族です。大人しい子ですから、あなたに襲い掛かったりはしませんよ」

鷹斗の宥《なだ》めるような言葉を聞いても、いかにも今すぐに引っ掻かれそうだと怯《おび》えたままで、中田はそろそろと後退する。

もう、この辺で潮時だろう。

（それに……、そんなに時間経ってたんだ）

これから素敵なお昼タイムだ。これ以上は、出張前である鷹斗の貴重な時間は潰せない。

「では、中田さん。それほど鷹斗と結婚なさりたいなら、あなたが相手としてふさわしいと思える条件を携《たずさ》えて、あなたから鷹斗に結婚を申し込むのはいかがでしょう」

「なっ、なぜ、私が、来生さんにプロポーズしなければならないのよっ？」

美夕の言葉に彼女は、「普通は女性がされるものでしょ！」と憤慨している。彼女の言葉は好都合だ。どうやらプロポーズにはそれなりの理想があるらしい。

「来生はあなたと結婚する気がなさそうですから。どうしてもあなたが来生と結婚なさりたいなら、あなたから申し込むのは当たり前じゃありません？」

「なっ」

「多分女性からプロポーズしても、来生は気にしないと思いますわ。現に私の場合も、自分からしてしまいましたし」

美夕は笑って鷹斗の瞳を見つめる。プロポーズではないが、最後の恋人にして欲しいと美夕から言ったことは確かだ。

「あんなに嬉しかったことは、生まれて初めてだったよ、子猫ちゃん」

「もう、鷹斗ったら」

悪戯《いたずら》っぽくウインクしてくる鷹斗に、今すぐ抱きつきたい。

そして美夕以上に、鷹斗は中田に容赦なかった。

「そういえば、中田さん。僕の職業をもしかして、ご存知ないのですか?」

「は?　いえ、とんでもない、もちろん存じ上げてましてよ。来生さんは、立派な建築デザイナー……あっ!」

ようやく自分の失言に気付いたらしい。

「そう、僕もしがないデザイナーですので、ね」

……一体いつから彼女との会話を聞かれていたのだろう。

鷹斗の言葉ですべてを聞かれていたらしいと悟った彼女からは、取り繕《つくろ》う言葉も出てこない。

「収入が不安定なのは僕も同じですよ。僕の会社などあなたのお父様の会社とは比べ物にならないほど規模が小さいですしね。なので、僕はとてもあなたの期待に応《こた》えられる結婚相手には、なれそうもありません」

さすがに彼にこう言われると、彼女も自分の失態を恥じたようだった。

あっさりとどめを刺した鷹斗は、美夕には蕩《とろ》けるような笑顔を向けてくる。

これ以上彼女を追い詰めるのは酷だと思った美夕は、最後にこう言った。

「中田さん、これからお昼の準備があるのでここで失礼させていただきます。そうそう、私の質問に自信を持って答えられるようになったら、いつでも来生を奪いに来て構いませんよ。譲るつもりも負けるつもりも、毛頭ありませんけどね」

「じゃあ、もう話は終わったね。それでは中田さん、申し訳ありませんが、僕は今から出張で出掛けますのでここで失礼します。ごきげんよう」

そう言って、にっこりキッパリ別れの挨拶《あいさつ》を告げると、もう彼女のことなど眼中にないとばかりに、両手を広げてくる。

「美夕、ただいま」

「おかえりなさい、鷹斗」

抱き込んでくる鷹斗を、美夕は慌てて窘《たしな》める。

「あ、お客様の前で、だめよ」

美夕の焦った言葉に、やめるどころか鷹斗は手を握って「美夕、昼にしよう」と熱い視線で見つめてくる。

隙あらば抱きしめてくる鷹斗をやんわり押し返していると、中田は恋人同士のじゃれ合いを前にして部外者は自分だということにようやく気付き、すごすごと帰っていった。

「さて、雪柳美夕さん。あなたは、しがない建築デザイナーでしかない僕と、お昼を一緒に食べて下さいますか？」

ウインク付きの悪戯《いたずら》っけたっぷりな口調に思わず、ぷっと噴き出す。

「っていうか、ずっと聞いてたわね、鷹斗の意地悪！」

聞かれてもまったく構わなかったものの、気恥ずかしいことに変わりはない。

「鷹斗のためにあそこまで……なのに助けてもくれないなんて」

肩を抱かれて家の中に促《うなが》されながらも、一応文句を言っておく。が、本気でないので笑ったままだ。

「美夕……、君のあの勇ましい対応の、一体どこに助けとやらが必要だったの？　僕の方が教えて欲しいよ」

こちらも笑いながらも呆れたように応《こた》える鷹斗に、ふふふ、と腕を絡ませる。

「僕が口を挟むチャンスなんて、まったくなかったじゃないか。……せっかくミイが、美夕の危機だとわざわざ僕を呼びに来たのに」

鷹斗の言葉に、美夕は目を見張って、そうなの？　と後ろからトコトコついてくる猫の顔を見た。

「ミイ、わざわざ、鷹斗を呼びに行ってくれたの？」

屈んで頭を撫でると、ミイはゴロゴロと喉を鳴らし、もっと褒めてと顔を持ち上げてくる。

「会社に入ってくるなんて滅多にしないんだけど……僕のオフィスのドアを引っ掻かれたよ」

ミイの大きな身体を楽々と抱き上げて、鷹斗はハアと溜息をつく。

「前にこれをやられた時は、家具の配送業者が手違いで勝手に家の庭に入った時だった。

だから、招かれざる客だとすぐ分かったんだ」

何という優秀な番犬、もとい番猫。

「えらいわ、ミイ。今日はお肉をふんぱつよ」

「そうだな、LEDライト付きの猫じゃらし、お土産《みやげ》に買ってきてあげるよ」

……ミイがその仕事に励むのも不思議ではないというほどの甘やかしぶりだ。

ついでに、鷹斗の出張前とあって、お昼を食べてから美夕までたっぷりのキスと愛情で甘やかされた。

大きなリビングソファーで、名残惜《なごりお》しそうに「もう行かなくちゃ」と三度目のセリフを繰り返したあげく、その直後、またも舌まで絡める深いキスを交わす。そしてようやく身体を離した鷹斗を、美夕は「いってらっしゃい」と玄関で見送った。

(わあ、時間がー!)

鷹斗とのしばしの別れの余韻に浸《ひた》る間もなく、夏妃との約束の時間までにシャワーを浴びなくてはと、半裸の格好でドタバタと二階に駆け上がり、急いでバスルームに飛び込んだ美夕だった。

こうして、その日はそれ以上のトラブルもなく、無事一日が過ぎていった。

けれども、ミイと晩ご飯を食べて夜一人でベッドに入ると、寂しさがどっと押し寄せてくる。

暗いベッドルームの天井を見つめていると、雨まで降ってきて……

ブルーな気分だからか、シトシトと雨音がやけに大きく聞こえた。

どれくらい時間が経ったのだろう。ざあーっと大きくなる一方の雨音をBGMに目を瞑《つぶ》っていたが全然眠れない。切ない想いを振り切るように寝返ったものの、かえって隣の温もりが恋しくなってしまった。

――声が聞きたい。

優しくおやすみと言ってくれる鷹斗の声がどうしても聞きたい。美夕は衝動的にスマホを掴《つか》んだ。

『――美夕、ちょうどよかった。僕もかけようと思ってたところだよ』

ワンコールで答えてくれたその声に、胸が締め付けられそうになる。

「鷹斗、あの……、〝おやすみなさい〟を言いたかっただけなの」

『僕もだよ、おやすみ、美夕、愛してるよ』

思わず、くらりときそうになるスマホ越しでも艶《つや》のある低い声。まるで直《じか》に耳元でささやかれたみたいに、美夕の全身が細かく震えた。

「ん、あの、おやすみなさい。鷹斗、あの、早く帰ってきてね」

『もちろんだよ、僕の子猫ちゃん。明日は飛んで帰るから、今日は早くおやすみ』

(きゃー、これが相思相愛の会話なのね、今更だけどなんか……)

惜しみなくささやかれる愛の言葉に、自分から「愛してる」と声に出すのは、なんだか照れくさくて。

スマホ越しに真っ赤になりながら、美夕はかろうじて挨拶《あいさつ》だけを返した。

次……次は、絶対に口ごもらないようにしようと、心の中で言い訳をしてしまった自分は、恋人としてはまだまだ初心者だ。スマホの通話ボタンを切った後も暗い画面をしばらく見つめて、ドキドキが収まってから枕元に置いた。冷たい枕に横になるが、今夜は……やけに目が冴《さ》えている。こんなに眠れない夜は久しぶりで、一人だとさらに大きく感じるベッドに、はあー、と重い溜息が出た。

(――早く、寝よう)

気が付くとまた自分に言い聞かせていた。

……季節は冬に向かって走っている。季節の変わり目は不安定な天候が続くこともあるから、鷹斗は大丈夫かしら、ちゃんとコートをカバンに詰めたかな? と、ちょっとしたことでも心配してしまう。

今夜は、外が雨のせいか、ミイも珍しく足元で丸まっている。目を瞑《つぶ》ったその姿から、かすかないびきが聞こえてくる。

しばらく美夕は、ちょっとの物音でも起きてしまう浅い眠りを繰り返し、ついに鷹斗の匂いのする毛布を身体に巻きつけると、ようやく眠りについたのだった。

「天井の照明はここと……ここにもいるんじゃない？」

「ああ、そうよね、ラックの手元が見えるようにしないと。美夕、ここにラックが来る予定よね？」

「ええ、ラックとディスプレイよ」

「じゃあスイッチは、この辺に設置しましょうか」

次の日の午後。美夕は夏妃と薫と共に内装の打ち合わせをしていた。

昨日は、かの女性の訪問で意表を突かれ、さらに鷹斗のいない寂しい夜を過ごしたが、今朝は何事もなく穏やかな朝を迎えた。

店舗の中で賑《にぎ》やかに改装の確認作業を進めつつ、三人は張り切って業者の見積もりや工期の予定などを話し合う。早ければ来週から店の工事に取り掛かれるらしい。店の開店準備は順調だ。いよいよ、長年の夢にリーチが掛かりついつい興奮してしまう。

鷹斗が今日出張から帰ってきたら、ぜひこのプランを見てもらおう。

弾《はず》んだ心で美夕は上の事務所にコピーを取りに行った。帰ってくると、薫がちょうど電話を終えたところだった。けれどその顔からは、さっきまでのにこやかさが消えている。

「美夕ちゃん、今ちょっと話せる？」

「はい、大丈夫です」

なぜか気遣わしげな薫と夏妃の様子に、美夕は首を捻《ひね》る。

ここを離れた五分の間に、一体何があったのだろう？

「あのね、気を落ち着かせて聞いてね。――来生が現場で怪我をしたらしくて、さっき病院に運ばれたって連絡があったの」

（嘘っ！　そんな……）

薫の言葉が耳に入った途端、頭の中が一瞬真っ白になった。

ドクンと大きく心臓が跳ねる。

動悸がして手が震えてしまい、持っていた書類を思わず落としそうになった。

夏妃が大丈夫かとそっと肩を支えてくれる。

「鷹斗は、鷹斗は無事ですかっ？」

「落ち着いて。まだちょっと分からないのだけど、頭を打ってしまったみたいで、その場で気絶して目を覚まさないそうよ。だから現場近くの病院に搬送されたの」

病院っ！

病院にはいい思い出がない。元気だった母が消えるように亡くなってしまった記憶が蘇《よみがえ》ってくる。

（しっかりするのよ、美夕）

そうだ、震えている場合ではない。

「どこの病院ですかっ？　私、あのっ……」

だが、これ以上言葉が上手く出てこない。

「今詳しい情報を取り寄せてるから。心配しないで、判明したら一緒に病院に行きましょう」

まだトクトクと大きく鳴り続ける胸を押さえて、言葉を続ける薫に集中する。

「私は来生の家族に連絡するわ。それにいったん上に戻って、この後の指示もしなくちゃならないから、美夕ちゃんは家に帰って、病院に行く準備をしててもらえる？」

「分かりました、すぐ帰ります」

「じゃあ後でね。こちらの準備が終わったら車を出すわ。家に迎えに行くから」

「はい……あの薫さん、何から何までありがとうございます」

「いいのよ、こういう時のためのビジネスパートナーなんですもの」

場の雰囲気を明るくしようと、ウインクをして二階へと向かう薫に、美夕は深く頭を下げた。

「美夕……大丈夫？　私に何か出来ることある？」

夏妃の優しい言葉に、涙が出そうになった。目頭を押さえて、大丈夫と頷く。

「ありがと、織ちゃん。あの、今から病院に行く準備をしに帰るから、ここの後片付けを任せてもいい？」

「任せなさい、店のことは私がやっておくから、心配しないでいいわよ」

よかった。この場に夏妃と薫がいてくれて、本当によかった。

頼もしい友人たちへの感謝の念でいっぱいだ。

（大丈夫よ、きっと。早く家に帰って準備をしなくちゃ）

呪文のように大丈夫と繰り返し、大きく深呼吸をする。ズキズキ痛む心を引きずりながらも、泣き出さないように顔の筋肉を引き締めた。

「ありがとう。私、自宅に戻る、何かあれば声掛けてね」

とりあえずは家に帰って支度を整えよう、そして連絡を待つのだ。

鷹斗がもし目を覚まさなかったら……

玄関の扉を開けながらそんな悪い方に考えてはダメだと、自分を叱咤《しった》するものの、いったん騒ぎ出した心臓の音は収まってはくれない。

家に帰っても、まだ落ち着かない状態だ。だが幸い美夕の理性はちゃんと働いてくれて、これだけはしておかなくてはと、自動的に動く手で鷹斗の着替えをバッグに詰めた。

だけど階下に下りて薫を待つ間、我慢出来ずそのままダイニングテーブルの上にバタンと伏せってしまった。

（大丈夫、きっと。すぐ目を覚ますに……決まってる）

泣いてはダメだ。涙を堪《こら》えても全身の神経が張っている。暗い方向に沈みがちな思考を、美夕は首をブンブンと振って頭から追い出した。

やがてピンポーンと鳴った玄関ベルに、緊張気味に荷物を抱え、ミイに留守番よろしくと伝える。

「美夕ちゃん、お待たせ。大丈夫よ、命に別条はないそうだから心配しないで。一緒に現場にいた矢野《やの》から連絡が来たわ。入院先も分かったし、ご家族も病院に向かってるはずだから」

そう力づけてくれる薫と、不安なまま落ち着かない心で他県の病院に向かった。薫が高速道路を安全運転だが飛ばしてくれたおかげで、二時間で病院の受付に駆けつけることが出来た。

ところが、病院の受付の人に申し訳なさそうに告げられる。

「ただ今、家族の方のみの面会許可になっておりまして、申し訳ありませんが一般の面会時間までお待ちいただけますか？」

（家族……そっか、ただの恋人じゃあ面会出来ないんだ……）

「あの、私、来生の婚約者なんですが、やっぱり面会はダメですか？」

気が付くと、美夕の口は自然と動いていた。

「婚約者の方でしたか……あの、ただ今確認しますので、お名前を伺ってよろしいでしょうか？」

「雪柳美夕、と申します」

受付の人は電話で誰かと話し始める。美夕たちが辛抱強く待っていると、後ろから鷹斗の声に似た、だが少し高めの声が聞こえた。

「五〇五号室の来生の身内だけど、雪柳さんはどこ？　迎えに来た」

「あ、こちらです」

振り返った美夕の目に入ったのは、鷹斗が高校生だった頃を思わせる若い男性だった。鷹斗より髪が幾分《いくぶん》黒味がかって、目つきや雰囲気に鋭い迫力がある。鷹斗が白王子なら、この男性は黒王子という感じだ。

「初めまして、鷹斗の弟の拓海です。雪柳美夕さん、ですよね？」

「はい、そうです。初めまして」

美夕が頭を下げると、拓海は大きく頷いて、受付にこの人は家族だからと告げ、薫に挨拶《あいさつ》をした。

「薫さん、久しぶり。悪いけど薫さんは連れていけないや。ここでちょっと待っててもらえる？　兄さん、ちょっと前に目を覚ましたから、多分今日中に退院出来ると思う」

（あ、よかった！　目が覚めたんだっ）

緊張していた分、全身から力が抜けていきそうになった。美夕は危うく座り込みそうになるのを、気力で堪《こら》える。

「まあ、そうなの？　来生が無事ならいいのよ」

「今、一応一通りの検査をして病室に戻ったところ。まだ結果は全部出てないんだけど、今のところ異常は見られないよ。外傷はそれこそかすり傷しかないし、絶対大したことないって」

全身へなへなと脱力しかけた美夕に気付いた拓海は、「兄さんは無事だよ」と励ますように頷いた。

「そうなのね。問題がないのならよかった。じゃあ、悪いけど、私はここを失礼するわ。来生が抜けた分仕事が溜まっちゃって忙しいのよ……ごめんね」

「ああ、それもそうだよね。こちらこそわざわざ来てもらったのに悪いね。じゃあまた今度」

病院を出る薫を見送った拓海は、美夕と一緒にエレベーターに乗った。

「雪柳さんも、悪かったな、受付にあんたのこと言っておくの忘れてた。嫌な思いさせたなら謝る」

「いいえ、そんな。私こそ、本当はまだ正式に婚約していないのに家族扱いしてくれて、本当にありがとう」

拓海も高校生の頃の鷹斗と一緒で、若いのに対応がしっかりしている……。やっぱり兄弟だ、と変なところで美夕は感心してしまった。

だけど拓海の性格は、先ほどの薫とのやりとりを見ている限り、かなりサバけた感じだ。

「何だ、兄さん。まだ婚約してないの？　何やってんだよ、まったく。トロいな」

……初対面の兄の婚約者にもこのフランクな言動。かなりサバけた、というより裏表のない性格なのかもしれない。

「あの、鷹斗さんは結婚を考えて欲しいってもう言ってくれてるから……トロいのは私なの」

「何言ってんだよ。それは、その気にさせられない兄さんのせいに決まってるじゃんか、雪柳さんのせいじゃないよ。大体十年も待ってるってこと自体、トロい証拠じゃん。その上まだモノに出来てないって超カッコわる」

「えっと……」

「まあ、あのカッコつけのことだから、雪柳さんに強引に迫って嫌われたくないんだろうけど」

拓海は呆れたように言葉を続ける。

「俺ならとりあえずモノにして、鎖付けてから仕事だね。いったん手放すなんて考えられない」

「はあ、そう……ね」

拓海の率直な言葉に驚きつつも、一応相槌《あいづち》を打つ。だがしかし、心の中ではそのコメントについてはどうだろうと考え始めた。

十年待ったと言っても、周りを全部固めてきて、美夕が逃げられないようにしてから口説いてくる鷹斗もなかなかだ……と。

まあ、人それぞれ。美夕はこの十年がなければ自分の夢を追いかけることが出来なかったし、鷹斗もそれが嫌だったから待っていたと言っていた。

――仮に拓海の言葉通り、あの卒業式の後すぐに付き合っていたら……と考えてしまう。

(もしあの時、鷹斗と高校から付き合ってたらどうなってた？　大学が違ったし、海外だし、どっちみち遠恋だよね？)

しかし、ふと、鷹斗と再会して、初めてキスを交わした時の夢中さを思い出す。

(――でも、この一日でさえ離れているのがとても辛かったのに、絶対耐えられない……)

鷹斗も言っていた。再会したら離れられない予感がしたから、自分のためにも待ったのだと。ということは、この十年は自分たちにとっては必要な期間だったのかもしれない……

「でもさ、雪柳さんには、うちの家族全員が感謝してるんだぜ」

「え？」

思いがけない拓海の言葉に、美夕は目を見張った。

「兄さんは何も言ってないだろうけど、父さんの会社の下請け会社のお嬢さんとか、露骨に兄さんのことを目の色変えて追いかけ回してる人がいてさ」

（……まさかそれって、中田さんたちのことじゃあ？）

「ほんともう、こっちの都合も考えずに家まで押しかけてくるし。父さんと長年付き合いがあるとはいえ、下請け会社なのにやたらと態度がデカいしで、母さんなんか毛嫌いしててさ」

これはもう、あの女性《ひと》に違いない。美夕の頭に、昨日家まで押しかけてきた女性の顔がぽんと浮かんだ。

「もちろん母さんだけじゃないよ。俺だって、いくら取引がある会社のお嬢さんだからって、あの女が家族になるなんてとんでもない」

身も蓋もない言い方にびっくりしている美夕を見て、本音だと拓海は頷く。

「父さんだって、家族の中でははっきり公言してる。あのお嬢さんだけは勘弁してくれって」

（……そこまで、なんだぁ……）

なんかもう、ここまで相手の家族に嫌われてるって――あの女性は一体何をしでかしたんだろう。

遠い目をしかけた美夕を、拓海の次の言葉が現実に戻した。

「だから、雪柳さん。喧嘩《けんか》とかしても、兄さんを見捨てないでやって」

「え？」

鷹斗を見捨てるなんて思ってもいなかったので、思わず噴き出しそうになる。

美夕は慌てて頬の筋肉を引き締めた。それでもかすかに笑った顔で兄思いの弟に約束する。

「大丈夫よ。たとえ鷹斗さんがこのままずっと目を覚まさなかったとしても、ずっと、それこそ何十年経っても看病してあげたいくらいだから、そんなことにはならないわ」

言い終わった時には五〇五号室のドアが目の前にあった。拓海の先導で病室に入ると、鷹斗はすぐに手を広げて美夕を呼んだ。

「美夕、会いたかった……こっちにおいで」

恋しくて会いたくて仕方なかった愛しい人が、両手を広げて待っている。

そのいつもと変わらない笑顔に、よかった、本当によかった――と安堵感がどっと押し寄せた。

今すぐ鷹斗の胸に飛び込んでいきたい。が、病室には鷹斗の家族もいて、笑みを浮かべてこちらを見ている。

美夕は鷹斗の両親に頭を下げて挨拶《あいさつ》をしてから、鷹斗の側に近寄った。

鷹斗はがっしり美夕を抱き締め、ベッドに腰掛けさせると髪にキスしてくる。

(鷹斗っ!? いきなり、家族の前でなんてことをっ)

焦って真っ赤になってしまう。

ちらっと来生家の面々の方へ視線をやると、みんな和《なご》やかに当たり前のようにおしゃべりしていた。

(息子さん、病室でこんなことしてるんですけど……これって、来生家ではデフォなの!?)

そのまま唇にキスまでされそうになり慌てて身体を離すと、鷹斗は残念そうに小さく舌打ちした。

「鷹斗、身体の具合は?」

「問題ないよ。そんなことより、父さんたち邪魔! 美夕が恥ずかしがって、触らせてくれないじゃないか、ちょっと病室出ててよ」

(きゃあ、なんてことを家族に!?)

離さないとばかりにまた手を伸ばしてくる鷹斗の言い分に、びっくりしてしまう。

「鷹斗、そんな言い方……みんな心配して、お見舞いに来てくれているのに」

咄嗟《とっさ》にフォローしたが、次の来生家の返事を聞いて一気に脱力した。

「まあ、気が付かなくってごめんなさい、すぐに出るわ。ほら、あなた」

「おお、そうだな、一時間ぐらいでいいか？　鍵かけた方がいいんじゃないかね」

「兄さん、もうすぐ血液検査の結果が出るってよ。ベッドも脆《もろ》そうだし、結果次第でさっさと退院してから家でいちゃつけば？」

（えっ、あの、誰も止めないの？　来生父も一時間と鍵って、一体何を期待して⁉　拓海くんも何でベッドの脆《もろ》さを気にするのよ！）

「そうか、じゃあ十分だけでいい、外出て。その間に検査の結果が出てＯＫだったら、退院出来るか聞いてみてくれる？」

「効率がいいな。よし、じゃあ待ってろ」

「じゃあ、美夕さん、後でね。鷹斗をよろしく」

家族がゾロゾロ出て行くのを呆気にとられて見ている美夕の前で、拓海はコソッと鷹斗に聞いてきた。

「兄さん、ゴムいる？」

「いや、僕は使わない」

（こ、こ、こらあ！　なんてこと、弟にバラすんだ！）

美夕はたちまち真っ赤になった。

「さすがだね、兄さん。孕《はら》ましちゃえば結婚に持ってくの楽勝だってか」

「いいからさっさと出ろ」

茹《ゆ》でダコ状態の美夕を尻目に、拓海は病室を出て行く。

嵐のように家族が去って、ドアがバタンと閉まると同時に、鷹斗がグイッと美夕を引き寄せた。

きゃあ、とベッドに倒れ込んだ美夕に荒々しく口づけをしてくる。

(ちょ、ちょっと待って、ここ病院！　ここ病室！)

目を白黒させてパニック状態の美夕に構わず、セーターの裾から大きな手が入り込み、ブラを押しのけて胸を掴《つか》んでくる。耳をかじりながら、ふっと熱い息を美夕の耳たぶに吹きかけて、乳首を弄《いじ》りながら胸を揉みしだく。

「ぁっ、ち、ちょっと……まっ」

待って、と言いかけた唇を素早く塞《ふさ》がれた。

「ああ、寂しかったよ。僕の子猫ちゃん」

「鷹斗ったら、たったの一晩じゃない……」

と言いつつも、本当はものすごく寂しかったので、言い返す美夕の声は揺れていた。

服の下でいまだ素肌を撫で回してくる鷹斗に「そんなに、したら……や」と言って俯《うつむ》くが、やがて素直に「私も」とその頭を抱き寄せる。

「やっぱり離れるのはもう駄目だな。僕が我慢出来ない。今度から出張は、美夕をカバンに詰めていくことにする」

（いや、それ絶対無理だから！　あっ、こら、どこ触って……）

「んっ……」

スカートの中にいつの間にか手が潜《もぐ》り込んでいて、ショーツの上から荒々しく秘所をさすられた。

「ひゃぁ……ゃ……」

長い指がショーツの端を潜《もぐ》り、蜜が溢《あふ》れてきた秘所に中指がくぷっと侵入してくる。

「ふ、ぁん、ダメ……ここ病室」

「ほら黙って、気持ち良くなって」

そんな耳の側でささやかれたら、途端に身体から力が抜けてしまう。腰の奥が疼《うず》いて、身体が濡れてくるのが分かる。

「あぁ……ん、ん、ん」

唇を塞《ふさ》がれると同時に舌を差し入れられ、美夕の中を長い指が掻き回してくる。硬くツンと尖《とが》ってきた胸をもう一方の手で摘まれると、否応なしに上半身が揺れる。

最初に抱かれた夜からまだ数回抱かれただけなのに、与えられる快楽にすっかり弱くなってしまった身体は、鷹斗の愛撫に柔らかく蕩《とろ》けていく。自然と鷹斗が手を動かしやすいように、無意識に太ももを広げていた。

「ふっ……、ぁっ……たか、と……」

「ああ、僕も寂しかったよ、美夕……」

（ち、違う……そうじゃなくて）

「こ、こんな……ところで、ダメだっ……たら、ぁ、ぁん」

理性は、ここは病院！　と言っているのに、身体は全然言うことを聞いてくれない。寂しがり屋の身体は鷹斗の手の動きですっかり熱くなってしまい、もっと続きをと欲しがる。

「うん、やめるよ。美夕をちゃんと可愛がったら、ね」

美夕の抗議の声も喘《あえ》ぎ声に近くて、一晩恋人に会えなかっただけで暴走が止まらない鷹斗には説得力がなかった。

「っぁ、だ、だけど……や、ぁ……ん～」

声を上げるたびに、ますます胸は揉みしだかれ、下から長い指で弄《いじ》られる蜜の音がじゅくじゅくと大きくなる。病室には二人だけ……とはいえ、誰かが廊下を歩く気配はひっきりなしに感じられて、美夕の耳には甘い蜜音がやけに大きく聞こえてしまう。

「美夕、寂しかったって言って。僕が欲しかったって、その可愛い口から聞きたい」

「っ……も、もう、たか……と、ったた……らぁ」

耳まで真っ赤に染めながらも「寂、し……かった、たかと、が……い、なくっ……て……」と答えたら、最後まで待たずに鷹斗は耳たぶを嬲《なぶ》ってきた。

「ダ、ダメ、っだった……らぁ……っん」

耳が弱い美夕はひとたまりもない。濡らされた柔らかい肌を甘噛みされて、「美夕、可愛い」と低く甘く告げられると、身体がその甘美な旋律にふるふると戦慄《わなな》く。

「今の、ダメって、最高に可愛い声だった……」

鷹斗の親指が、膨らんでひくつく花びらの付け根を強く押さえる。

「分かったんだ。美夕のダメは〝気持ちいい〟なんだね……」

「や、ソコは……ダメだった……らぁっ……」

そのまま揺すぶられ、思わず中に入り込んだ鷹斗の指をきゅうっと締め付けてしまった。侵入した指は美夕の締め付けを喜ぶように、さらに内壁を擦《こす》ってくる。耳の側で聞こえる鷹斗の呼吸が心なしか荒くなった。

「美夕、イッて、僕の指で気持ち良くなって……」

内部を擦《こす》る動きが一定のリズムを持って美夕の身体を揺さぶる。優しくささやく声には有無を言わさない強引さがにじみ出ているのに、なぜか美夕の心はさらに昂《たかぶ》ってそのまま高みに導《みちび》かれていく。

こんな真っ昼間の病院で、と自制する頭の中の声はもう、完全に蕩《とろ》ける身体に溶かされていた。敏感に感じるスポットを弄《いじ》られ続け、胸を揉まれた美夕は、あっという間に大きくのけぞり身体を震わせた。喉から漏れる声をすべて鷹斗の唇に吸い取られ、震える身体を抱きしめられた状態で、快感が身体中を駆け抜ける。

足の指に力が入り、鷹斗の手に秘所を擦《こす》り付けて、んんっ、と呆気なくイってしまった――……。

涙目で頬がバラ色に染まり、全身を火照《ほて》らせて息を整える美夕を、鷹斗は頬ずりをして固く抱きしめた。

「ああ、僕の子猫ちゃん、早く退院して君を抱きたいよ」

ゼイゼイと荒い息が収まらない美夕は、身体を震わせながら精一杯の声で叫んだ。

「鷹斗！　なんてことするのよ。鍵もかかってないのに、誰か入ってきたら……」

「どうにもしないさ、見せつけて追っ払うだけだ」

鷹斗が平然として答えた時、ノックの音がしてナースが入ってきた。

にこやかに「来生さん、お加減は」と言いながら病室に入ってきた若いナースは、鷹斗に抱かれたままの美夕を見て顔を引きつらせた。その口から飛び出した「家族の方以外は……」という注意の言葉を遮《さえぎ》って、低い美声が宣言した。

「この人は僕の婚約者だから」

「おーい鷹斗、結果ＯＫだって。退院許可出たぞ」

ニッコリ答える鷹斗と同時に、来生家の人たちが、書類を持った優しそうな年配のナースと共に入ってくる。

笑顔の年配のナースは、部屋にいた若いナースを見た途端そのこめかみを引きつらせた。

「馬渕《まぶち》さん、あなたこんなところで何してるの？　交代時間はとっくに過ぎたでしょう」

年配のナースに注意されたナースは付け睫毛《まつげ》をパチパチとさせ、「すみませーん」と言いながら部屋を出て行く。

「もう、この頃の若い子は、すみませんねえ、来生さん。はい、これに記入お願いしますね」

それが終わったら退院していいと言い残して、ナースは部屋を去っていった。

「あのナース、また来たのか。懲りないな」

「ああ、さっさと退院するよ」

呆れたような拓海の言葉に鷹斗も眉を寄せている。

「セクハラもいいとこだよな。動けない兄さんに、露骨にベタベタ触ってくるんだから」

同情するような拓海の視線に鷹斗は苦笑いだ。

「鷹斗、悪いこと言わないから、早く美夕さんと結婚してしまいなさい。ねえ、美夕さんもそう思うでしょ？」

ここぞとばかりに、鷹斗の母親が美夕に一歩近づいて同意を求める。

「それもそうだ。鷹斗、結婚式の費用は出してやるぞ」

父親の方もウンウンと大きく頷いている。

「大丈夫だよ、兄さん。さっき雪柳さん、受付で婚約者って自分から名乗ったらしいぜ。よかったじゃん、そのまま押し倒せ……じゃなかった、押しまくれ」

（ぎゃー、今度は家族総出で攻撃しかけてきた！　どうなってるの、この家族っ）

拓海のあからさまな表現に驚いて、言葉も出ない。

「そうか、美夕、やっと結婚してくれる気になったんだね、嬉しいよ。指輪はいつ出来るか分かる？」

なのに鷹斗のあまりにも嬉しそうな笑顔に、美夕は戸惑いも忘れ反射的に答えていた。

「あ、今日聞いたら、多分来週中に出来るって」

工房のおじさんに自分の指輪だとバラしたら、最優先で仕上げてやる、と言われた。

だけどここはきちんと言っておかないと、このままでは押し流されてしまう。

「でも鷹斗、やっと、って言うけど、まだそんなに経ってないじゃない」

そんなにどころか、結婚を考えてくれと言われてからまだ数日しか経ってない……

「何言ってるんだ、高校の時から十年だぞ。十分〝やっと〟だ！」

（えっ!?　それはまあ、高校の時から数えたらそうかもしれないけど……）

だが実際は、自分たちは一ヶ月ほど前にやっと二回目の会話を交わしたばっかりだ。

確かに、先日のパーティで、来生家には高校の時に付き合っていたとデッチ上げた話を披露してはいるが。

この人たちが鷹斗の話を丸々信じているなら、自分たちの話はまさに感動モノの純愛ストーリーだ。本当は鷹斗の執念の十年愛だが……

（どっちにしても長年待った上で迎えに来てくれたんだから、鷹斗にしたら十分〝やっと〟なのかな……）

美夕がぼんやりそんなことを考えているうちに、婚約指輪の話で周りは盛り上がっていたらしい。

「まあ、それはおめでたいわ、婚約祝いに、今日はどこかに食べに行きましょ」

「そうだなー、じゃあ料亭でも……」

「いや、俺はイタリアンが」

なんか勝手に盛り上がってきた来生家に、皆さん、お仕事は？　と突っ込む気にもなれず、そのまま夕食を奢《おご》られる運びとなったのだった。

エピローグ　～今日も猫は愛《め》でられる～

「せーのっ、スイッチオン！」

威勢の良い薫の掛け声で、改装が終わった店舗の明かりが一斉についた。

「わあっ！　すごい――」

「なかなかいい出来じゃない？　私たちの店ってば」

鷹斗が退院して一ヶ月が経った今日、美夕と夏妃の店がめでたく完成となった。

「なんか私たちまでワクワクするわね、来生」

「そうだね、薫さん」

パンツルックのスーツで決めた薫が、はしゃいで鷹斗の背中をバンバンと叩いているが、いつもは大げさに顔をしかめてみせる鷹斗も、和《なご》やかに微笑んでいた。

暖かな色のダウンライトに照らされた広い店内には、夏妃の服のラックだけでなく、美夕のジュエリーを置く展示棚やディスプレイ引き出しも造り付けてある。あとは商品を並べるだけで準備ＯＫなので、クリスマス商戦にギリギリ滑り込みセーフで開店を迎えることが出来そうだ。

美夕と夏妃は、自分の店を持つという夢を実現させてくれた鷹斗と薫に感謝の気持ちを込めて、丁寧に頭を下げた。まずは夏妃が代表してお礼を述べる。

「店舗の完成という今日を迎えられたのも、ひとえに緑ヶ丘さんと来生先輩のおかげです。お二人のご尽力なしでは、ここまで早く開店に漕ぎつけることは出来ませんでした。本当にありがとうございます」

美夕も目頭を熱くして続ける。

「薫さん、鷹斗、それにオフィスの方たちにも、言葉で尽くせないほど感謝してるわ。本当にありがとう」

鷹斗も薫も気にしないでと笑うが、美夕の気持ちはその日のお礼だけでは到底収まらなかった。次の日目覚めた途端ウキウキと心が浮き立ち、鷹斗に改めてお礼を述べた。

そんな美夕を鷹斗は甘さを含んだ瞳で見つめ、頭を優しく撫でてくる。

「じゃあ、そうだな……その感謝の気持ち、行動で示してくれる？　僕の言うコト何でも聞く？」

なんだか穏やかでないリクエストにも、まあ一回だけなら、と承知したのが運の尽きだった。

「よし。じゃあ、これをつけて。今日は僕と家で過ごそう」

ガッツポーズの後、そう言って鷹斗が取り出したのは、猫耳に可愛いエプロンだったのだ……

(ええっ、どこにそんなものしまってたの!?)

「薫さんオススメの一品だよ。ほんとあの人、可愛いもの好きだよな」

まるで美夕の心を読んだように鷹斗は教えてくれる。まさかとは思うが、これをつけたままで一緒に過ごせと……

薫は女性の格好をしてはいるが、ごく普通の男性だ。

聞いたところによると、大学時代の知り合いにコンペで『顔で仕事を取ってきている』と嫌味を言われたことが、女装のきっかけになったらしい。

仕事にプライドを持っていた彼は、根拠のない当て付けに猛烈に反発した。見かけで判断されてたまるか、と思ったはいいが、顧客に会うのにいい加減な格好は出来ない。ならいっそのこと……と女装してみたら、いっぺんでハマったらしい。ある日突然カツラをかぶってメイクを施《ほどこ》し、しゃなりと出社した薫は、最初オフィスの人間から客だと思われた。だが、鷹斗は『おはよう、薫さん。どうしたの、その格好』と平然と挨拶《あいさつ》したらしい。

今のところ、顧客の誰も見抜けないこの変装(?)は、バレエをやっていたおかげかとても板についている。その上、元々整った綺麗すぎる容姿の弊害もなく営業が上手くいくと、そのまま女装で過ごしている。基本は仕事のためなら苦労を厭《いと》わない、仕事の鬼だそうだ。

それはさておき、やけに精巧に作られた可愛い猫耳と、尻尾付きのエプロンを受け取った美夕は、親切にしてもらっている薫からのプレゼントだと言われると、複雑な気持ちながらもしぶしぶベッドを出た。

だが……いくら何でも、これは恥ずかしすぎる……。

「鷹斗～、これ、どうしても着替えなくちゃ、ダメ？」

手に持ったそれを何とも言えない気持ちで、何度も見てしまう。

「ダメ。何でも言うこと聞くって言ったの、美夕だよね。約束破るのかい？」

（ううっ、でもまさか、こんなコトさせられるなんて思わなかった……）

仕方ない、約束してしまったものは……と服を探しにワードローブのある部屋へ行こうとすると、鷹斗にガシッと引き止められた。

「鷹斗？　どうしたの……？」

「どこに行くの？」

「えっ、だから着替えて、あのエプロンとかつけるんだよね？」

「何言ってるの。着るのは、あのエプロンと耳だけだよ。子猫ちゃん」

「は？　ええっ、下に何もつけないってコト？　ショーツもブラもなし？」

「なし、もちろん、なし。決まってるじゃないか」

艶《つや》のある声が堂々と答えてくる。

（そんなの、誰が決めたの⁉）

もちろん、鷹斗だ。期待感で目をキラキラさせて美夕を見ている。

「鷹斗の変態！　こんなの服じゃないじゃない。第一寒いわよ、この季節に！」

「大丈夫だよ。この家はセントラルヒーティングだから。この日のためにちゃんと風邪をひかないよう設計してある。それにこれは、正式名称まである立派な服だよ」

「裸エプロンのどこが、正式名称よ！」

「何を言うんだ、立派な男のロマンだよ。さあ、これもつけてみて」

声優ばりの美声で説得されても、その大きな手に握られているのは可愛らしい猫耳だ。信じられない。

（……前から思ってたんだけど、この家の設計基準って、もしや鷹斗の願望の集大成？）

ベッドルームは防音壁だし、専用のバスルームも湯船も二人が楽々入れる大きさの特別注文。

頭に浮かんできたこの考えが正しいかどうか一度聞いてみたいが、答えはもう決まっているような気がしてきた……。

遠い目をする美夕の髪に、鷹斗の手が優しく触れてくる。

ひょい、と猫耳をつけられ、昨日も鷹斗に抱かれて裸のままだった美夕は、全身真っ赤になった。

（こ、こ、こんなの、どうして私が……）

「ああ、やっぱり！　すごく似合ってる、子猫ちゃん」

「あんっ……」

そのままベッドまで担ぎ運ばれ、ポンと裸のまま放られると、スプリングの利いたベッドは勢いよく弾《はず》んだ。鷹斗は穿《は》いていたトランクスをさっさと脱いで、欲情した熱く鋭い目で美夕を見つめる。あっ、と無意識に擦《こす》り合わせた太ももからクチュ、と溢《あふ》れた蜜が濡れた音を立てる。

（嘘！　私ってば、もう濡れちゃった……）

その音を耳聡《みみざと》く聞きつけた鷹斗がフッと笑った。

「美夕も気に入ってくれたんだね、このプレゼント」

「違う！　これは、その……鷹斗が……」

「僕が？　なんだい？」

「だから、その、鷹斗が裸になったから……」

服を着ている時はストイックな感じがする王子様だが、一皮剥《む》けば情熱的な逞《たくま》しい身体が晒《さら》される。

「ダメだよ……そんなに煽《あお》っちゃ、手加減出来ない。まあ、今日は休みだし、いいよね……」

（……ねえ、何が、「いいよね」なの……）

まさか、また何かいけないスイッチを押してしまったのでは……？

聞くのも遠慮してしまう言葉を呑み込むと、あっという間に太ももに温かい手がかかり、思い切り大きく広げられた。

「や、こんな朝から、何するの！」

「そんなの、美夕を可愛がるに決まってるじゃないか」

答えなど求めていないのに、律儀に堂々と返される。

「ダメ、鷹斗、明るい！見えちゃう、全部見えちゃう」

「だから、いいんじゃないか。ん、可愛い、もうこんなに溢《あふ》れてる」

……だから、何がいいのだろう。

「ミイが、もうすぐミイがご飯強請《ねだ》りに来る！」

焦った美夕は必死に抗うが、残念なことに組み敷かれたまま真っ赤になっているため、本気で嫌がっているわけではないことは鷹斗にバレバレであった。

「大丈夫、昨日の夜たっぷり、餌《えさ》やり機にご飯入れといたから」

鷹斗は「ミイは邪魔しないよ」と優しく微笑むと、その拍子にしなやかなその身体の筋肉が引き締まった。

——これはダメだ、黒王子へと完全にスイッチオン状態だ。

「あ……んっんっ」

ベッドの端に身体を引き寄せ、がっしり太ももを押さえてきたと思ったら、熱くて濡れた鷹斗の舌がその裏をねっとり舐め始めた。チリッとかすかな痛みが敏感な肌に走る。

（あっ、また痕《あと》つけられた……）

「やっ、あんっ、ダメったら、鷹斗……」

濡れた秘所に熱い息を吹きかけられて、ふるふると身体が震える。

すると、「そんな可愛いこと言われたら、張り切っちゃうよ」と、こちらを見つめてくる熱い目線がさらに甘さを増した。初めのうちは美夕の〝ダメ〟という言葉に遠慮していた鷹斗も、この頃はどうやら口癖のようなものだと、完全に流すようになってしまった。

それに、美夕の喘《あえ》ぎ声が常に喜悦が混じった甘いものであるのも一因なのだろう。

（ダメじゃない、ないけど……）

時々感じすぎて、意識がぼうっとなってしまう。

大好きだから、愛してるから、鷹斗が欲しがってくれるのはとても嬉しい。

だけど美夕はいまだに、ほんのちょっぴり気恥ずかしいのだ。チュッと口づけられ、柔らかい舌で花びらをこじ開けられると、クチュと音を立てて温かい液体が太ももを伝って流れ出るのを感じる。

「まだ、残ってる……」

掠《かす》れた美声でそんなことを指摘されると、心の中ででもシーツを頭からかぶりたくなる。昨夜散々愛された愛の証《あかし》はいまだ中に残っている。注ぎ込まれた情熱の残滓《ざんし》を、鷹斗は丁寧に指で掻き出し始めた。クチュン、ちゅくと濡れた粘膜と指が滑る音が——耳を塞《ふさ》ぎたくなるような淫《みだ》らな音が、やけに大きくベッドルームに響く。

「……や……んん、こんなの……鷹斗、めちゃくちゃ恥ずかしいから……」

次々と垂れてくる温かい液体を掻き出す鷹斗の指が、微妙に感じるところに触れてきて。ひゃあ、そこは……と思った途端に、うねり出した膣中で強く指を擦《こす》られる。

(わざと！　わざとよね、これ——)

上部で膨らんだ真珠のような粒を舐め上げられると、大きな喘《あえ》ぎ声が自然と漏れた。

「あ……ぁ……っ」

「キモチいい？」

「はっ……あっ……」

(そんなの……もう丸分かりじゃ——)

とは思うものの、でも、こんな鷹斗も大好き……と勝手に気持ちが昂《たかぶ》って、目尻が甘く濡れてくる。

「もうダメ……ほんとだめ……あぁぁ――！」

太ももがビクンビクンと大きく痙攣《けいれん》すると、蜜が後から後から溢《あふ》れてくる……恥ずかしいほど感じすぎている。そんな証《あかし》が露骨に溢《あふ》れ出し、隠せない。

いやあ、と心の中で身悶《みもだ》えしていると、いつの間にか身体がひっくり返され、後ろ向きに大きく腰を持ち上げられていた。その体勢のまま、鷹斗がゆっくり入ってくる。

「ん……ぅ……あっ」

「美夕の背中って、ほんと綺麗だ。何度見てもソソられる……」

鷹斗の艶《つや》のある声が背中をくすぐる。背骨に沿ってそうっとなぞってくる鷹斗の長く温かい指に、身体が戦慄《わなな》いた。

鷹斗は屈んで美夕の髪を一筋すくう。その時、うなじを柔らかい毛先が触れ、「やん、こそばゆい」と訴えたら、愛《め》でるように猫耳に触れてくる。

「可愛いな、子猫ちゃん……」

「耳元でささやいちゃ、また……」

びくんと背中が震えて、鷹斗をキュウと締め付けてしまったのが分かる。

「っ……美夕……っ」

ずん、といっそう深く突かれてそのまま激しい抽送が始まった。

「はぁ……っん……熱い……鷹斗……」

激しく突かれて腕が体重を支えきれず、ベッドに伏せてしまう。すると、後ろから抱き抱えられ、身体を軽々と持ち上げられた。上半身が起き上がったところを、巻きついた逞《たくま》しい腕が支えつつ胸の突起を摘まんでくる。あ、とそこから芯が通ったようにじんとくる疼《うず》きが生まれて、背中を甘い震えが突き抜けた。美夕の身体が一気に火照《ほて》る。

「あぁっ、んっ……っんん」

「ほんと、色っぽくて可愛い」

ズンと身体の奥まで深く突き刺さるように鷹斗は突き上げてくる。

「あっ、あっ、あっ」

こんな体勢で身体を上下させると、余計に深く感じてしまう。

「まだまだ、足りないよ」

(……足りないって、一体何が……？)

ぼうっとした頭に疑問が浮かんだ途端、「美夕、何が欲しいか、言って？」と耳を甘噛みされた。ビクゥと背中に甘美な痙攣《けいれん》が走る。すると鷹斗は、今度は強請《ねだ》るように緩《ゆる》く身体を揺さぶり始めた。うなじを舐めながらのその緩慢《かんまん》な腰の動きは巧妙で、いいところを通過するたびに硬いモノで擦《こす》られる。

「や、あぅ、なんで……？」

何で、こんなに意地悪なの——後ろから拘束されたまま、煽《あお》るようなスローテンポで弱めの甘い刺激が、連続で襲ってくる。

「聞きたいから。美夕が僕を欲しがってくれる言葉を聞きたい」

そう言いながら、少し強めに穿《うが》たれると……もうダメだ。

「強く……もっと……」

「何を？」

「だか、ら、鷹斗……を、もっとちゃんと……」

もどかしい動きに、促《うなが》すように自分で身体を揺らしてみる。すると今度は胸を柔らかく揉みしだかれ、熱い吐息が耳に吹き込まれた。

「僕が欲しいかい？　子猫ちゃん……？」

「――お願い、鷹斗が欲しい、の……」

呟《つぶや》いた瞬間、身体を仰向《あおむ》けにひっくり返された。

熱い目をした鷹斗と目が合う。

「もう一度、僕の目を見て、もう一度言って？」

硬い屹立《きつりつ》を蜜口にくちゅくちゅと擦《す》り付けてくる。なのにそれ以上は、わざと入れてこない。

「やだ……キちゃう……ぁんん、だめ……」

「僕が欲しい？」

「欲しい、欲しいの、お願い……」

「いいよ、イって、美夕……」

抗いがたい声で耳をくすぐられ、じんじんと疼《うず》く真珠の粒を、熱くて硬い鷹斗でグリグリと擦《こす》られた。焦《じ》らされて限界だった身体は、一気に上《のぼ》り詰める。たまらず痙攣《けいれん》してひくつく中に、再びわざとゆっくり鷹斗が入ってくると、甘い痺《しび》れが止まらない
「あぁ……、そっとして」

こんな感じまくっているところに強い刺激を与えられたらたまらない、と思わず懇願した。収まりきった鷹斗をきゅうきゅうと締め付ける。

「っ……美夕、そんなに煽《あお》ったら」

いけない子だね、と熱い吐息が胸元にかかり、ピンと立つ突起を軽く舐められる。そして温かく濡れた舌で、ぺろぺろ舐められ続けた。まるで羽毛でくすぐられているみたいな感覚に、先端から全身へとずくんと疼《うず》く。さっきは、イッている時にさらに突き上げられたら身体が感じすぎてしまうと思った。なのに、沈めた腰をいつまでもトロトロの蜜に浸《ひた》したまま、こんな風に延々とウズウズする胸を舐められては……

焦《じ》れったい。追い詰められる熱で美夕の身体は悶《もだ》え、捩《よじ》れそうになる。

「やっ、もう、もっと……」

「どうして欲しい、美夕？」

もう本当に恥ずかしいけど、身体の疼《うず》きはひどくなる一方で。

「お願い、鷹斗……もっと深く、もっと強く——」

「強く、何だい？　子猫ちゃん」

敏感に尖《とが》った突起を唇で柔らかく食《は》んでは、ゆるゆると吸われる。甘やかな刺激で、中から蜜がとろとろ流れ出る。けど、足りない。感覚が過敏になっている身体には、全然物足りない。もっと強い刺激が、今すぐ欲しい。

「っ……強く吸って、もっと激しく動いて」

唇を震わせながら恥ずかしいお願いを口にしたら、硬くなった突起をちゅううと強く吸われた。瞬間、全身に快感の電流が走り抜ける。

「はぁあっ……」

「その格好で強請《ねだ》られると……たまらない……」

興奮で掠《かす》れた低い声が、耳に入ってくる。身体中が溶けてしまいそう。美夕の全身に甘美な痙攣《けいれん》が走った。

鷹斗はその甘い締め付けがよほどいいのか、グッと堪《こら》えている。波をやり過ごして安堵の息を吐くと、美夕の唇から漏れる甘い吐息を奪い、唇を重ねた。

鷹斗と一つに繋《つな》がったままのキスは……どうしてこんなに気持ちがいいのだろう。鷹斗の愛情に包まれている。そんなふわふわした恍惚感《こうこつかん》で身体が蕩《とろ》けていく。ん……

と唇を食《は》み、舌を絡め合わせると、それだけで快感が押し上げられ今度こそトロントロンに溶ける。

「美夕、君がたまらなく欲しいよ」

いったん唇を解くと、鷹斗の蕩《とろ》けそうな甘い眼差しがさらに熱を帯びてくる。大きな手は美夕の左手を取り口元に寄せ、その指に嵌《は》められたキラキラ輝く指輪にそっと口づけを落とした。

「早く、僕だけのものになって」

「とっくに、鷹斗のものよ……好きよ、愛してるわ……」

吐息と共に小さく呟《つぶや》いたら、再び深いキス。続いて甘噛みまでされて、力強く一気に貫かれた。

「あぁぁっ……」

その首にしがみつきながら甘い喘《あえ》ぎ声が喉から溢《あふ》れた。

存分に味わい尽くすような激しく力強い突き上げに身体が揺れる。鷹斗はもう我慢出来ないとばかりに腰をグリグリ回しては奥を抉《えぐ》ってくる。

「美夕、美夕……」

その呼びかけに応《こた》えるように恍惚《こうこつ》とした悦《よろこ》びの叫びを上げると、その抽送は速くなる一方で。さすがにもう余裕がないのか、鷹斗はその動きを途中で止めることはなかった。

「っ……鷹斗っ……」

身体に溜まる甘い疼《うず》きを追い上げるような、そんな激しい突き上げで、頭の中が痺《しび》れ真っ白になる。もうダメと、背中を反らした身体にドクッドクッと熱い精が流れ込んでくる。

「あぁあっ――熱い………」

身体の奥が熱く濡らされる感覚。それを強く意識した途端、再び背中が反って腰に力が入ってしまった。

「くっ……また」

注がれたものが溢《あふ》れ出し、シーツを濡らしていく。

鷹斗はいつまでもきつく腕を回したまま、美夕を離さない。美夕はその身体にゼエゼエと荒い息を吐きながらも、甘えるようにもたれ掛かって顔を擦り寄せた。

「美夕、愛してるよ」

「鷹斗、愛してる」

息苦しい吐息と共に素直に出た言葉に、自分で言って自分で照れてしまう。

(ああ、ほんと私、鷹斗が大好き……こんな格好させられても、やっぱり好き……)

溢《あふ》れる気持ちは、いつまでも冷めることのない熱を伴う。この温もりをいつまでも感じていたい。

戯《たわむ》れるように擦《す》り寄る美夕に、鷹斗は熱くささやいた。

「子猫ちゃん、まだエプロンが残ってるからね」

（あぁっ！　そうだった。猫耳しかまだつけてない……）

改めて猫耳をつけた自身の裸の格好を見下ろしてから、思わず両手で胸を隠してしまう。

「楽しみだなぁ、美夕の裸エプロン。着けるのも脱がせるのも、全部僕がやってあげる」

「へ？　でも、さっきもそう言って耳つけた途端、襲ってきたじゃ……」

この後のお約束の展開が予想出来て、サアーと青くなってベッドの端に避難し始めた美夕に、鷹斗はジリジリと迫る。

「今日は休みだし、たっぷり時間はあるよ」

それは一体、何の時間ですか!?

ここで美夕はようやく、昨夜から部屋を一歩も出ていないことに思い当たった。

それになんだか、お腹も減ってきた……

そこでふと、気が付いてしまう。

鷹斗自慢のバスルーム完備で至れり尽くせりのこの広いベッドルームは、食べ物さえあれば、何日でも篭《こも》っていられることに。

（……私、今日はココから出してもらえるんだろうか……？）

情けない顔を見せてしまう美夕に、鷹斗は優しく笑ってゆっくり口づけると、唇を耳元に寄せ、低く甘い独特の艶《つや》のある声でささやいた。

「子猫ちゃん、逃がさないよ。さあ、キスの続きを始めよう……」

そして、まるで誓いのように想いのこもったささやきとキスを、もう一度その唇に落としたのだった。

十年越しの愛の行方

今日も夜になって雨が降ってきた。

この時期の雨はそのうち粉雪になるかもしれない。暗闇の中でしとしと降る雨の音を聞きながら、鷹斗は自分の隣でスヤスヤ寝ている美夕の寝顔を眺めて幸福を噛み締める。

胸に置かれた手の薬指にキラリと光る特注の指輪を見て、湧き上がる興奮を抑えるべく鷹斗は小さく息を吐き出した。

美夕が起きないように、そうっとその手を取り、心を込めて指輪にキスをする。

一般的な指輪より輪がしっかりした造りの、ちょっと変わったデザインの指輪は、美夕の細い指でよく目立ち、鷹斗は大満足だ。

この指輪を工房から引き取った日は、感動と共に震える声で愛の言葉をささやき、美夕の指に嬉々としてこれを嵌《は》めた。その後は、自分の薬指にぴったり嵌《は》まった指輪を見て目を潤《うる》ませている美夕を、そのままベッドルームにお持ち帰りするのも忘れなかった。

「鷹斗！　こんな、まだ明るいうちから、何するの！」と抗議する甘い口を唇で塞《ふさ》ぎ、優しく押し倒して散々可愛い声で啼《な》いてもらった。もう仕事も大体片付いた夕方だったし、次の日が土曜だったのは偶然だが、まあ、それでなくても絶対我慢出来なかったと思う。

なにせ高校の時から、周到に準備を始めていた恋が実ったのだ。本願成就に心は躍った。

美夕には話していないが、美夕を初めて知ったのは、帝星高校の男子間で密かに回された不可侵リストに名前が載っていたから……ではない。

美夕がリストに載ることは初めから分かっていた。なぜなら、自分があの年のリストに美夕を載せたからだ。

そう、鷹斗が美夕に最初に出会ったのはそれよりもっと前のこと――美夕が受験で帝星を訪れた時だった。今思えば……本当に偶然の出会いだった。

◆◇◆

当時受験生の案内役の一人だった鷹斗は、その年の受験生たちが受験の真っ最中にもかかわらず、可愛い子がいたと浮き立った様子でしゃべっていたのを耳にした。

（おいおい、受験そっちのけで女の噂かよ。今年の受験生は余裕だね。帝星、そんなに

甘くないぞ）

いつも女生徒の黄色い悲鳴に囲まれ、うんざりしていた鷹斗は、受験日に女の話なぞしている中学生たちを呆れた目で見ていた。

そして、休憩に入って他の案内役と合流した時、ふとこのことが話題になったのだ。案内役の男子生徒まで、同じ女の子の噂を聞いてわざわざチェックしていたらしい。

「マジで可愛かった。今年は将来が楽しみな娘《こ》を二、三人見かけたけど、あの子が一番俺の好みだな」

「へえ？　まあここに入学してくるとは、限んないけどな」

思春期の一年の差は大きい。鷹斗たちから見れば、中学生はやっぱりまだ幼く見える。自分たちも数年前は同じ立場だったくせに、ガキ扱いしてしまうのだ。しかし——

（ふーん、須藤《すどう》が言うなら、ほんとに可愛いのかもな）

同じ学年で悪友でもある須藤は大人しそうな見た目に反して、結構遊び人だ。不可侵リストのせいで帝星の中では手を出せない、というか、めんどくさいからと言って、代わりに何人もの他校の女生徒と知り合っている。ま、僕は関係ない、と鷹斗はすぐに昨日観たスポーツの話題に移した。

そうして休み時間になり、それぞれいったん解散した後、鷹斗が部室に寄った帰りに予鈴が鳴った。

急がないと、と早足に教室に向かう途中、ふと中庭を見ると花壇で何やらスケッチをしている中学生が目に入った。予鈴が鳴ったのにも気付いてないらしく、いまだ鉛筆をせっせと動かしている。

（……しょうがないな）

ほうっておくわけにもいかない。

「ちょっと、そこの君。予鈴もう鳴ったんだけど、教室戻らなくて良いのかい？」

「えっ？」

中学生は突然かけられた声にびっくりしたようだったが、すぐに時計を見て「きゃー、しまった」と叫んだ。

慌ててカバンを手に走り出そうとした彼女は、あ、と振り返りお辞儀をしてから駆け出した。

へえ、割と義理堅い、と慌てながらもちゃんと礼をした中学生に感心する。しばらく様子を見ていると、ポケットからひらりと紙が落ちるのが目に留まった。鷹斗はもう一度声を掛けた。

「君、何か落としたよ。ポケットから」

そう言いながら、風に舞いこちらに飛んできた紙を拾い上げた。雪柳美夕、と名前が書かれているので、受験票なのだろう。

鷹斗の呼びかけに中学生は、キキッと走りを止め、急いで引き返してくる。恥ずかしそうに顔を桃色に染めたその娘《こ》は、「ありがとうございます」とお礼を言いながら鷹斗から紙を受け取った。

一瞬、鷹斗と目を合わせる。

その顔を真正面から見た時、鷹斗は、この娘《こ》が話題の子だ、と直感で悟った。

柔らかそうな髪。すっとした目尻。ぱっちりした目元に、ちょんとした可愛い鼻。少しふっくらした唇はつやつやで、陶器のようなきめの細かい肌は、慌てているためか薔薇色《ばらいろ》に染まっている。小さな顔に顎《あご》から首元にかけての綺麗な線といい、やや大きめに見える耳とつぶらな瞳といい、まるで子猫のような可愛らしさがあった。

(うわ、本当に可愛い……これ、子猫ちゃんだな)

その身体を思い切り抱き寄せて、その柔らかそうな髪を撫でで、喉の下をくすぐりたくなる。だけど、その瞳はまだ無邪気さを残していて、そんな邪《よこしま》な考えを抱くことを躊躇《ちゅうちょ》させる。

その子は鷹斗の思惑などまるで気が付かず、「本当にありがとうございます」と慌ててもう一度お礼を述べると一目散に走って行った。

(大丈夫かな、あの娘《こ》。間に合うと良いけど)

いつの間にか、あの娘《こ》にこの高校に受かって欲しいと願っている自分がいる。

その日は一日中そのことが気になって、帰っていく受験生を注意深く観察していたが、あの可愛らしい顔を見かけることはなかった。

──だから、新入生部活勧誘の挨拶《あいさつ》でその娘《こ》を見かけた時は胸が弾《はず》んだ。

（あの娘《こ》、無事合格したんだ、よかった）

いつになく上機嫌で興奮気味の鷹斗は、そこまで考えてから、おい、自分は何でこんなに一人の年下の子の入学を喜んでいるんだ？　とらしくない思考回路に疑問を抱いた。

女の子にはもちろん、興味はある。けれども、どこに行っても女生徒たちから鬱陶《うっとう》しいほどのアプローチをかけられ、少々食傷気味の鷹斗は、美人や可愛い娘《こ》から告白されても心が動いたことがない。

女の子には優しく、と躾《しつ》けられて育ったので邪険には扱わないが、ちょっと放っておいてくれと思うことはしばしばだった。

（だけど、あの娘《こ》は……なんか違う）

その頃、帝星の男子生徒の間で伝統とされている〝不可侵リスト〟というものがあった。生徒会が始めたと言われるこの馬鹿らしい伝統は、なぜか廃《すた》れもせず受け継がれている。各クラブの部長と生徒会の男子生徒で構成された不可侵リスト制作委員は、それぞれの部活内からめぼしい子の情報を集めて、一学年から女生徒を五人ぐらいノミネート出来る。

こんな馬鹿らしいこと、何で続けているんだ？　と常日頃疑問に思っていた鷹斗は、なぜかその年の生徒会から、票のまとめ役を任されてしまった。だが、これ幸いと票を集計して、その年は独断で各学年から二人ずつ名前を挙げた。美夕は一年生で圧倒的な票を獲得して二位だったのだ。鷹斗は嬉々としてリストに美夕の名前を載せた。

（これで、あの子は誰のものにもならない）

形骸化《けいがいか》してランキング化することだけを楽しみつつあった不可侵リストだったが、抜け駆けされないためにも、その年は設立当初のルールを復活させた。先輩権限で徹底して男子間でルールを守らせたのだ。

幸いにも〝帝星の美女はみんなのもの〟ルールは当時の三年にウケが良く、後輩にこの馬鹿らしい伝統がさも続いてきたように面白がって語った。鷹斗には部活の後輩や友人たちの人脈があるので、情報はたくさん入ってくる。

美夕が美術部で、責任感が強く成績も悪くないため委員をしていると聞いて、ちょっと誇らしげな気持ちにもなった。そして、もう一人の委員の子が美夕に気があると分かると、不可侵リストの掟《おきて》を再度広めて誰も手が出せないようにもした。部活の縦社会構造を惜しみなく利用したのだ。

そうして、時々、美夕のクラスや美術部の近くに散歩に行って、彼女の姿を眺めるのが鷹斗の楽しみになっていた。偶然にも目が合うと、気分も高揚した。

（今日も可愛かったなあ。なんか、あの娘《こ》の姿を見ると癒《いや》される）

とはいえ、自分の周りには常に人がいるし、話しかけようものなら、美夕が周りの女生徒たちに何をされるか分からない。

自分の目が届かない一年生の美夕を守れないので、卒業するまで鷹斗から話しかけることは出来なかった。

けれど、これが大学になると事情が変わってくる、ということも分かっていた。

（卒業したら、部活に顔を出すついでに話しかけて……）

ここまで美夕のことが気にかかる理由は、もう分かっていた。一目惚れした、というやつだ。……それもかなり入れ込んでいる。と、リストに載せた時点ですでに自覚していたので、周りに悟られぬよう行動しながらも、美夕に近づける機会は絶対に逃さなかった。

また、不可侵リスト制作委員のまとめ役として、美夕に近づく輩《やから》には目を光らせていた。

大学生になればこうやって監視は出来ないが、恋人になってしまえば問題ない。

鷹斗にはこの時点で、振られるという概念はまったく頭になかったのだ。

そして時が過ぎ、鷹斗の卒業式の日、偶然にも美夕と二人きりになる機会に恵まれた。

◆◇◆

式の後、女生徒の集団を何とか撒《ま》いた鷹斗は、いつの間にか卒業式のあった講堂まで戻ってきていた。

(参ったな。諦めて帰ってくれるまで、ちょっと休憩するか)

僕に触るな、と威圧感を出していたおかげで制服は無事だったが、集団で迫ってこられるとさすがの鷹斗も貞操の危機を感じた。今日は珍しく逃げの一手だ。

　バレンタインの時は「何も受け取らない」と公言していたので、教室の机の上にチョコを置いていくだけだった女生徒たちだったが、今日はなぜかみんな鷹斗に触りたがるのだ。

「ボタンください!」との複数の叫び声で、ようやく鷹斗の制服ボタンが目当てだと分かったが、ジリジリと迫ってくる集団を見て、ボタンをあげても無事でいられるとは思えなかった。それにもちろんボタンを手放す気もない。急いで踵《きびす》を返し、卒業式で通った道順を逆戻りした。

「あいつら、さっさと逃げやがって……覚えてろよ!」

今日は連れ立ってカラオケでも、と言っていたクラスメイトや後輩たちは、女生徒の集団を見るなりさっさと避難した。

学校行事やバレンタインで何度も巻き添えをくらった彼らは、鷹斗に向かって叫んだのだ。

『撒《ま》いたら、いつものとこでな！　健闘を祈るっ！』

敬礼つきで逃げやがった聡《さと》い彼らを苦々しく思いながら、さてどこに避難するか、と鷹斗は周りを見回す。

講堂はガランとしていて、隅の倉庫のドアの前に卒業式に使われた椅子が山と積んであった。よく見ると倉庫のドアが人一人分通れるくらい開いている。

（ちょうどいい、しばらくはあそこに避難だ）

そう思った鷹斗はゆっくりドアに近づいていった。

そして、彼女と出会った。講堂倉庫に入った時は、薄暗くて初めは女生徒としか分からなかったが、声を掛けられてすぐにあの娘《こ》だ、と気付いた。

（ついてる！　こんな日に会えるなんて）

今日でもう卒業だし、これは千載一遇《せんざいいちぐう》のチャンスだ。

いきなり心臓がばくばく鳴り始め、心が躍る。

落ち着け、自分、となるべく普通に話したつもりだ。

心細そうな彼女の様子に周りを見渡して、大体の状況が掴《つか》めると、初めて会った時と同じように夢中になって置いていかれたんだろう、と察した。思わず自分が彼女につけた愛称――子猫ちゃん、と呼びかけてしまい、笑いそうになる。

それに加え、美夕のコロコロ変わる表情に媚《こび》を売らない態度、おまけに何とも可愛い言動に心が鷲掴《わしづか》みにされる。

（ああ、やっぱり可愛い。どうしようもなく惹かれる……）

一人でも仕事を続ける責任感の強さ。一つのことに夢中になると周りが見えなくなるらしい集中力。美夕の何もかもが鷹斗を夢中にさせ、気が付くと、腕の中の美夕に口づけしていた。

美夕は突然のことに驚いてはいたが、嫌がりはせずキスに応《こた》えてくる。

初めてだろうと思われるぎこちなさはすぐに取れ、二人はまるで長年の恋人同士のような不思議な空気を感じた。抱き合って、心が通い合う長い長いキスを何度も繰り返す。

（なんて、愛おしいんだろう……こんな気持ち、初めてだ。ダメだ、止まらない、止めたくない）

腕の中の愛おしい存在を手離すことが出来ない。

初めてしゃべって、こんな強引に奪うようなやり方、きっと嫌われる……

頭では分かっているのに、美夕の前では理性も理屈も常識さえも吹き飛んで、心が言うことを聞かなかった。

嵐のような感情に支配され、危うく行き着くところまで行きそうになったあの日を思い出すと、今でもつくづく思ってしまう。

もしもあの時、あのタイミングで邪魔が入らなかったら。

途中で引き返した可能性、限りなくゼロ……最後までいった自信、ほぼ百パーセント。

——美夕が欲しい。

突然湧き上がった心の底からの欲求に、鷹斗自身が驚いた。

外からの足音を聞きつけて我に返った時、咄嗟《とっさ》に袖のボタンを引きちぎり、脚の具合を確かめていた美夕のポケットにそっと忍ばせた。

（君は僕のものだ、子猫ちゃん……）

それは鷹斗の初めての独占欲の表れだった。

若かった……と、いうだけではない。

あの頃、将来の夢のためにと、鷹斗はすでに父の会社で事業現場にも出入りをしていた。高校生にしては大人っぽい言動だと言われ、節度も自制もかなり自信があったのに。

美夕に関しては形なし、だった。

家に帰って、脚、大丈夫だったかな……と美夕の心配をしながらも、初めての甘いキスの余韻に浸《ひた》った。

だが、同時に、美夕とのキスは鷹斗に多くのことを教えてくれた。

まったく、よく今日まで話しかけなかったことだ。ほんの十分ほどしゃべっただけで、こんな気持ちになるのであれば、もっと以前に話しかけていたら、今以上に気持ちだけが先行して強引に迫っただろう。

そして、わけもなく確信した。

(ダメだ、もう一度会ったら、絶対離れられなくなる)

あまりに自分らしくない今日の行動を反省しつつ、自分に対する美夕の影響力の大きさを再認識して、見通しが甘かったと卒業後の計画を修正せざるを得なかった。

前々から実行しようと企《たくら》んでいた、鷹斗の卒業後の計画は……

1. 将来の夢を叶えるため、大学に通いつつ父の会社でバイトをして実績と経験を積む。

2. 美夕と恋人関係になる。

3. 卒業後、そのまま父の会社に正式に入社し、その時点で美夕と婚約。

4. 数年後に独立して会社を設立。そして美夕と結婚。

だったのに、このままでは計画の初めの段階で頓挫《とんざ》する可能性が出てきた。

美夕と一緒にいたい感情と、夢に向かって突き動かされる感情がどちらも強すぎて、今の時点で両立は無理だと悟ったのだ。このまま無計画で突き進めば、どちらもなくしてしまう可能性がある。

せっかく見つけた自分の将来の夢も、可愛らしい想い人も失いたくはない。

(美夕……愛らしい子猫ちゃん、出来ることなら自分の側にずっと閉じ込めておきたい。だけど、彼女との将来を本当に真剣に考えるなら、そうもいかない……)

鷹斗には、一級建築士の資格を取り、世界に通じる建築デザイナーになるという夢があった。会社を継いで欲しいという両親にも、「自分は会社を引き継ぎたいわけではなく、建築デザイナーになって会社に貢献したい」と告げていたし、理解も得ていた。だから、会社を継ぐと言っている弟の拓海に譲るということで、行きたい学科のある大学に行かせてもらった。

なのに、美夕と恋人関係になったら……自分は彼女に夢中になってしまうだろう。

鷹斗は真剣に考え、ついに決心した。

(僕は美夕と結婚したいんだ。そのためにはまず僕が、美夕の目が他の男に行かないような、いい男にならなきゃダメだ)

恋人になっても、別れてしまえばおしまいだ。

それに、だ。卒業式の日に美夕と交わしたキスは、お互いの心が通い合ったような、二人の強い絆《きずな》を感じさせるものだった。たとえ美夕に一時的に恋人が出来ても、鷹斗には奪い返せる自信があった。

キス一つで馬鹿らしい、という考えは最初から頭になかった。それほど、美夕と交わした初めてのキスは衝撃的で、情熱、愛情、思いやり、独占欲——鷹斗のあらゆる感情を煽《あお》られたのだ。

自分の目標は世界に通じる建築デザイナーになり、美夕と幸せな結婚をすること。

そのためにも、美夕と自分を幸せに出来る力を付ける！

今の自分は、経済力も社会的地位もないただの大学生だ。まずはこの二つを手に入れてから、美夕に会いに行く。

それまで会うのを我慢しよう。

——こうして鷹斗は、計画を着々と進めた。

美夕の情報を拾いつつ、大学で薫と知り合い意気投合して、大学の側のオンボロアパートが格安で売りに出されることを知ると、父を説得して店舗付きのマンションを建てた。それを切り売りして、最初の資金を手に入れたのだ。

薫と父の会社と一緒に設計したそのお洒落《しゃれ》な外観のマンションは、客に好評で完売した。

それから似たようなビジネスを展開して、依頼されて建設するだけでなく、古い建物を自《みずか》らプロデュースして商業ビルなどに建て替え、売って稼ぐ事業も手掛けるようになった。

こうして大学を卒業する年には、資金も職も手に入れ、ようやく美夕に会いに行くことにした。

……が、ここで大きな誤算が生じた。

美夕が合格した大学名は知っていたが、そこの学生に知り合いがいなかったため、美夕がとっくに退学して留学したことを知らなかったのだ。

（……ロンドン、か）

自分もいずれは海外に、と思っていただけに、美夕に会えないがっかり感と、先を越された悔しい思いは大きかった。

「どんな用事で美夕に会いたいのか知らないけど、あの子は来年学校を終えるはずだから、そんなに気落ちしないで。携帯の番号教えようか？」

初めて会った美夕の父は美丈夫《びじょうふ》で、明らかに気落ちした鷹斗を慰《なぐさ》めてくれた。

携帯、か。声だけでも……と目の前の誘惑に負けそうになったが、あの可愛い声だけで我慢出来るはずがない。

（僕は美夕が丸ごと欲しい。この手に抱いて可愛がりたい。声だけなんて辛いだけだ……）

「来生、そんながっかりしないでさあ、今のうちに独立して会社大きくしようぜ」

大学時代から仕事上のパートナーである仕事熱心な薫に励まされ、考え方を変えることにした。

「そうだな。美夕が帰ってきたら、出来るだけ近くにいられるよう、ちょっと考えるか」

鷹斗は尚更熱心に働いた。

そして暇があれば、美夕の父のバーに通うようになっていた。鷹斗の様子から美夕と何かあったのだろうと察した彼女の父は、ある日問いかけてきた。

「来生君。もしかして美夕が高校生の時、ボタンを渡したのは君か？」

鷹斗が肯定すると、美夕の父は納得するように頷いた後、例の条件を出してきたのだ。

（よし、美夕の父に認めてもらえば、結婚への大きな前進だ）

こうして、美夕がイタリアで見習いを始め、日本に当分帰らないと分かっても、帰国した時のために周りを固めてしまうチャンスと前向きに捉《とら》えた。

着々と子猫ちゃん捕獲作戦を展開していき、やっとあのパーティでの再会まで漕ぎつけたのだった。

◆◇◆

十年ぶりに会えた美夕は、記憶と変わらずものすごく可愛かった！

そのまま抱きしめて閉じ込めてしまいたい衝動に駆られ、逸《はや》る心を抑える。

やっとの思いで柔らかい身体をそっと抱き寄せた時は、本当に感動した。

（子猫ちゃん、やっぱり全然変わってない……）

自分の腕にあつらえたような極上の抱き心地が嬉しくて、最初は恋人からと思っていたシナリオをすっ飛ばし、一気に距離を詰めることにした。

そして、ターナー夫妻に招待された時に決心したのだ。

（三ヶ月以内に、この婚約を本物に変えてみせる！）

ここまで待ったのだ。焦りはしない。が、確実に自分のものだと自覚してもらう。これは絶対だ。

美夕と自分のためにと建てたビルも、美夕と一緒に暮らすのを前提で建てた我が家も、十年分の想いを込めて設計した。完成したどちらの建物も美夕はとても気に入ってくれて、鉄の意志で実行しただけの価値はあったと嬉しくて仕方がない。

思い描いていた通りに、キッチンやリビングでくつろいでいる美夕の姿に、どうしようもなく幸福を感じる。

愛しい姿を我が家で見るたびに熱い衝動に駆られたが、そのまま押し倒さなかった辛抱強い自分を褒めてやりたい。

そして初めて美夕を抱いた夜、鷹斗は自分が正しかったと改めて認識した。

（美夕は、僕を待っててくれたんだ）

真っさらな状態だった美夕に感激して、なるべく痛くないように、そして鷹斗の身体を覚え込ませたい、と時間をかけて愛し合ったのだった。

――出会いから長いようであっという間だった再会までをベッドで思い出していると、美夕が横で身動《みじろ》ぎをした。寝ている間も美夕は決して鷹斗から離れず、脚や手の一部は必ず触れたままだ。

ほんと可愛すぎる、と幸せそうに隣で眠る美夕に、また口づけしてしまう。

「僕の子猫ちゃん、愛してるよ」

どうやら美夕が弱いらしい耳元でささやくと、無意識なのかその身体を擦《す》り寄せてくる。

(可愛いなぁ。もう絶対離さない)

たまらずその身体を腕に抱くと、胸元で小さな声がした。

「ん……、たか、と?」

「……起こしちゃったかな、ごめんね」

だけどちょうどいい。美夕との思い出で昂《たかぶ》った心に、少し付き合って欲しい。

鷹斗はそっとその眠そうな頬に口づけた。そのまま唇をずらして、軽く開いた唇を優しく甘噛みする。

甘えるような鷹斗のその仕草に、美夕は半分寝ぼけたまま甘噛みで返した。

それを合図に、鷹斗は素早く手をキャミソールの裾から侵入させる。柔らかい胸の中心にある蕾《つぼみ》を摘まむと、美夕の身体がびくんと震えた。

「……いい？」

抱いてもいいかと問いかけると、寝ぼけながら眉を寄せる顔に優しくキスをする。応じるように首の後ろに細い手が回ってきたのが嬉しくて、きゅうと蕾《つぼみ》を強めに擦《こす》ると、すぐに喘《あえ》ぎ声が可愛い唇から漏れてきた。

「ぁ……ん……っ」

「もっと気持ち良く、してあげる」

力の抜けた身体から、着ているものを剥《は》ぎ取る。目の前に現れた白い裸身は、いつ見てもそそられる。滑りの良い素肌を確かめるように肩先から指先で辿《たど》った。柔らかい胸の感触がたまらなくて、吸い寄せられるように顔をそこに埋《うず》める。

「あ……ああ……あっ」

柔らかくも芯がある蕾《つぼみ》を舐め上げ、ぷくりと反応するのを見て夢中で口に含む。舌先で転がし吸い上げて、甘噛みしたら頭上で「や……ぁん」と聞こえてくる甘い声に、ますます熱心に可愛がった。もう一方の胸も揉みしだいて、ツンと硬くなった尖《とが》りを指の腹で擦《こす》り上げる。

「も、鷹斗ったら……そこはそんなに、しちゃあ」

甘さを含む戸惑った声が微笑ましくて、クスッと笑いが漏れる。

「でも、美夕のここは、とっても悦《よろこ》んでる」

「あ……もう、いじわ、る……」

そう言っては腰をよじって太ももを擦り合わせる姿に、どくんと腰の奥が疼《うず》き始める。

「僕の可愛い子猫ちゃん、もう少し味わわせて……」

色っぽいうなじに熱い息を吐いて首筋、鎖骨、胸と舌を滑らせ、その濡れた感触に満足する。

「……ん……あ……ぁ……」

「ん、美夕は全身が甘くて柔らかい……」

「き、っもち……イイ……」

疲れて半分眠ったままの美夕の唇から喘《あえ》ぎ声のような吐息が漏れる。

続けて乳首、脇、太もも。時々衝動的に甘噛みもして、膝、足首、足の指先まで点々と所有の証《あかし》を付けていく。足の指の一本一本までが愛しくて口に含んだ。

舌でヌルッと包むと、美夕の身体から力が抜ける。

与えられる快楽に身を任せる彼女の脚の間に手を伸ばし、そっと濡れ具合を確かめた。

そこはすでに熱を持っていて、ますます濡れてくる。

「可愛い、美夕……」

身体を下にずらし、膝に手をかけその白い太ももを思い切り広げると、その間に顔を埋《うず》めた。

その柔らかく弾力のある肌に息をふっと吹きかけると、内ももがびくっと艶《なまめ》かしく震える。衝動的にしっとりとした肌をちゅうと強く吸った。美夕の息遣いが荒くなり、色香のある喘《あえ》ぎが喉から漏れてくる。

(最高だ。僕の恋人は)

こんな敏感に反応されると、腰にますます熱が溜まってくる。

美夕が一番感じる蜜口とその上部の膨らみへと唇を寄せ、その細腰が揺れるのを押さえながら舐め上げる。吸って、舌先でつつき、色っぽい喘《あえ》ぎが掠《かす》れるまで存分に可愛がった。

「んぅ……あぁっ……」

細くしなやかな身体が大きく硬直した直後、トロトロに蕩《とろ》けた蜜口に硬くなった己《おのれ》を押し付ける。美夕の涙で潤《うる》んだ瞳を見つめながら「愛してるよ、美夕」とささやいて、ゆっくり腰を進めた。あえかな吐息がその唇から漏れ、その何とも言えず色っぽく艶《つや》やかな姿に、がむしゃらに腰を動かしたくなる。

このまま、弛緩《しかん》している身体に一気に突き入れたい。真夜中に起こしてしまった罪悪感もあり、そんな血気に逸《はや》ることはもちろんしないが、それでも腰に溜まる熱はますます滾《たぎ》る。美夕の中で先走りが滴《したた》る感覚に、己《おのれ》の体液がその身体に染み込めば染み込むほど、自分のものだという独占欲が増した。

その可愛い唇から甘い吐息を吸い上げると、興奮しすぎておかしくなりそうだ。

「好きだ、美夕が好きだよ……奥まで欲しい？」

暗闇でも、美夕の頬がカアッと赤く染まったのが分かる。それでもこの可愛い恋人はコクンと素直に頷いた。

「奥まで入れたら……どうして欲しい？」

美夕は、口にしないと相手には伝わらないということを、よく分かっている。それに鷹斗も、初めからして欲しいことは言ってと伝えているから、いじらしくも応《こた》えようとするのだ。それを分かっていて、わざとこんな淫《みだ》らな言葉を言わせたいと思ってしまうのは、男のサガというものだろう。

「……っ、突いて。奥を……突いて欲しいの」

色っぽい掠《かす》れた声で言い切ったまではいいが、せっかくの可愛い顔を鷹斗の肩に埋《うず》めてしまった。思わず「やばいな……めちゃくちゃ可愛い」と小さく呟《つぶや》く。

今のは、キた。腰の奥にキた。恥じらう恋人の身体を貪《むさぼ》り尽くしたい衝動がどんどん強まる。ぐちゃぐちゃになるまで喘《あえ》がせてみたい……なんて、妖しい妄想に囚われそうだ。

（ほんと、美夕は僕を困らせる）

結婚の約束をした今でも、こんな簡単に理性を奪われそうになるのだから。

でも、こんなことは美夕には絶対内緒だ。

だから、いかにもよく出来ましたと大人ぶって、「分かったよ、子猫ちゃん」と望み通りに腰を奥まで入れ込み、グッ、グッと突き上げた。

「あ、あぁっ……んっ、っ、んっ」

美夕はもっと……と強請《ねだ》るように下から腰を上げる。その白い身体はとても素直で、情熱的だ。恋人の積極的な姿勢に煽《あお》られその細い腰を掴《つか》むと、もっと感じてとばかりに熱く硬くなったもので中の粘膜を擦《こす》り上げた。

「あぁ――あっ、……ん……」

半開きの可愛い唇からとめどなく甘く色っぽい声が漏れると、その艶《つや》やかな響きで体内の血が沸く。声を出しっぱなしなせいで閉じられない口の端から、透明な液がツーと滴《したた》り落ちるのを、「ん、甘いな」と舐め上げて食らいつくようなキスをした。逃げるように動く小さな舌を捉《とら》え、吸い上げては、時折優しく甘噛みする。なんて気持ちいいのだろう。

もちろんその間ひと時も腰の攻めは緩《ゆる》めない。美夕と深く繋《つな》がりながらのキスは何ものにも代えがたい快感を生み出す。このお互いの魂が一つに溶け合うような至福の刻《とき》は、まるで腰から溶けてしまうような感覚で、いつまでもこうして美夕とキスをしていたくなる。

「んっ、んぅ、うぅん――っ」

快感に押し上げられた美夕が先に極めると、その甘美な締め付けを受けて、少し時間差で後を追った。

出し尽くしても、まだ貪《むさぼ》るように美夕の膣中は妖しく甘くうねっている。続きを強請《ねだ》るその甘美な余韻に浸《ひた》ると、美夕の中に居座ったまま小刻みに腰を動かした。

まだ、欲しいの。足りないの、と甘えてくる恋人を宥《なだ》めるように、その耳に息を注ぎ込む。

「分かったから……ちょっと待ってね」

「……たか、と……、一体何が分かった、なの……」

どこか責めるようなその口調に、「僕がもっと欲しいんだね。いくらでも、欲しいだけ愛してあげる。――だから、今夜の安眠は諦めて」と告げた。

「っ⁉　そんなこと、誰が言ったのよぉ」

嘘でしょうと目を見張る美夕を、優しく説き伏せる。

「美夕の身体は、まだ僕を欲しがってるよ、ほら……」

「あんっ……ダメっ、ぁん、っんっ……」

ゆっくり腰を回すと、美夕の柔らかい肉壁がきゅうんと包み込むように動き始める。

その甘美な応《こた》えに満足の息を吐いた。

「ね、今夜は、一晩中僕のものになって。愛してるよ」

「っっ！　……や、も、いっ、いじわる、そんなの」

「美夕も僕を愛してるって、言って？」

真夜中のベッドルームはとても静かで、少し身動《みじろ》ぐだけで二人が繋《つな》がる箇所から、ぐちゅと濡れた音が聞こえる。だけど鷹斗の言い分は決して独りよがりではない。それは、促《うなが》すように腰を動かすたびに溢《あふ》れてくる美夕の愛蜜で明らかだった。

可愛い恋人の身体は、まったく正直だ。

「ぁん、そんな、まわしちゃ……」

今夜はなかなか落ちてこない言葉に焦《じ》れて、鷹斗は腰の動きを止めると、愛しい顔をじっと見つめた。その頬にかかる髪先をそっと手に取り口元に運ぶと、心を込めてちゅっと口づけた。

「美夕、愛してるよ。今度のカタリナ島とニューヨークの視察だけど、いっそ正式なハネムーンにしよう。出発前に婚姻届を提出すれば、間に合うよ。結婚式は帰ってからでいいから」

「ふぇ……ええ!?　来年じゃなかったのぉ！」

「今何月だと思ってるの。もうすぐ来年だよ」

「っ！　……そうでした」

よし、このまま今夜決めてしまおう。

「だ、だけど――」と、何か言いかけた唇を強引に塞《ふさ》いだ。唇を重ねた途端、心と腰がどうしようもなく蕩《とろ》けてくる。そして、この限りなく深く感じる感覚は、美夕も共有しているはず。

力が抜けてくるその身体を優しく抱きしめ、そのまま気持ちを込めた熱いキスを交わしていると、腰に溜まった熱がすぐに身体中で暴れ始めた。

たまらず唇をゆっくり解いて、美夕と二人で心まで奪われそうな震える吐息を漏らす。

「愛してるよ、美夕」

「愛してるわ、鷹斗」

同時に心を預けた真摯《しんし》な想いを打ち明け合うと、ズクンと腰の奥が疼《うず》いた。

「あぁんっ……！　鷹斗ったら、急に……こんな大きい……」

美夕の中でその温もりに浸《ひた》っていた硬さが、いっそう体積を増す。

「もっと美夕が欲しい。今夜は寝かさない」

「も、無理、ダメだったらぁ……」

「……ん、気持ちいいんだね」

キュンキュンと締め付けてくる美夕を抱きしめた鷹斗は、今夜はこの身体を愛し抜くと心に固く決意する。

呆然としながらも、鷹斗の発する淫《みだ》らな熱に支配されたのか、美夕もその細い手を首に回してくる。心地よい熱に囚われた二人は、鷹斗が根元まで埋め込んでからゆっくり穿《うが》つと、甘い吐息を同時に吐いた。鷹斗は悦《よろこ》びに震える美夕の身体を抱いたまま、再び突き上げ始める。

「……あ、……あっ、……っー」

艶《つや》のある喘《あえ》ぎ声と、強請《ねだ》るように揺れる腰。グチュグチュと濡れた音を聞きながら、美夕の恍惚《こうこつ》とした顔を眺める。すると視線を感じたのか、責めるような目尻の濡れた瞳がこちらを見上げてきた。

「や、鷹斗、そんなに見ちゃ恥ずかしい……」

「美夕、とっても可愛い、もっと見せて」

僕にしか見せないこんな顔は、一秒でも見逃せない――詰《なじ》るようにますます潤《うる》む濡れた眼差しに、いっそかぶりつきたいような衝動に駆られ、その熱で貫くように腰を激しく突き上げた。

「あ――っ」

「すごくいいよ、子猫ちゃん。たまらない」

弓なりにのけぞる身体を固く抱きしめて、快感で震える腰を手で支える。その甘い収縮を味わい尽くすように深く穿《うが》っては腰を回した。

「や……だめ、あぁっ、好き、鷹斗……」

甘い声にたまらなくなって、一気に追い上げていく。

「美夕、美夕、あぁなんて、君のナカは熱いんだ」

熱くて柔らかくて、そのくせ自分を引き止めるように絡みついてくる。いやらしくて可愛くてもう、絶対離せない、この愛しい身体は。

「あ……っ、あぁっ、鷹斗、鷹斗っ」

救いを求めるように伸ばされた手を、しっかり掴《つか》まえ指を絡ませた。そのまま両手をベッドに押し付けて握り締めると、美夕も痛いほど握り返してくる。お互いもう離しはしないと確かめ合い、情熱のリズムを二人で刻み高みを目指す。

激しく突き上げれば、美夕は途切れ途切れに鷹斗と名を呼んでくる。潤《うる》んだ瞳で愛してると告げられ、淫《みだ》らに揺れる腰できゅうきゅうと締め付けられれば、もう限界だった。

甘い吐息をキスで奪い、愛おしい想いをすべて残らず美夕の中に解き放つ。

「愛してるよ、美夕……僕の子猫ちゃん、出発する前に結婚してくれるね？」

呼吸はまだ苦しいほどだったが、確かめずにはいられない。こちらを見上げてくる美夕も感極まったのか、その瞳に熱い涙を溜めている。そんな顔を見ているだけで、また心も腰も滾《たぎ》ってくる。

それでも我慢強く美夕の答えを待った。

暴走しがちな鷹斗の気持ちに、ついに可愛い美夕は掠《かす》れた声と甘いキスで応《こた》えてくれた。

「分かった、結婚するわ」

(やったっ！　美夕がＯＫしてくれた)

心の中でガッツポーズを決めた鷹斗は、「二人で幸せになろう」とささやくと、柔らかい唇に誓いのキスを落としたのだった。

書き下ろし番外編

キスより甘い新婚の一日

寒さがまだ身に染みる早春の朝。

薄暗い部屋のキングベッドの上に、ポスンと一匹の大きな猫が飛び乗った。

ベッドの中で鷹斗の温もりに包まれていた美夕は、頬にぽよぽよの肉球が当たるぼんやりした感触に、瞼《まぶた》を重たげに持ち上げた。

「う～ん、ミイ……どうした、の……？」

心地よい眠りから目を覚ませと、猫が前肢《まえあし》を交互に動かし頬を柔らかくつついてくる。

（あれえ、おかしいな。餌《えさ》はたっぷり……）

補充したはず、と美夕はぼうっとしたまま暖かい腕の中から抜け出した。

ベッドから脚を下ろすと、ミイは大きめの身体を擦り寄せてくる。柔らかい毛並みの頭を撫でたら、尻尾を持ち上げた姿はさっと部屋を出ていった。

「あっ、ねえ。何か用事じゃ……」

そういうわけではなかったらしい。そういえば昨日、ミイに朝寝坊したら起こしてねと冗談で話しかけたような気がする。

……とりあえず、シャワーを浴びよう。

深く考えないことにして、美夕は肌寒さから逃れるべくバスルームに向かった。

疲れているのかこの頃、朝はずっと鷹斗に先を越されてしまう。せっかく起こしてもらったのだし、今日こそは朝ごはんを作ろう。

部屋続きの扉の前に来ると、美夕はちょっぴり弾《はず》んだ気分でベッドを振り返った。そこに穏やかな寝顔を確かめ、すうすうと寝息を立てる端整な容貌に胸がドッキンとなる。

昨夜の濡れた感じはまだ身体に残っている。しっかり洗わないと。

引き返して鷹斗の前髪に触れ、指で梳《す》きたいという衝動に駆られたが、起こしてしまうのはもったいないとやり過ごしそっとそこを離れた。

シャワーをひねって胸元をふと見ると、肌を吸われた痕《あと》が目につく。寝ぼけた脳裏に、それを付けられじっくり愛された記憶が一気に蘇《よみがえ》って頬が熱くなった。ダメダメ、今日も忙しいのだからと、頭からお湯を浴び真っ赤に染まった頬を冷やしにかかる。

(冷蔵庫にシラスとかあったかな……鷹斗は基本何でも食べてくれるし)

そしてさっぱりした気分になり意気込んで着替えたのに、廊下に出た途端、卵焼きの焼ける香ばしい匂いが漂《ただよ》ってきた。

うっそーっと心の中で叫び、急いで階下へ。ガチャと扉を開けると、思わず目を瞬《しばたた》く。

独特の雰囲気を放つ端麗《たんれい》な男性が、上機嫌でキッチンカウンターにもたれてコーヒーを片手にくつろいでいる。こちらに気づいて笑いかけてくるその笑顔は優しく、見つめてくる瞳がからかうみたいに光った。

「おはよう、奥さん。卵焼き出来てるよ。さあ、おいで」

朝から溜息が出るほど絵になる……すっかり馴染んだ日常の一コマに、美夕は一瞬見惚れた。

「っおはよう、鷹斗……」

掠《かす》れた声で挨拶《あいさつ》を返す。

そして、何が起こったかを悟った。

しまった。またやってしまった…………

シャワーを浴びながら「バレンタインギフトのペア商品の補充を……」などとあれこれ考えているうちに、思ったより長い時間が経ってしまったらしい。

せっかく早起きしたのに、結局今日も鷹斗に先を越された。

微笑んで手招きをする姿に、また胸がドキンと高鳴る。こそばゆいような理由で呼ばれているだけに、進む足とは裏腹に目が泳いだ。鷹斗の大きな手に握られたフォークの先には、黄色いふっくらした卵焼きがうっすら作りたての湯気を立てている。

「はい、あーん。どう？　今日の味付けは」

美夕のために用意された朝食だ。けど、この味見《あーん》は毎回必要なんだろうか？

「もぐ、うん。美味《おい》しいわ。焼き加減もちょうどいい……」

「よかった。はい、トマトもどうぞ」

「鷹斗、あのありがとう……でも、わざわざ食べさせてくれなくても……」

差し出された焼きトマトを咀嚼《そしゃく》して、ごくんと飲み込んだ後、美夕はゴニョゴニョと口ごもる。と、朝から眩《まぶ》しい微笑みを浮かべた端整な顔は、にっこりきっぱり言い切った。

「僕たちは新婚なんだから、これくらい当たり前だよ。それに美夕、今日も忙しいんだろう？　朝はきちんと食べなきゃ」

「でもでも、忙しくても朝ごはんぐらい自分で出来るから」

新婚という単語で真っ赤になった新妻を、鷹斗は愛おしそうに見つめた。

「僕に食べさせてもらうのは、嫌？」

「い、嫌じゃないけど……毎日だし、その、恥ずかしい……」

「そうなんだ」

（そうなの！　それもその艶《つや》のある声で「あーん」なんて言われると、もう心臓がもたないというか）

心の中で反論するが、声にならない言葉に頬がますます染まる。

「でも僕は結婚したら、毎日こんな風に一緒に朝ごはんを食べるのが夢だったんだ。それにせっかく二人で初めての海外旅行をしたのに、寂しい思いをさせてしまったからね」

そう、式はまだ挙げていないけれど、請われるまま美夕は鷹斗と二人で婚姻届を出した。そのまま出発した海外旅行は前々から招待されていたビジネス絡みの旅行で、帰国して以来、毎朝がこんな感じだ。

入籍してますます甘くなった夫の言動に反論も出来ず、美夕はもじもじした。

新婚旅行とはいえ、鷹斗は視察や打ち合わせなどで旅行中も結構忙しかった。

事前にチェックしたリゾートホテルの朝食ビュッフェを美夕は楽しみにしていたのだけど、新婚の夜を張り切った鷹斗《夫》にベッドからなかなか出してもらえず、朝はルームサービスが定番だった。

部屋で取る朝食はとても美味《おい》しかったけれど、美夕が旅行前にサイトを見てはしゃいでいただけに、鷹斗はどうやら新妻へのサービスが足りなかったと感じているらしい。

『ビュッフェや観光を楽しみにしていたのに、あまり付き合ってあげられなくてごめんね。お詫びに、帰ったら僕が美夕の好きな卵焼きを朝食で作ってあげるよ』

そう約束をした。

帰った翌朝に早速約束は実行されたけど、味見という名のもと鷹斗の手で食べさせられる毎日がそれからずっと続いている。

「そんなこと、端《はな》から気にしてないわ……」

美夕は一人で過ごすのが好きなので、滞在先のカタリナ島やニューヨークをぶらぶら散策して存分に満喫した。普通なら新婚早々に放っておかれたと思うのかもしれないけれど、鷹斗が仕事に励む姿が誇らしかった。その上、ジュエリーデザイナーとして見聞もコネも広がった新婚旅行は美夕にとって有意義で楽しいものだった。

「それは良かった。でも僕の手から食べさせてあげるのも、作るのも楽しいんだよね。美夕が幸せそうに食べてくれるから嬉しくなる。だから嫌じゃないなら、僕が飽きるまで付き合って」

「飽きるまでって……」

それは一体、いつになるんだろう。鷹斗と再会してずっと一緒に寝起きしているけど、その艶《つや》のある美声も端整な顔も、強引だけど優しい態度も未だに照れるくらいまったく慣れる気がしない。

「まあ。そんな日は、絶対来ないけどね」

「っ……」

含みのある笑顔で断言されると、何だかいたたまれない気持ちになった。

その日の午後。客の波が引いたタイミングで、美夕はビジネスパートナーの夏妃に引っ張っていかれた店のコーナーでサイズ合わせをさせられていた。

「どうです、来生先輩。胸元ですが、このくらいの露出はいいですか？」

「うん、ＯＫだ。いいね。透《す》けて見えるのって、ちょっとそそられる」

「でしょう。全部隠しても、この方が悩殺的でぐっときますよね」

ドレスを着ているのは美夕なのに、夏妃は本人ではなく、鷹斗にデザインの相談をしている。

美夕が着ているのは真っ白なウェディングドレスだ。なのに、露出だの、悩殺的だのと、およそ清楚なイメージに合わない単語が飛び交っている。

「ちょっと、二人とも。私が着るドレスなのに……」

と美夕は抗議してみるが、「針が刺さるから、動かないの」と釘を刺されてしまった。

鏡に映るドレスは、美夕がこんなドレスがいいと描いたデザインを元に夏妃がパターンを起こし、さらにオリジナルアレンジを加えたものだ。

鷹斗にデッサンを見せたら、素敵だけど僕以外の男に素肌は見せたくないとダメだしされ、胸元の線が引き上げられた。試作で出来上がったこのドレスは禁欲的な清楚感が増してなお、可憐なレースで肌が透《す》けるセクシーさも溢れている。

（っ！　私が考えていたのより、ずっとイイかも……）

露出度にこだわる鷹斗の保護欲に感謝すべきか。夏妃の稀有《けう》な才能に感謝すべきか。

折衷案《せっちゅうあん》で補正されたデザインは文句の付けようがなく、とても素敵だ。

「さすが西織さんだ。微に入ったこだわりも素晴らしい」

鷹斗も気に入ったらしく、嬉しそうにお礼を述べる。

「いえいえ。私としては、〝ドレスは女性の好きなものを〟という新郎が多い中で、保守的な見解からではなく、ただ自分の花嫁の素肌を他の野郎に晒《さら》したくないという先輩の独占欲に応《こた》えたまでです」

メガネを押し上げて腰に手を当てた夏妃と、腕を組んで美夕のウェディングドレス姿を眺めている鷹斗は、お互い満足そうだ。

（いいんだけどね。仲良くしてくれて……）

鷹斗と夏妃は、美夕のドレスに関して妙に馬が合うらしい。

それにしても、ここまで花嫁のウェディングドレスにこだわる新郎も今時珍しいのではないだろうか……？　鷹斗が見せる独占欲やその性癖にいろいろ思うところはあるものの、でも結局それさえ嬉しくてときめいてしまうから、どっちもどっちかもしれない。

「このドレスって、美夕をモデルにしてカタログに載せるんだっけ？」

「その予定です。オーダーメイドのサンプル商品として」

「残念だな、買い取りたかったのに……」

と少し気落ちした鷹斗に向かって、美夕はふるふると首を振った。

「ダメよ、そんな無駄遣い。一回しか着ないのに」

節約生活が身に染みついた美夕も、このドレスを記念に買い取りたいという鷹斗の申し出は嬉しかった。けれど、白無垢《しろむく》の交織生地や高価なレースやクリスタルをふんだんに使ったウェディングドレスは値段が張る。それはどう考えても、センチメンタルな感傷に見合う額とは思えない。

「写真も撮ってもらえるんだし、記念としては充分よ」

「そうだけど、写真じゃ味わえないというか……」

ドレスに手を伸ばしその柔らかい生地にそっと指で触れる鷹斗を見て、夏妃はふむと顎《あご》に手を当てた。

「先輩。それなら、ある程度期間をおいてから、適正価格でお譲りしましょうか?」

「え? いいのかい?」

喜んで買い取らせてもらうと鷹斗は食い気味だ。

「構いません。これはオリジナルドレスで美夕のサイズに合わせて作ってありますし、色打掛バージョンと合わせて一般サイズの貸し出しが回り出せば、また見本を作りますから」

「ありがとう! 恩に着るよ」

「いいんですよ。こういうのは、ある程度時間が経ったらむしろ新鮮で燃えるでしょうし」

——は？

燃える、とはどういう意味だろう。

親友の言葉に美夕が内心で首を傾げていると、楽しげな鷹斗は後ろボタンをいじり出した。

「このボタンはまた、大変そうだね」

「ああ、それは装飾です。見えないところにジッパーが付いていますから、案外簡単に脱がせます。安心してください」

ますますもって、美夕の頭に〝？〟が浮かぶ。

「脱がせるって、織ちゃんってば言い方。お色直しの時に一人で着替えが出来るように、工夫してあるのよね？」

不思議そうな美夕と笑顔の鷹斗を見比べた夏妃は、「何回でも使えるように、お手入れの注意書きも差し上げます」とカウンターの方に行ってしまった。

「子猫ちゃん、君の親友は実に出来た人だね。〝脱がせる〟で合ってるんだよ。買い取りが楽しみだな」

突然、鷹斗が後ろから屈み込んで耳元でささやいてくる。その艶《つや》のある美声は美夕の鼓膜を震わせ、心臓が勢いよくドッキンと大きく跳ねた。

（え？　あっ、脱がせるって――まさかっ、そういう意味――!?）

脳裏に浮かんだのは、鷹斗にお願いされた猫耳や尻尾付きのエプロン、高校の制服などである。言わんとすることをようやく理解した頭にじわじわと血が上《のぼ》ってくる。

全身真っ赤になって、恥ずかしさでわなわなと震える身体を鷹斗はさらに抱き寄せようとした。

「あ～来生先輩。マチ針が刺さるかもしれないので、それ以上はもう少し待っていただけますか？　仕上げついでに、今日の遅番は私がやりますよ。この子は夕方には上がらせますから」

「新婚ですものね」と、理解ある夏妃がカウンターの方から声をかけてくる。

その場にうずくまりそうになった美夕は、針のちくっとする感覚にハッと思いとどまった。

「ありがとう。なら僕も、今日はこれから全力で仕事を片付けるから。早く帰るよ」

艶《つや》のある声は恥ずかしげもなくそんなことを言って、おまけに耳先にちゅっとキスまで落とした。「後でね」と店を足早に出ていく。

そんな鷹斗の様子を見た夏妃は、真っ赤な顔をした美夕に向き直った。

「美夕、悪いことは言わないから、結婚式はなるべく早く挙げた方がいいわ」

「――どうして？　もう入籍したんだし。披露宴の準備は余裕があった方がいいかなって思うんだけど」

何とか気を取り直すと、美夕はどうにか返事を続ける。

「それに皆も予定を合わせたり、招待状とかも出したりしなきゃいけないじゃない？」

家族や会社の親しい人たちは二人がすでに夫婦だと知っているけれど、晴れ姿を楽しみにしてくれている。

（あ、大事なこと鷹斗に聞くの忘れてた！）

「それで思い出したわ。さっき、会場から予約に空きが出たってお知らせが届いたんだけど、断ろうかなって思ってて」

もちろん、鷹斗に相談してからだけど。他のことに気を取られてすっかり忘れていた。

でもどうせ一ヶ月後だなんてあまりにも急過ぎて、鷹斗もスケジュール的に困るだろう。

「それって、返事はいつまでなの？」

「出来れば明日には返答欲しいって言われたけど……？」

「ドレスはもう仕上がるし。サイズ直しもそれなら必要なくなるから、ＯＫしてもいいんじゃない？」

（え？　あ〜〜もしかして。ちょっとこの頃、生菓子とか食べ過ぎてるの織ちゃんにはバレちゃってる？）

このドレスは結構身体の線が出るから食べ過ぎには気を付けよう。鏡を見て満足した美夕は、ドレスを慎重に脱いでハンガーに戻した。

その日、夏妃が気を利かせてくれたおかげで、夕食準備を鷹斗と共にした美夕はエプロン姿に興奮した鷹斗に捕まって、晩《ご》さわら《はん》を危うく焦がしてしまいそうになった。

ほんのり焦げた魚を幸せ気分で「いただきます」と完食した後、夏妃の言葉を思い出し結婚式の会場の話を切り出す。

「でね、一ヶ月後だなんて急なのに、織ちゃんたら絶対そっちの方がいいっていうの」

「へえ、あの西織さんが？　確かにスケジュール的にはきついけど、出来ないわけじゃないかな。でも、どうしてだろうね？」

「う～ん、六ヶ月後だとサイズ直しがどうのって。春の和菓子って、ついつい食べ過ぎちゃうからかなぁ」

桜餅に柏餅、花見団子などなど、心躍る桃色や若草色の誘惑は絶大である。

「ああ、なるほどね。でもきっと西織さんは……」

と呟《つぶや》いた鷹斗は、じっとこちらを見つめてくる。

「ん？　なあに……」

唇をそっと指でなぞられた美夕は、その優しい仕草だけで胸がキュンとした。夫なのに全身で意識してしまって、そんな自分にあたふた。かあっと顔が熱くなる。

いきなり、鷹斗がすくっと立ち上がった。

「っ、どうした――」

「のぉ～～」と語尾が上がると同時に身体を掬《すく》い上げられ、反射的にガシッと逞《たくま》しい首にしがみついた。

「期待には、きちんと応《こた》えないとね」

甘い響きを含む低くささやくような声に、美夕の胸が盛大に早鐘を打ち始めた。

（あれ？　どうして――!?　私何かした……？）

どうやら鷹斗のスイッチを、知らずにまた押してしまったらしい。

「大丈夫、スケジュール調整をするよ。一ヶ月後なら今夜もし授かっても、ドレスもそのまま着られる」

明らかに熱を含んだ破壊力ありすぎの美声に、背筋を甘い痺《しび》れが走り抜けていく。戯《たわむ》れるように鼻先を擦り合わせてくる鷹斗の熱い息で素肌がざわめいて、全身がゾクゾクする。そして数秒はゆうに経ってから二人の言っている意味が美夕の頭に入ってきた。

（あ、ぁぁ、うそ――！　それって……）

ウキウキした様子の鷹斗は美夕をしっかり抱き抱えたまま、ゆっくり一歩一歩階段を上がっていく。まっすぐ二人の寝室へ向かった。

「僕の子猫ちゃん。奥さんになっても、ほんと可愛すぎる」

「ま、待って、まだその、早過ぎない――？　っぁ、ん……っ、ねぇ聞いてっ……る、ふあ……っ」

「時間はたっぷりある。こうやってほら、たくさん楽しめるね」

宵《よい》の口ではないけれど、夜の気配も早々にその気になっている鷹斗を止められそうにない。胸の膨らみをゆっくり揉まれ始めた美夕は、最後の抵抗とばかり、掠《かす》れ声で懇願してみる。

「お風呂っ、まだっ……まだ入って、ア、あんっ……ないっ」

「後で僕が入れてあげる」

「や、だめ……そっ……いうことじゃない、からぁ～～」

涙目になった美夕の耳に唇を寄せ、鷹斗はわざと吐息をかけてささやいた。

「美夕、僕の可愛い子猫ちゃん。生涯君のすべてを可愛がると誓ったんだ。愛してるよ」

（あぁ、もうダメ～～っ！　こんなに耳の側でささやかれると……）

この独特の甘い艶《つや》のある声には、逆らえない。

「どうしようもなく欲しいよ、今すぐ美夕が欲しい」

腰砕けになって全身から力が抜けきった美夕の身体は、続いて落ちてきたキスに翻弄《ほんろう》され、とうとう陥落した。

「私も……私も愛してるわ、鷹斗……」

「美夕、僕が欲しいって言って？」

「あっ、ん……たか……と……まっ……やっ、ぁっ……」

――今夜もがっつり致す気満々、糖度も高すぎる言葉をささやき続ける鷹斗《夫》に、美夕《新妻》は翌朝も優しく起こされるのだった。

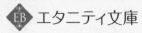

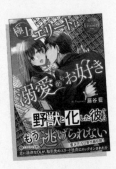

本書は、2020年10月当社より単行本として刊行されたものに、書き下ろしを加えて文庫化したものです。


この作品に対する皆様のご意見・ご感想をお待ちしております。

おハガキ・お手紙は以下の宛先にお送りください。

【宛先】

〒150-6019 東京都渋谷区恵比寿4-20-3 恵比寿ｶﾞｰﾃﾞﾝﾌﾟﾚｲｽﾀﾜｰ 19F
（株）アルファポリス　書籍感想係

メールフォームでのご意見・ご感想は右のＱＲコードから、
あるいは以下のワードで検索をかけてください。

アルファポリス　書籍の感想　検索

ご感想はこちらから

エタニティ文庫

秘密《ひみつ》のキスの続《つづ》きは熱《あつ》くささやいて

藤谷《ふじたに》 藍《あい》

2024年4月15日初版発行

文庫編集－熊澤菜々子・大木 瞳
編集長 －倉持真理
発行者 －梶本雄介
発行所 －株式会社アルファポリス
〒150-6019 東京都渋谷区恵比寿4-20-3 恵比寿ｶﾞｰﾃﾞﾝﾌﾟﾚｲｽﾀﾜｰ19F
TEL 03-6277-1601（営業） 03-6277-1602（編集）
URL https://www.alphapolis.co.jp/
発売元－株式会社星雲社（共同出版社・流通責任出版社）
〒112-0005 東京都文京区水道1-3-30
TEL 03-3868-3275
装丁イラスト－氷堂れん
装丁デザイン－ansyyqdesign
印刷－中央精版印刷株式会社

価格はカバーに表示されてあります。

落丁乱丁の場合はアルファポリスまでご連絡ください。

送料は小社負担でお取り替えします。


ISBN978-4-434-33728-4 C0193